高等学校教材

# 综合化学实验

ZONGHE HUAXUE SHIYAN

孙学芹　刘洪来　主编

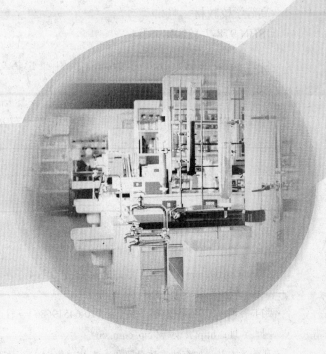

 化学工业出版社

·北京·

本书共选编了 34 个综合性实验，内容涉及有机化合物、纳米材料的合成、表征和性能测试，物理常数的测定等。本书强调绿色化学的概念，每个实验至少与两个以上学科的知识相关联，大多数实验都涉及大型分析仪器的应用，一些有机实验应用了先进的无水无氧实验操作技术，以培养学生的实验技能以及综合分析、发现和解决问题的能力，以及初步的化学研究能力。

　　本书可供化学类专业高年级本科生和研究生使用，也可供相关专业的研究人员参考。

**图书在版编目（CIP）数据**

综合化学实验/孙学芹，刘洪来主编. —北京：化学工业出版社，2009.11
高等学校教材
ISBN 978-7-122-06752-4

Ⅰ. 综…　Ⅱ. ①孙…②刘…　Ⅲ. 化学实验-高等学校-教材　Ⅳ. O6-3

中国版本图书馆 CIP 数据核字（2009）第 177962 号

责任编辑：宋林青　　　　　　　装帧设计：史利平
责任校对：郑　捷

出版发行：化学工业出版社（北京市东城区青年湖南街 13 号　邮政编码 100011）
印　　装：大厂聚鑫印刷有限责任公司
787mm×1092mm　1/16　印张 11½　字数 264 千字　2010 年 1 月北京第 1 版第 1 次印刷

购书咨询：010-64518888（传真：010-64519686）　售后服务：010-64518899
网　　址：http://www.cip.com.cn
凡购买本书，如有缺损质量问题，本社销售中心负责调换。

定　　价：21.00 元

# 前　言

　　化学实验课程在化学化工类专业本科生综合素质、实践能力和创新精神的培养中具有举足轻重的地位。我校长期以来在化学化工类人才的培养方面享有盛誉，在长期的教学实践中总结出一套具有我校鲜明特色的实验课程设置，并结合时代需要，与时俱进，推陈出新，继承和发扬优良传统，不断发展和完善了实验教学内容，获得了一系列的丰硕成果。

　　我们认为，实验教学在整个化学各学科教学中起到了承上启下、融会贯通的作用，构建出"从实验中来，又回到实验中解决"的科学知识构架。第一，通过实验教学，使学生掌握扎实的化学实验基本操作规范和基本技能，了解现代化学研究的手段、仪器的原理及其使用方法，培养学生正确设计实验、解决实际问题的能力；第二，配合化学理论教学，对现有化学理论进行检验或应用化学理论解释化学实验现象，提高学生对化学理论的感性认识，了解现代化学研究的前沿领域和发展趋势，培养学生勇于开拓的创新意识；第三，通过研究型实验和创新实践教育，培养学生通过查阅手册、工具书及其他信息源获得信息的能力，使学生初步获得化学科学研究的训练；第四，培养学生的工程意识、实事求是的科学态度、节能环保意识，使学生了解化学基础课程与相关专业课程的联系，为后续专业课程的学习打下基础。

　　针对化学类专业和化工类专业对化学基础知识和实践能力的不同要求和课时情况，华东理工大学化学实验教学中心建立了面向化学类专业的《大学基础化学实验》和面向化工类专业的《实验化学》两个化学实验教学平台，结合《化学实验原理与方法》，形成了完整的化学实验教学课程体系。

　　《实验化学》平台以"化合物制备—性能测试—结构和性能的关系—工程应用"为主线，综合四大化学基础课程的实验内容，结合化学工程学科紧贴实际、服务生产的特性制定实验内容。该平台作为我校化工类专业实践教育的重要一环，强调基础化学实验与工程应用的联系，培养学生综合解决实际问题的能力，以及化学研究的工程意识。

　　《大学基础化学实验》平台以"化合物制备—性能测试—结构和性能的关系—化学前沿探索"为主线，综合四大化学基础课程和化学类专业课程的实验内容，形成多层次循序渐进的实验教学内容体系。该平台作为我校化学类专业（包括化学、应用化学、材料化学和精细化工四个专业）实践教育的重要一环，强调学生掌握化学研究的基本方法、了解化学研究的前沿领域。

　　《综合化学实验》课程是《大学基础化学实验》平台的一部分，主要内容为综合性无机和有机合成、物质结构鉴定和结构-性能关系建立等。通过综合化学实验，希望能达到以下目的：（1）培养学生的化学实验综合技能，使学生能够根据实验目标选择实验方法和进行综合性实验；（2）培养学生化学实验的系统意识，如合成路线的绿色化、实验装置精度的匹配性和研究手段的合理性等；（3）培养学生对实验过程和结果的分析能力，如波谱分析和结构解析、数据挖掘和理论模型构建等。

我们组织学院教学和科研领域一线的资深教师对一些操作性强、富于启发性与思考性、有工业应用背景的科研成果和生产实例进行发掘、整理、提炼，并按照适应本科生实验操作水平和理论水平的要求进行改造，将这些实验作为《综合化学实验》课程内容，汇编成《综合化学实验》一书，作为实验教材。

本书共选编了 34 个综合性实验，强调绿色化学的概念，每个实验至少与两个以上学科的知识相关联，大多数实验都涉及大型分析仪器的应用，一些有机实验应用了先进的无水无氧实验操作技术，全方位培养学生的实验技能，综合分析、发现和解决问题的能力，以及初步的化学研究能力。

参与实验开发和教材编写的教师已在每个实验讲义中说明，这里不再逐一列出，对于他们的辛勤劳动，编者表示衷心的感谢。全书由孙学芹、刘洪来主编，并对各位教师提供的实验材料进行了统稿、修改和校核。

本书在编写过程中，得到了华东理工大学化学与分子工程学院张文清、蔡良珍、牟伯中、郭杨龙、朱为宏、虞大红、王燕等教授的大力支持和帮助，在此表示衷心的感谢。

化学实验教学的改革是一项十分艰巨的任务，需要在教学实践中不断探索、总结和提高。由于编者水平所限，在选材和编写中虽然尽了最大的努力，但书中的疏漏和不当之处在所难免，希望读者批评指正。

编　者
2009 年 7 月于华东理工大学

# 目　录

# 苯偶酰的绿色合成与表征

## 一、实验背景

苯偶酰即二苯乙二酮，是一种重要的有机合成中间体，可用于光敏剂、固化剂、杀虫剂、医药中间体及各类功能材料的合成，也用于制作食品用的印刷油墨等，具有广泛的应用前景。

苯偶酰的合成是以苯甲醛为原料，经催化缩合得苯偶姻（又名安息香，学名二苯羟乙酮）、然后进行氧化得苯偶酰。

苯偶姻的合成，早期以 NaCN 或 KCN 为催化剂进行安息香缩合反应，本实验采用维生素 $B_1$ 在碱性醇水溶液中加热或在微波辐射（MWI）下反应来合成得到。

微波辐射（MWI）已广泛应用于有机合成的研究，微波能量恰好与极性分子的转动能级相匹配，使得微波能可以被极性分子迅速吸收，进而大大提高反应活性，加快反应速度，一般需花费几小时的非微波辐射下反应，通常在微波辐射下几分钟甚至几秒钟便可完成。微波反应具有反应速度快、产率高、产物纯度高等优点。

苯偶酰的合成，早期采用硝酸作氧化剂，本实验采用绿色环保的 $Fe^{3+}$ 氧化苯偶姻制备苯偶酰，具有反应时间短、后处理简单、污染少、收率高等特点。

## 二、实验目的

1. 了解酰基碳负离子等价物的产生及用途。
2. 学习氧化反应的原理和氧化剂的使用。
3. 了解微波反应机理。
4. 掌握薄层色谱法（TLC）监测反应进程。
5. 学习有机化合物的表征。

## 三、实验原理

合成苯偶酰的反应式如下：

$$2 \ \text{C}_6\text{H}_5\text{CHO} \xrightarrow[\text{相转移催化剂}]{\text{维生素 } B_1} \text{C}_6\text{H}_5\text{-CO-CH(OH)-C}_6\text{H}_5 \xrightarrow[\triangle]{Fe^{3+}} \text{C}_6\text{H}_5\text{-CO-CO-C}_6\text{H}_5$$

## 四、仪器与试剂

1. 仪器

50mL 圆底烧瓶、温度计、量筒、烧杯、回流冷凝管、抽滤装置、毛细管（点样管和熔点管）、层析板、层析缸、微波反应器、紫外分析仪、烘箱、显微或数字熔点仪、红外光谱仪等。

2．试剂

苯甲醛（新蒸）10mL（10.4g，0.1mol）、维生素 $B_1$ 1.75g（0.005mol）、95％乙醇约 30 mL、PEG-6000 2.0g、10％氢氧化钠 5 mL（3mol/L）、三氯化铁 9g、冰醋酸 10mL、二氯甲烷 10～15mL 等。

## 五、实验步骤

1．安息香（苯偶姻）的合成

在 50mL 圆底烧瓶上装上回流冷凝器，加入 1.75g 维生素 $B_1$ 和 4mL 水，使其溶解，再加入 15mL 95％乙醇。在冰浴冷却下，自冷凝管顶端，边摇动边逐滴加入约 5mL 氢氧化钠，约需 10min。当碱液加入一半时溶液呈淡黄色，随着碱液的加入溶液的颜色也变深（pH 值 9～10）。

将 10mL（10.4g，0.1mol）苯甲醛、2.0g 相转移催化剂 PEG-6000 加入反应混合物中，加入沸石后于 60～76℃，水浴上加热 90min（或置于微波炉内，调节功率 320W，微波加热回流 15min）。此时溶液的 pH 值应在 8～9 之间。将反应混合液冰水冷却即有白色晶体析出。抽滤，用少量冷水洗涤固体，干燥得粗产品。用 95％乙醇重结晶，得白色晶体，烘干、称重、测熔点。

2．苯偶酰的制备

在 100mL 三口烧瓶中加入 10mL 冰醋酸、9g $FeCl_3 \cdot 6H_2O$、2.12g 安息香，装上回流冷凝管，加热回流。此后每隔 15～20min 用毛细管取出少量的反应液，薄层板上点样，并将薄层板放置使醋酸挥发，然后用二氯甲烷为展开剂展开，在紫外灯下显色，以此观察安息香是否已全部转化为二苯基乙二酮。

当安息香已全部（或接近全部）转化为二苯基乙二酮，将反应液冷却并加入 30mL 水和 30g 冰的混合物。此时有黄色的二苯基乙二酮结晶析出，充分搅拌，静置，抽滤，并用少量冰水洗涤结晶固体。干燥后，粗产品用 95％乙醇重结晶，得黄色针状晶体，称重计算产率，测熔点。

3．产品表征

用熔点仪测产品熔点。

用红外光谱仪和核磁共振仪鉴定产品。

用元素分析仪分析产品 C、H、O 的含量。

## 六、结果与讨论

1．指出二苯基乙二酮的 IR、$^1$H-NMR 谱图主要谱峰的归峰。

2．将二苯基乙二酮的理论 C、H、O 含量与元素分析仪分析的 C、H、O 含量进行比较，并讨论。

## 七、实验注意事项

1. 使用的维生素 $B_1$ 受热易变质，应于冰箱内保存，用毕及时放回冰箱。

2. 苯甲醛极易被空气中的氧所氧化，故使用前必须重蒸提纯。

3. 控制 pH 值是本实验的关键，维生素 $B_1$ 又称硫胺素，市售以盐酸盐的形式储存。苯甲醛中也可能含有微量酸，若影响溶液 pH 值，可酌情增加碱的用量。

## 八、思考题

1. 什么叫相转移催化剂？

2. 微波反应的机理是什么？

3. 羰基作为亲电试剂在合成中有着普遍的应用。能否将羰基的亲电性改为亲核性？

4. 加入苯甲醛后，为何需将溶液的 pH 值保持在 8～9？溶液的 pH 值太低有什么不好？

5. 产物二苯基乙二酮为黄色结晶固体，原料安息香为白色固体。试从原料与产物的特点出发说明这种颜色的变化。

6. 从手册中查到如下的紫外最大吸收值：安息香 $\lambda^{EtOH}$248nm；二苯基乙二酮 $\lambda^{EtOH}$260nm。试用此二数据确定用薄层色谱分离得到的两个点各是哪个化合物，并计算各自的 $R_f$ 值。

# 附：Nicolet 380 FT-IR 光谱仪有关知识

## 一、工作原理

傅里叶变换红外光谱仪（Fourier transform infared spectrophoto-meter, FT-IR）与色散型红外光谱仪不同，傅里叶变换红外光谱仪主要由光源、迈克尔逊干涉仪、探测器和计算机等组成。其工作原理为光源发出的红外辐射，经干涉仪转变成干涉图，通过样品后得到含样品信息的干涉图，由电子计算机采集，并经过快速傅里叶变换，得到吸收强度或透光度随频率或波数变化的红外光谱图（见附图 1）。附图 2 Nicolet 380 FT-IR 工作原理示意图。

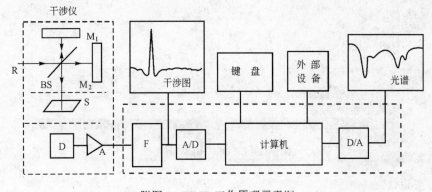

附图 1 FT-IR 工作原理示意图

R—红外光源；$M_1$—定镜；$M_2$—动镜；BS—光束分裂器；S—试样；
D—检测器；A—放大器；F—滤光器；A/D—模数转换器；D/A—数模转换器

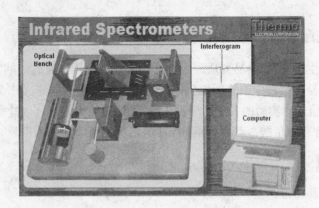

附图 2　Nicolet 380 FT-IR 的工作原理示意图

## 二、操作步骤

1. 开机

（1）打开 Nicolet 380 FT-IR 仪器电源开关，仪器预热 20～30min。

（2）开启电脑，双击电脑桌面上的 EZ OMINIC 软件图标或在程序菜单中选择 Thermo Nicolet 中的 EZ OMINIC 程序，打开红外光谱仪操作软件，其操作界面如附图 3 所示。此时可以看到软件界面的右上角有光学台状态标识，绿色 ✔ 表示仪器状态正常，可以进行实验工作，如果为红色 ✘ 则表示状态不正常，不能进行实验工作，需查找仪器不正常的原因。

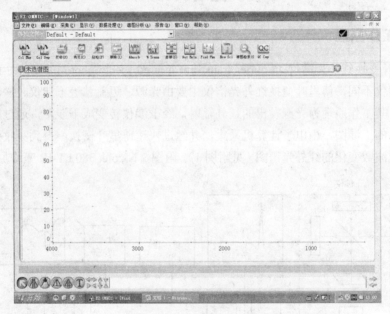

附图 3　EZ OMINIC 软件界面

2. 实验设置

（1）点击采集下拉菜单，打开实验设置，设置采集红外图谱的相关参数（见附图 4），如扫描次数、分辨率、背景光谱管理等，根据需要进行修改或使用默认值。

（2）再打开光学台选项设置光学台的相关参数（见附图 5），可根据需要修改参数数值，如红外波数扫描的范围、增益等，通常选用默认值。实验设置完成后，点击确定即可。

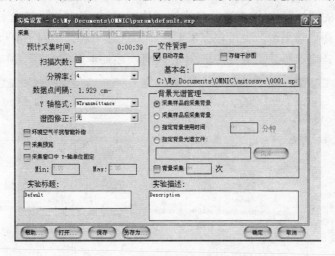

附图4　实验设置菜单-采集设置

（3）点击显示菜单，根据需要对显示参数进行设定（见附图6），如可将采样信息、标注、$X$轴、$Y$轴、网格、坐标轴范围等在谱图中显示出来。

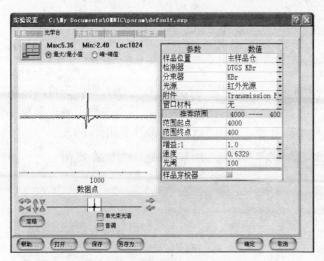

附图5　实验设置菜单-光学台设置

附图6　显示菜单

### 3．采集样品

完成上述设定后，点击采集菜单中的采集样品（或工具栏中图标 ）或采集背景（或工具栏中图标 ）进行实验操作，根据提示项完成图谱采集步骤。以实验设置中背景光谱管理项选为采集样品前采集背景为例，点击菜单中采集样品选项或相应图标进行采集样品步骤，根据提示键入谱图标题，先采集背景信号后，在样品架上放置样品进行样品信号的采集，完成后所得谱图为已扣除背景的样品谱图。

### 4．数据处理

（1）完成图谱采集后，可对所得红外图谱进行适当的数据处理（见附图7）。选择数据处理菜单中吸光度或工具栏中图标 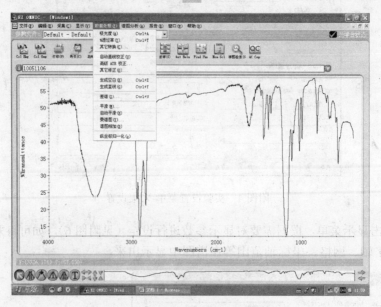，将透射图谱转化成吸收图谱，先选择自动基线校正选项或工具栏中的图标 对图谱进行基线校正处理，然后可对并不甚光滑的图谱曲线进行平滑处理，可选择自动平滑，也可根据需要在平滑选项中选择不同平滑点数对光谱进行平滑处理，最后选择透过率或工具栏中的图标 将前述处理后的光谱转换成常用透射图谱。

附图7 红外图谱数据处理示例图

此外，还可对图谱进行差谱、谱图相加、乘谱图等操作。以差谱为例，先将两张需进行差谱处理的谱图转换成吸收谱，同时选定这两条吸收曲线后，再点击数据处理菜单中差谱或工具栏中的图标 对谱图进行相应处理，即可得到其差谱（见附图8）。

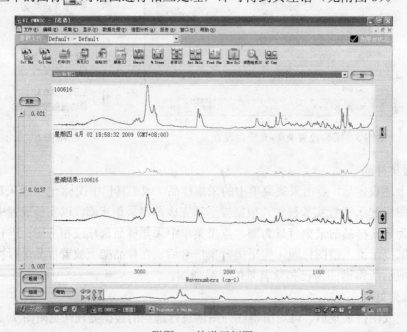

附图8 差谱示例图

（2）经过数据处理后的图谱可进行图谱分析（见附图 9），首先点击图谱分析下拉菜单中的标峰选项或工具栏中的图标，选定标峰的阈值，即可自动对谱图中各峰进行波数的标注，也可选择工具栏中的图标 T 进行谱峰的手动标注；然后可选择检索设置和谱图检索选项对谱图进行检索，以确定样品化合物可能的结构，如果软件中无谱图库则不需此操作。

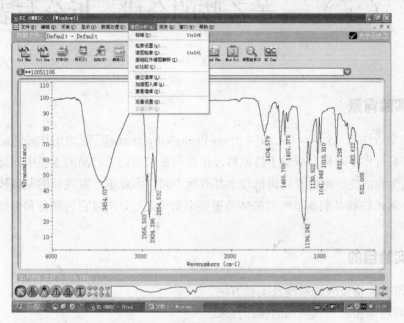

附图 9  红外图谱分析示例图

5．图谱的存储及打印

对按上述实验操作及数据处理后得到的谱图进行存储，存储的格式有谱图文件*.SPA、数据文件*.CSV、图片格式*.TIF 等，根据需要选择即可。所得图谱还可根据需要进行直接打印。

6．仪器关机

完成上述实验后，将测试样品从仪器中取出，关闭仪器电源开关，计算机程序退出后关机即可。

**[参考文献]**

1．曾育才，刘小玲．嘉应学院学报（自然科学），2007, 25 (6): 33.

2．刘长辉，蒋颂．湖南城市学院学报（自然科学版），2008, 17(2): 59.

3．侯敏，余波，李志良．合成化学，2002, 10(3): 211.

（陈君琴，孙学芹，王月荣编写）

# （±）-α-苯乙胺的合成、拆分与表征

## 一、实验背景

具有光学活性的（±）-α-苯乙胺[（±）-α-Phenylethylamine]广泛地用作外消旋体的手性拆分试剂，又可作不对称合成的手性原料，也是制备精细化工产品的重要中间体。由于光学对映体在生物活性、毒性及代谢机理上都有所不同，因此单一对映体的制备极为重要。而手性物 α-苯乙胺就是制备单一对映体的重要中间体之一，所以它的制备和分析具有重要意义。

## 二、实验目的

1. 学习鲁卡特反应的原理及实验方法。
2. 掌握蒸馏和水蒸气蒸馏的操作技术。
3. 学习碱性外消旋体的拆分原理和实验方法。

## 三、实验原理

1. 鲁卡特反应（Leuckart Reaction）

醛、酮与甲酸和氨（或伯、仲胺），或与甲酰胺作用发生还原胺化反应，称为鲁卡特反应。反应通常不需要溶剂，将反应物混合在一起加热（100～180℃）即能发生。选用适当的胺（或氨）可以合成伯、仲、叔胺。反应中氨首先与羰基发生亲核加成，接着脱水生成亚胺，亚胺随后被还原生成胺。与还原胺化不同，这里不是用催化氢化，而是用甲酸作为还原剂。反应过程如下：

$$\underset{\substack{\| \\ O}}{HC}-ONH_4 \;\rightleftharpoons\; HCO_2H \;+\; NH_3$$

$$\diagup \!\!\!\!\diagdown C=O \;+\; NH_3 \;\underset{-H_2O}{\rightleftharpoons}\; \diagup \!\!\!\!\diagdown C=NH \;\underset{\overset{+}{N}H_4}{\rightleftharpoons}\; \diagup \!\!\!\!\diagdown C=\overset{+}{N}H_2$$

$$\underset{\substack{\| \\ O}}{O-C}-H \;+\; \diagup \!\!\!\!\diagdown C-\overset{+}{N}H_2 \;\longrightarrow\; CO_2 \;+\; H-\underset{\mid}{\overset{\mid}{C}}-NH_2$$

（±）-α-苯乙胺的合成反应式：

$$\text{PhCOCH}_3 + 2\text{HCOONH}_4 \longrightarrow \text{PhCH(NHCHO)CH}_3 + 2\text{H}_2\text{O} + \text{CO}_2 + \text{NH}_3$$

$$\text{PhCH(NHCHO)CH}_3 + \text{H}_2\text{O} + \text{HCl} \longrightarrow \text{PhCH(NH}_3^+\text{Cl}^-)\text{CH}_3 + \text{HCOOH}$$

$$\text{PhCH(NH}_3^+\text{Cl}^-)\text{CH}_3 + \text{NaOH} \longrightarrow \text{PhCH(NH}_2)\text{CH}_3 + \text{NaCl} + \text{H}_2\text{O}$$

（±）-α-苯乙胺

## 2．（±）-α-苯乙胺拆分

虽然以苯乙酮为原料经鲁卡特反应可以得到一个手性碳原子的分子结构，但由于反应中还原性氢负离子可以从亚胺分子的任一侧面导入，因而只能获得外消旋体的 α-苯乙胺。要获得具有旋光性的对映异构体，还需要经过拆分操作。（±）-α-苯乙胺属碱性外消旋体，可用酸性拆分试剂进行拆分，如（+）-酒石酸。具有光学活性的（+）-酒石酸广泛存在于自然界中，在酿酒时的一系列副产物中就有。通过（+）-酒石酸与外消旋体（±）-α-苯乙胺反应形成的非对映异构体的盐：（−）-α-苯乙胺-（+）-酒石酸盐和（+）-α-苯乙胺-（+）-酒石酸盐。前者在甲醇中的溶解度要比后者的小，因此，利用它们在溶解度上的差异，可以使（−）-α-苯乙胺-（+）-酒石酸盐从溶液中先结晶析出，经纯化、碱化处理，即可得到（−）-α-苯乙胺。母液中所含的（+）-α-苯乙胺-（+）-酒石酸盐经类似的处理也可得到（+）-α-苯乙胺。（±）-α-苯乙胺的拆分过程如下：

## 四、仪器与试剂

### 1. 仪器

100mL 三颈瓶、温度计、回流冷凝管、烧杯、抽滤装置、50mL 圆底烧瓶、量筒、布氏漏斗、抽滤瓶、蒸馏仪器、水蒸气发生器、烧杯等。

### 2. 试剂

甲酸铵 22.2g（0.35mol）、苯乙酮 12.0g（0.10mol）、甲苯 95mL、浓盐酸 12mL、25%氢氧化钠 40mL、(+)-酒石酸 3.2g（0.02mol）、(±)-$\alpha$-苯乙胺 2.4g（0.02mol，2.6mL）、甲醇 45mL、乙醚 30mL、NaOH、活性炭等。

## 五、实验步骤

### 1.（±)-$\alpha$-苯乙胺合成

将 22.2g 甲酸铵、12.0g 苯乙酮、几粒沸石加入装有蒸馏装置和温度计的 100mL 三颈瓶中，另一口用标准磨口空心塞塞紧，缓慢加热，使瓶内混合物逐渐熔化，140℃熔化后的混合物分为两相，并有液体慢慢蒸出。当温度达 150～155℃时混合物呈均相。继续加热 1h（加热应小心，以免太多的泡沫泛出）至 185℃时停止加热。将馏出液分液后上层苯乙酮倒回反应瓶并在 180～185℃反应 30min。

将反应瓶冷至室温，加 10mL 水，摇荡后转入分液漏斗，再加 10mL 水至烧瓶并入分液漏斗中，静止分层，将油相倒回三口瓶，用甲苯萃取水相（2×10mL），将甲苯萃取液与油相合并，加入 12mL 浓盐酸和沸石后加热回流 30min。水解液冷至室温，用分液漏斗分出有机相，水相用甲苯萃取（2×10mL），将甲苯萃取液与上述有机相合并，倒入废液回收瓶。

将水相倒入 250mL 圆底烧瓶中，加入 40mL 25%氢氧化钠，水蒸气蒸馏，当馏出液不呈碱性时结束。

用甲苯萃取馏出液（3×10mL），合并萃取液，用颗粒 NaOH 干燥，蒸除溶剂后减压蒸馏，收集 82～83℃/2.4kPa(18mmHg)馏分，即得（±)-$\alpha$-苯乙胺，称重，计算产率，塞好瓶口，以备测折射率、拆分实验使用。[（±)-$\alpha$-苯乙胺 bp180～181℃/102kPa(765mmHg)，$n_D^{20}$ 1.5260]

### 2.（±)-$\alpha$-苯乙胺拆分

在 100mL 圆底烧瓶中加入 3.2g（0.02mol）(+)-酒石酸、45mL 甲醇和沸石，加热回流使之溶解（注：甲醇易挥发，避免吸入其蒸气）。

用滴管向瓶中慢慢滴加 2.6mL（±)-$\alpha$-苯乙胺，并振摇，控制滴加速度（太快易起泡）。滴完冷至室温，静置过夜，有颗粒状棱柱型晶体析出。

过滤，晶体用少量冷甲醇洗涤，置表面皿上晾干，即得 (−)-$\alpha$-苯乙胺-(+)-酒石酸盐产品。称重，计算产率，测熔点、旋光度。

(−)-$\alpha$-苯乙胺-(+)-酒石酸盐为白色棱状晶体，mp179～182℃（分解），$[\alpha]_D^{20} = 13°$($H_2O$,8%)。

将上述所得 (−)-$\alpha$-苯乙胺-(+)-酒石酸盐溶于 10mL 水中，加入 1.5mL 50%氢氧化钠水溶液水解，充分振荡后呈碱性。用乙醚对溶液萃取三次（3×10mL），合并乙醚萃取液，用无水硫酸钠干燥，过滤，蒸除溶剂，即得（-）-α-苯乙胺粗品。

由于产物量少不宜作减压蒸馏。可将几个同学拆分得到的产物合并一起做，减压蒸馏精制（81～81.5℃/2.4kPa,18mmHg）。称重，计算产率，测旋光度和比旋光度，通过与纯样品的比旋光度比较，求出实验样品的光学纯度。纯（-）-α-苯乙胺，mp184～186℃（分解），$[\alpha]_D^{20}=-30°(c=10,CH_3CO_2C_2H_5)$, $[\alpha]_D^{22}=-40.3°$（纯）。

3. 产品表征

测产品的旋光度。

用红外光谱仪和核磁共振仪谱鉴定产品。

用元素分析仪分析产品的 C、H、N 的含量。

## 六、结果与讨论

1. 根据（±）-α-苯乙胺红外吸收光谱图，并在需要解析的特征吸收峰上标记出波数，写出有机化合物不饱和度计算公式（仅含 C、H、N），解析标记出波数值的特征吸收峰的基团及其振动归属。

| 特征吸收峰/cm$^{-1}$ | 基团及其振动归属 |
| --- | --- |
| 3360 与 3280cm$^{-1}$ 附近两个特征吸收峰 | |
| 2960～2550 cm$^{-1}$ 之间一组特征吸收峰 | |

1940～1750 cm$^{-1}$ 之间的一组弱峰，与什么样的取代芳烃结构对应？

2. 根据（±）-α-苯乙胺的核磁共振图，指出与各质子相对应的峰。

## 七、思考题

1. 从实验中的（-）-α-苯乙胺在乙酸乙酯溶液中的比旋光度是-20°，求其对映体的百分含量。

2. 本实验没有对母液中所含的（±）-α-苯乙胺-（+）-酒石酸盐进行处理，试拟一实验方案，从母液中提取出（±）-α-苯乙胺。

3. 简述外消旋体的化学拆分原理以及对应的拆分试剂。

4. 试拟定下列外消旋体的化学拆分方案。

（a） CH₃CH₂CHCOOH
　　　　　　｜
　　　　　CH₃

（b） CH₃CH₂CHCH₃
　　　　　　｜
　　　　　OH

# 附：有关实验技术

## 一、水蒸气蒸馏技术

1. 水蒸气蒸馏原理

水蒸气蒸馏是一种常用于分离和提纯有机物的技术。当水与不溶性有机物一起受热时，两者的饱和蒸气压之和等于外压时就会沸腾，此时有机物蒸气与水蒸气便同时被蒸出。

水蒸气蒸馏一般应用于：（a）混合物中有大量固体或树脂状物；（b）混合物中含有焦

油状物；（c）有机物的沸点较高，常压蒸馏时易于分解。采用其他通常的方法难于分离，水蒸气蒸馏装置由水蒸气发生器、圆底烧瓶、直形冷凝管和接收器等组成，水蒸气发生器通常为铜制容器或白铁皮制成。其装置如附图1所示。

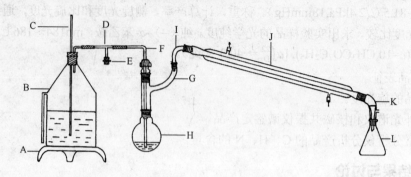

附图1　水蒸气蒸馏装置

A—加热器；B—水蒸气发生器；C—安全管；D—T形管；E—安全阀；F—导气管；
G—Y型管；H—圆底烧瓶；I—弯头；J—冷凝管；K—尾接管；L—接受瓶

2. 水蒸气蒸馏操作步骤

装置安装完毕后先检查系统气密性是否良好，检查完毕后，将被蒸馏的物料装入圆底烧瓶 H（一般不超过烧瓶容积的 1/3），再将水蒸气发生器 B 装入水（不超过其容积的 1/2），打开安全阀 E，再加热水蒸气发生器。当有蒸气从 T 形管冒出后，旋紧安全阀 E，将蒸气导入烧瓶，开始进行水蒸气蒸馏。操作时应随时注意安全管 C 上液柱的高度，防止系统堵塞。如发生堵塞，迅速打开 T 形管上的螺旋夹 E。调节加热器，控制馏速（以每秒 2～3 滴为宜）。停止蒸馏时应先打开安全阀 E，再关掉加热器，以防物料倒吸。

## 二、减压蒸馏技术

1. 减压蒸馏原理

减压蒸馏是分离与提纯有机物常用的方法之一。一些高沸点的有机物或在常压蒸馏时未达到沸点即已发生分解、氧化或聚合的有机物，分离与提纯时通常采用减压蒸馏技术。

减压蒸馏是在低于 0.1MPa 压力下进行的蒸馏技术。因为液体的沸点是随外界压力的降低而降低的，所以对于那些高沸点的有机物或在常压蒸馏时未达沸点即已发生分解、氧化和聚合的有机物，通常借助于真空降压系统以降低被蒸馏液体的沸点，达到分离与提纯。

减压蒸馏的真空降压系统可用水循环式真空泵、自来水水泵和油泵等。减压蒸馏装置由蒸馏、减压（抽气）和保护等三部分组成。其装置如附图2所示。

2. 减压蒸馏操作步骤

（1）装置安装完毕后先检查系统气密性是否良好。

（2）减压蒸馏开始操作顺序：打开磁力搅拌器→调好真空度→通冷凝水→加热。馏出液每秒1滴的速度为宜。

（3）减压蒸馏结束操作顺序：撤去热浴→体系冷后关闭冷凝水→慢慢打开缓冲瓶上的活塞→内外压力平衡后关闭真空泵。

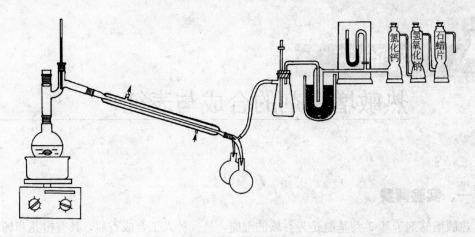

附图2　减压蒸馏装置

## [参考文献]

1. Toshio Y, Bull. Chem. Soc. Jpn, 1985, 58：2618.
2. 焦家俊，有机化学实验，上海交通大学出版社，2000.2.
3. 邹明珠，张寒琦. 中级化学实验，吉林大学出版社，2000.7.
4. 曾昭琼，曾和平等，有机化学实验（第三版），高等教育出版社，2000.5.
5. 李兆陇，阴金香，林天舒. 有机化学实验，清华大学出版社，2001.4.

（孙学芹，陈君琴编写）

# 实验三

# 热敏增感剂的合成与表征

## 一、实验背景

热敏增感剂苄基-2-萘基醚是芳香族的混醚，是一种人工合成香料，具有橙花和杨槐花的香味，由于具有较高的沸点和较小的挥发度，故有较好的保香效果，广泛用于香精和香料工业，同时也是合成苄氧萘青霉素等医药工业的重要中间体。

目前，文献报道的合成方法主要有两种：一是传统的威廉森（Williamson）合成法，即用 2-萘酚和氯化苄在非质子溶剂中进行 Williamson 缩合反应，制得苄基-2-萘基醚；二是相转移催化合成法，即在非水溶剂中，用四丁基溴化铵为相转移催化剂合成苄基-2-萘基醚。本实验采用相转移催化技术加热（或微波辐射（MWI）和超声波技术）合成苄基-2-萘基醚，使反应趋向于绿色、简便、高效。

## 二、实验目的

1. 学习查阅文献了解微波反应、超声波反应的原理和操作。
2. 学习有机化合物的表征。

## 三、实验原理

苄基-2-萘基醚的合成反应式：

$$\text{2-萘酚} + \text{苄基氯} \xrightarrow[\text{加热或微波或超声波}]{\text{NaOH, 催化剂}} \text{苄基-2-萘基醚} + NaCl + H_2O$$

## 四、仪器与试剂

1. 仪器

微波化学实验仪、超声清洗器、数字或显微熔点测定仪、红外光谱仪；精密电子天平等。

2. 试剂

2-萘酚、氯化苄、氢氧化钠、四丁基溴化铵、碘化钾、$N,N$-二甲基甲酰胺（DMF）、二甲亚砜(DMSO)(C.P.)、氢氧化钾等。

## 五、实验步骤

1. 苄基-2-萘基醚合成

在 50mL 圆底烧瓶中加入 1.83g（0.044mol）氢氧化钠、15mL 水、5.75g（0.04mol）2-

萘酚，装上冷凝器，在 70℃下，使 2-萘酚完全溶解，得深褐色透明溶液，备用。

　　将 0.36g（0.004mo1）四丁基溴化铵、甲苯 25mL、氯化苄 5.28g 加入装有回流冷凝器、恒压滴液漏斗和温度计的 100mL 三口烧瓶中，然后把上述已经制备好的 2-萘酚钠盐溶液加入恒压滴液漏斗中，在 100℃下，开始滴加（或置于微波炉内，四丁基溴化铵和甲苯改为碘化钾和 N, N-二-甲基甲酰胺，调节功率 320W，微波加热回流 15 min。或用超声波辐射，甲苯改为环己烷，调节功率 500W，频率为 40kHz，超声波 50~60℃反应 1.5h）。滴毕，在此温度下搅拌 1h，停止反应，分出有机相，有机相用 20mL 水洗涤 2~3 次，无水硫酸钠干燥，旋蒸除去溶剂和过量反应物，得粗产物。将粗品用 95%乙醇重结晶，得苄基-2-萘基醚，称重，计算产率。

　　2. 产品表征

　　用熔点仪测产品熔点。

　　用红外光谱仪和核磁共振仪谱鉴定产品。

　　用元素分析仪分析产品 C、H 的含量。

# 六、思考题

　　1. 查阅文献写出采用微波合成和超声波合成热敏增感剂苄基-2-萘基醚的实验步骤（附参考文献）。

　　2. 讨论与分析相转移催化法、微波、超声波合成热敏增感剂苄基-2-萘基醚的优缺点。

## [参考文献]

1. Wil1iam W S. The sadtler handbook of infrared spectra [M]. Philadelphia: Sadtler Research Laboratories Inc，1978，389.

2. 李丕高，李美军. 现代生物医学进展. 2007，7（9）：1316.

3. 王树清，高崇，朱石生等. 化学世界，2004，(5)：267.

4. 戴桂元，胡涛，刘蕴等. 化学试剂，2003，25(3)：166.

5. 李敬芬. 湖州师范学院学报，2007，29(2)：61.

（陈君琴，孙学芹编写）

# 实验四

# 二氯二茂钛的合成与表征

## 一、实验背景

1951 年，二茂铁夹心结构的阐明，进一步促使人们进行相应的茂金属钛、锆络合物的合成研究。Summers 利用环戊二烯基锂和四氯化钛在二甲苯溶液中于 100℃反应，成功地以 71%的产率合成了二茂二氯钛[$\eta^5$-(C$_5$H$_5$)$_2$TiCl$_2$]。

六十年代 Rausch 等进一步在环戊二烯配体上连接取代基时，发现茂钛络合物的环戊二烯基不同于二茂铁的茂环，不具有芳香性，因而在环戊二烯基上连接取代基必须在与金属络合之前，这一发现为合成取代茂金属钛族络合物提供了理论指导。从此，大量各种类型的茂金属钛、锆络合物被合成出来，极大地丰富了金属有机化学。Kaminsky 等人发现这类茂金属化合物与甲基铝氧烷（[Al(CH$_3$)O]$_n$，简称为 MAO）组成溶于甲苯的均相催化体系，对烯烃聚合具有极高的催化活性。从七十年代起各种取代的茂钛、锆络合物，以及含可配位杂原子（O、N、P、S）取代基的络合物相继被合成。目前有些已工业化，产生了巨大的经济效益。

本实验合成茂环上不含取代基的二氯二茂钛，采用茂钠的四氢呋喃溶液与四氯化钛的甲苯溶液在室温下反应，操作简单，条件温和，并获得同样的结果。

## 二、实验目的

1. 学习无水无氧实验操作技术和掌握 Schlenk 基本操作。
2. 掌握索氏提取器的使用。
3. 学习络合物表征。

## 三、实验原理

对空气中的氧气和水敏感的化合物需要使用特殊的操作技术来处理。目前有关无水无氧实验的操作技术有三种方法：（1）高真空操作技术（Vacuum-line）；（2）手套箱操作技术（Glove-box）；（3）Schlenk 操作技术。这三种操作技术各有优缺点，具有不同的适用范围，本实验采用 Schlenk 操作技术。

Schlenk 操作的特点是在惰性气体气氛下，将体系反复抽真空-充惰性气体，使用特殊的 Schlenk 型的玻璃仪器进行操作。这一方法比手套箱操作更方便，更有效。因此 Schlenk 操作技术是最常用的无水无氧操作技术，已被化学工作者广泛采用。

二氯二茂钛（Cp$_2$TiCl$_2$）是四价钛离子与环戊二烯负离子通过配位键形成的，常温下为深红色晶体，熔点为 287～289℃，茂环上能形成多种取代基的衍生物，二氯二茂钛及其衍生物能催化环烯烃聚合。二氯二茂钛的合成反应式如下：

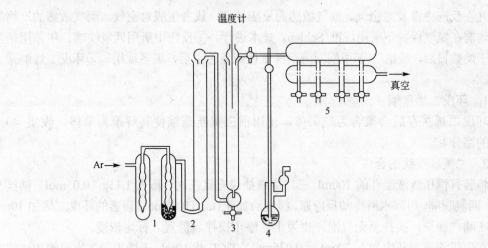

环戊二烯负离子容易被空气中的氧气所氧化，所以反应在惰性气体气氛中进行。无水无氧操作系统装置如图 1 所示。溶剂处理装置如图 2 所示。

图 1  无水无氧操作系统装置

1—液体石蜡（液封）；2—4Å 分子筛；3—银分子筛；4—汞封；5—双排管

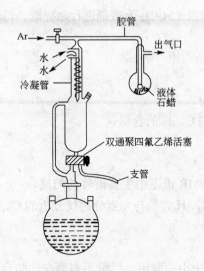

图 2  溶剂处理装置

## 四、仪器和试剂

1. 仪器

100mL 三口烧瓶、三通抽气头、二通抽气头、恒压滴液漏斗、翻口橡皮塞、磁力搅拌器、搅拌子、注射器、索氏提取器、旋转蒸发仪、真空泵等。

2. 试剂

环戊二烯（工业级）、四氢呋喃、钠、二苯甲酮、$TiCl_4$、$CH_2Cl_2$、甲苯等，均为分析纯。

## 五、实验步骤

凡在反应中涉及对空气、潮气敏感的反应试剂，或者生成对空气、潮气敏感的产物的实验均需在氮气保护下采用标准 Schlenk 技术进行。①反应中所用四氢呋喃、甲苯用钠丝预先干燥数日后，经钠/二苯甲酮回流至深紫色或蓝色以后，现蒸现用。②环戊二烯解聚为单体。

### 1. 环戊二烯蒸馏

环戊二烯久存后会聚合为二聚体，使用前应重新蒸馏使其解聚为单体，收集 40～42℃的馏分。

### 2. 二氯二茂钛的合成

将装有恒压滴液漏斗的 100mL 三口烧瓶抽烤充氮三次，压入 1.15g（0.05mol）钠丝及 25mL 四氢呋喃，用冰水浴冷却反应瓶，缓慢滴加 4.1mL（0.05mol）新蒸的环戊二烯加 10mL 四氢呋喃，滴毕，搅拌至无气泡产生为止。停止搅拌，静置。标定浓度。

在恒压滴液漏斗中加入 2.8mL（0.025mol）$TiCl_4$ 及 10mL 干燥甲苯，室温滴加（控制滴加速度，防止反应过于剧烈），产生大量白烟，放热，可适当降温，滴毕，搅拌 1h，室温静置。

抽干溶剂，用索氏提取器以 $CH_2Cl_2$ 为溶剂进行热提取。得深红色 $Cp_2TiCl_2$ 产物。计算产率。

### 3. 产品表征

用熔点仪测产品熔点。

用核磁共振仪谱鉴定产品。

用元素分析仪分析产品的 C、H 的含量。

## 六、结果与讨论

1. 指出二氯二茂钛 [1]H-NMR 谱图中主要谱峰的归属。

2. 将二氯二茂钛的理论 C、H 含量与元素分析仪分析的 C、H 含量进行比较，并讨论。

## 七、实验注意事项

1. 环戊二烯需在通风橱中小心取用，尽量不要洒在实验台上。

2. 解聚后的单体应尽快使用，因为即使保存在冰箱中也会慢慢重新聚合。

3. 解聚和二氯二茂钛的合成全部用干燥玻璃仪器。

## 八、思考题

1. 为什么反应过程当中只保持有微弱的氮气流过体系，用较大的氮气流可以吗？

2. 查阅文献，写出合成（$CH_2CHCH_2Cp$）$_2TiCl_2$ 的实验步骤。

# 附：金属有机化学有关知识

金属有机化学是无机化学和有机化学互相渗透、交叉而产生的一门分支课程，金属有机化合物（Organometallic Compounds），是一类至少含有一个金属—碳（σ 或 π）键的化合物。按照这一定义，不含金属—碳键的烷氧基、巯基与金属的化合物（ROM、RSM）、碳酸盐等不能称为金属有机化合物。有些化合物虽然含有金属—碳键，如 $CaC_2$、NaCN 等，它们属于典型的无机化合物，通常也不在金属有机化学中讨论。但金属氢化物，尤其是过渡金属氢化物包括在金属有机化合物中。研究金属有机化合物的化学就是金属有机化学。

含 B-C，Si-C，P-C 等键的有机化合物，在制法、性质、结构等方面与金属有机化合物很相似，一些作者称它们为元素有机化合物或类金属有机化合物并把它们放在金属有机化学中讨论。

金属有机化合物与有机化合物、无机化合物之间的主要区别是分子中存在着金属-碳键，其特性：

① 许多金属有机化合物化学性质活泼。一些惰性分子也可能与金属有机化合物反应。

② 许多金属有机化合物对空气敏感，在空气中迅速氧化甚至自燃，遇水迅速水解甚至发生爆炸。这就必须在隔绝空气的条件下处理。

③ 许多金属有机化合物的热稳定性较差，容易发生热分解。应尽量在较低的温度下合成，使用并保存在低温冰箱中。

④ 配位不饱和的金属有机化合物遇有配位能力的溶剂会与之配位；配位饱和的金属有机化合物也可能与有配位能力的溶剂发生配体交换，给在溶液中研究金属有机化合物带来不便。所以，应尽量避免使用含官能团、有配位能力的有机溶剂，而首选无配位能力的烃类。

⑤ 金属有机化合物中的金属会对化合物波谱性质产生不同程度的影响。

⑥ 金属有机化合物最重要的特性是对空气敏感，实验室和工业上都必须解决安全处理这类物质的技术。经过几代科学家的努力现已总结出一套处理空气中敏感物质的有效方法—Schlenk 技术。其基本思想是将金属有机化合物置入含水、氧量极低的高纯惰性气体气氛中进行反应，分离和鉴定处理。

## 附：处理空气中敏感物质的主要玻璃仪器及操作技术

（1）Schlenk 瓶

（2）Schlenk 瓶 与裤形管

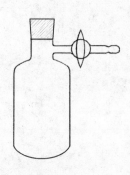
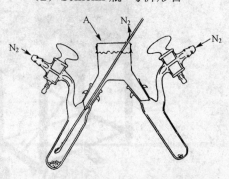

（3）转移对空气敏感的液体

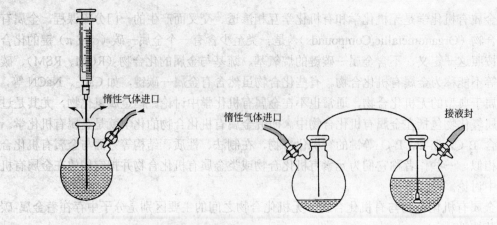

（4）在无水无氧气氛中反应的仪器装置

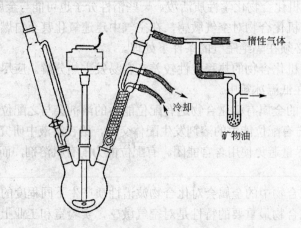

（5）转移对空气敏感的固体——手套箱

## [参考文献]

1. Summer L, Uloth R H, Holm A. J Am Chem Soc,1955, 77: 3604.

2. 张勇. 华东理工大学博士论文，2005.

3. 张丹枫. 华东理工大学博士论文，1996.

4. Rausch M D. Can J Chem, 1963, 41: 1289.

5. Kaminsky W, Miri M, Sinn H, et al. Macromol Chem Rapid Commun,1983, 4: 417.

6. 王积涛，宋礼成. 金属有机化学. 北京：高等教育出版社，1989.

（孙学芹编写）

# 实验五
## 1-苯基环己稀的合成与表征

### 一、实验背景

1-取代基苯基环己烯是制备 1-取代基苯基-1,2-环己二醇的重要原料,1,2-环己二醇分子中有两个羟基且为环状结构,可进行取代、氧化及脱氢等反应,并用于手性试剂的合成,在手性药物及精细化工中间体的合成中也具有广泛的应用,因此,学习该类化合物的合成方法具有重要的意义,本实验合成苯环上不含取代基的 1-苯基环己烯。

### 二、实验目的

1. 学习无水无氧操作技术制备格氏试剂。
2. 学习格氏试剂制备及其和羰基的反应。
3. 学习醇脱水制烯烃的分水操作。

### 三、实验原理

1. 无水无氧操作系统装置和溶剂处理装置见本书实验四。
2. 合成 1-苯基环己稀的反应式如下:

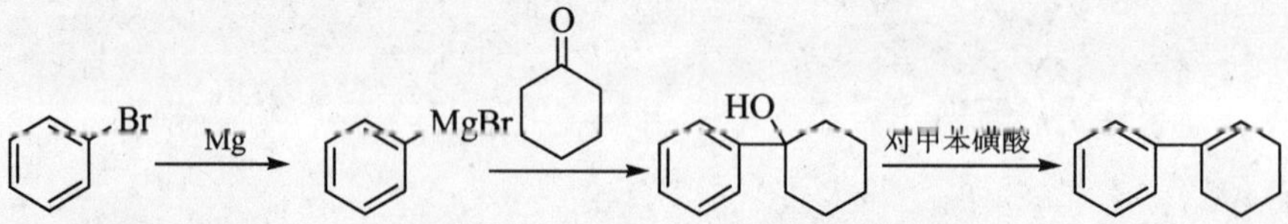

### 四、仪器与试剂

1. 仪器

100mL 三口烧瓶、三通抽气头、二通抽气头、恒压滴液漏斗、翻口橡皮塞、磁力搅拌器、搅拌子、注射器、、普通漏斗、旋转蒸发仪、真空泵等。

2. 试剂

溴苯、镁屑、环己酮、对甲苯磺酸、四氢呋喃、乙醚、甲苯、碳酸氢钠、盐酸、无水硫酸镁、碘粒等。

### 五、实验步骤

本实验凡在反应中涉及对空气、潮气敏感的反应试剂,或者生成对空气、潮气敏感的产物的实验均需在氮气保护下采用标准 Schlenk 技术进行。

① 反应所用四氢呋喃用钠丝预先干燥数日后，经钠/二苯甲酮回流至深紫色或蓝色以后，现蒸现用。

② 反应所用环己酮需要重蒸收集 154～156℃的馏分。

1. 格氏试剂的制备

取 1.0g（0.041mol）镁屑（剪碎）加入配置有磁力搅拌器、温度计、接有抽气头的冷凝管、恒压滴液漏斗的 100 mL 三口烧瓶中，抽气充氮气 2～3 次，加入 25mL 四氢呋喃，投一小粒碘，在恒压滴液漏斗中加入 6.3g（0.04mol）溴代苯和 15mL 四氢呋喃的混合溶液，搅拌下，先滴入少量的混合溶液于三口烧瓶中，油浴加热至溶液微沸，待反应起动后保持微沸下，缓慢滴加余下的溶液，滴加完毕后，油浴加热回流 0.5～1 小时使反应完全，制得格氏试剂。

2. 1-苯基环己醇的制备

将上述制得的格氏试剂用冰水浴冷却降温到 20℃以下，搅拌下用滴液漏斗滴加 3.92g（0.04mol）环己酮与 10mL 四氢呋喃的混合物，控制反应温度在 20℃以下，滴加完毕后，油浴加热回流 1 小时完成反应（TLC 检测）。

将以上反应物冰浴冷却，搅拌下滴加盐酸：水=1∶1 溶液，至体系呈酸性，分出有机相，水相用 3×10mL 乙醚萃取，合并有机相，先用饱和 $NaHCO_3$ 水溶液洗涤一次，再用蒸馏水洗涤至中性，并用无水 $MgSO_4$ 干燥。

3. 1-苯基环己烯的制备

将以上溶液过滤，滤液加入 100mL 圆底烧瓶，旋蒸除去溶剂，配上分水器、回流冷凝管，加入 25mL 甲苯和 0.15g 对甲苯磺酸，搅拌下加热回流，反应至不再有水生成。产物溶液分别用 10% $NaHCO_3$ 水溶液、蒸馏水洗涤，用无水 $MgSO_4$ 干燥。过滤、旋蒸除去甲苯溶剂，剩余油状物减压蒸馏，得 1-苯基环己烯。计算产率。

4. 产品表征

用红外光谱仪和核磁共振仪鉴定产品。

用元素分析仪分析产品的 C、H 含量。

## 六、结果与讨论

1. 指出 1-苯基环己烯的 IR、[1]H-NMR 谱图中主要谱峰的归属。

2. 将 1-苯基环己烯的理论 C、H 含量与元素分析仪分析的 C、H 含量进行比较，并讨论。

## 七、实验注意事项

1-苯基环己烯的合成全部用干燥玻璃仪器。

## 八、思考题

1. 制备格氏试剂时应注意哪些问题。

2. 格氏试剂和羰基化合物的反应机理。

## [参考文献]

Davies M T, Bobson D F, Hayman D F. Terrahedron, 1962, 18: 751.

（孙学芹编写）

# 一种新型防晒剂的固固法合成与表征

## 一、研究背景

具有护肤防晒性能的新化合物的研究一直是人们关注的热门课题之一。2-羟基-4-甲氧基二苯酮（防晒 3 号）是许多防晒用品常用的成分之一，它与乙二胺形成 Schiff 碱后再与铜（Ⅱ）、镍（Ⅱ）、钴（Ⅱ）配位的化合物虽然比 2-羟基-4-甲氧基二苯酮对紫外光有更强的吸收作用，但众所周知，铜（Ⅱ）、镍（Ⅱ）、钴（Ⅱ）本身有色，且对皮肤有一定的伤害作用，而锌（Ⅱ）不但无色、无毒，而且还是许多治疗皮肤病的软膏药物，如：磺胺嘧啶锌软膏有明显的促进创面愈合的作用和一定的抗感染作用；复方雷琐锌软膏是治疗脂溢性皮肤病的良药等。本实验合成的新型防晒剂是防晒 3 号 Schiff 碱合锌配合物，其对紫外光的吸收强度不但比防晒 3 号、防晒 3 号乙二胺 Schiff 碱高出约 3.3 倍，而且所采用的固固法的合成手段对应用于实际生产也具有积极的意义。

## 二、实验目的

1. 了解并掌握固固合成法制备化合物的原理和方法。
2. 了解化合物组成和结构的常规分析表征方法。

## 三、实验原理

防晒 3 号 Schiff 碱合锌配合物的合成反应式如下：

## 四、仪器与试剂

1. 仪器

玛瑙研钵、红外光谱仪（K 压片）、紫外可见分光光度仪、核磁共振仪、D/max-YB X 射线衍射仪、SDTQ600 热重-差示扫描量热仪等。

2. 试剂

2-羟基-4-甲氧基二苯酮（防晒 3 号，纯度 98%，由上海轻工业研究所提供）、$Zn(NO_3)_2·6H_2O$、95%乙醇（A.R.）、无水乙醇（A.R.）、浓氨水（A.R.）、去离子水等。

## 五、实验步骤

1. 防晒 3 号 Schiff 碱的合成

准确称取防晒 3 号 30mmol 溶解于 40mL 95%乙醇中，加热搅拌，溶解后，加入乙二胺 15mmol，回流反应 4 小时，产生大量黄色沉淀，静置，冷却 30 分钟后，抽滤，用少量乙醇和乙醚洗涤沉淀多次，然后真空干燥沉淀 24 小时。收集产物，计算产率。

2. 防晒 3 号 Schiff 碱合锌配合物的合成（固固法）

称取 $ZnCl_2$ 2mmol 于离心试管中，加入浓氨水 0.3mL，反应完全后，离心分离上层清液，沉淀分别用蒸馏水、乙醇洗涤多次，离心分离清液，得到新制的 $Zn(OH)_2$ 沉淀。准确称取防晒 3 号 Schiff 碱 1mmol 于研钵中，将上述新制取的 $Zn(OH)_2$ 沉淀完全转移至玛瑙研钵中，研磨混合物，开始反应物很黏，然后逐渐变干，成粉状，研磨 5 小时后，将产物转移至离心试管中，用无水乙醇洗涤多次，离心分离，将沉淀真空干燥 24 小时。收集产物，计算产率。

3. 产品表征

（1）紫外光谱分析

将防晒 3 号（简称 1#）、防晒 3 号 Schiff 碱（简称 2#）、防晒 3 号 Schiff 碱合锌配合物（简称 3#）分别用无水乙醇做溶剂溶解，准确配制三者的浓度分别为 $C_{1\#}=1.0×10^{-7}mol/L$，$C_{2\#}=1.0×10^{-7}mol/L$，$C_{3\#}=1.0×10^{-8}mol/L$，分别用于紫外分析。

（2）用红外光谱仪和核磁共振仪鉴定产品。

（3）用元素分析仪分析产品 C、H、O、N 的含量。

## 六、结果与讨论

1. 根据元素分析结果推测出其分子式。
2. 指出 IR、$^1$H-NMR 谱图中主要谱峰的归属

## 七、思考题

1. 试解释防晒霜的防晒作用原理。
2. 固固合成法有哪些优点？

（无机化学教研室编写）

# 2-(2-呋喃基)-乙烯基苯基甲酮的超声波辐射合成及结构表征

## 一、实验背景

2-(2-呋喃基)-乙烯基苯基甲酮分子结构中含有碳碳双键和羰基两个活性基团，是一种重要的有机合成中间体。2-(2-呋喃基)-乙烯基苯基甲酮的合成属于 Claisen-Schmidt 缩合反应，该类反应的传统合成方法通常是以稀酸或稀碱为催化剂，由相应的醛和酮为原料，经 Claisen-Schmidt 缩合而得到。超声波辐射合成技术应用于有机合成之中，它优越于传统的搅拌、外加热等手段，已成为一种方便、迅速、有效、安全的合成方法。与常规条件下的反应相比较，超声波辐射反应具有反应条件温和、反应时间短、方便易于操作、产率高等优点，甚至可以发生某些在正常条件下不能进行的反应。

## 二、实验目的

1. 学习在超声波辐射作用下，合成 2-(2-呋喃基)-乙烯基苯基甲酮的方法。
2. 通过该实验了解超声波辐射的绿色实验方法。

## 三、实验原理

本实验在超声波辐射作用下，以呋喃甲醛和苯乙酮为原料，氢氧化钠为催化剂，合成了 2-(2-呋喃基)-乙烯基苯基甲酮。其反应式：

$$\text{（呋喃）—CHO} + \text{CH}_3\text{C(=O)（苯）} \xrightarrow[\text{超声波}]{\text{NaOH}} \text{（呋喃）—CH=CHC(=O)（苯）}$$

超声波辐射法合成 2-(2-呋喃基)-乙烯基苯基甲酮具有操作简便、反应条件温和（室温）、反应时间短、产率较高（传统合成法产率约 70%）、产品颜色及晶型较好的优点，是一种值得倡导的绿色合成方法。

## 四、仪器与试剂

1. 仪器
超声波清洗器、30mL 锥形瓶、温度计、水循环泵、熔点测定仪等。
2. 试剂
10% NaOH 溶液 6.4mL、无水乙醇 7.6mL、苯乙酮 3.0mL（26mmol）、新蒸的呋喃甲

醛 2mL（24 mmol）等。

## 五、实验步骤

1．2-(2-呋喃基)-乙烯基苯基甲酮的合成

在 30mL 锥形瓶中依次加入 6.4mL 10 %NaOH 溶液、7.6mL 无水乙醇、3.0mL(26mmol) 苯乙酮，混匀后放在冰水浴中冷却片刻，再加入 2mL(24mmol)新蒸的呋喃甲醛，将反应瓶放入超声波清洗器中，控制清洗器水槽中的温度在 25～30℃，超声辐射 30～35min 后，取出反应瓶，冷却结晶，抽滤出粗品，用冰水洗涤至中性，干燥后用乙醇重结晶，得到纯品。计算产率。

2．产品表征

用红外光谱仪和核磁共振仪谱鉴定产品。

用元素分析仪分析产品的 C、H 的含量。

## 六、结果与讨论

根据该方法，产品的产率在 80%左右，mP46.3～46.8℃（文献值：47℃）。

1．碱的浓度不能过高。

2．反应温度要控制好。

3．反应时间加长对产率影响不大。

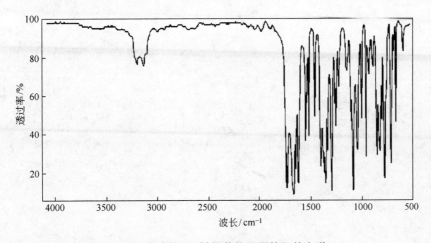

2-(2-呋喃基)-乙烯基苯基甲酮的红外光谱

## 七、实验注意事项

1．由于呋喃甲醛在浓碱作用下易发生胶化作用和 Cannizaro 反应，同时醛过量还会生成副产物呋喃甲酸，因此本反应碱的浓度不能过高，而且苯乙酮必须过量。

2．温度太低反应速度慢，反应不完全，温度高容易发生副反应，产生棕色树脂状副产物，25～30℃为最佳反应温度。

3．超声波辐射法制备 2-(2-呋喃基)-乙烯基苯基甲酮的最佳合成条件是：呋喃甲醛 24 mmol，苯乙酮26mmol，10% NaOH用量为6.4mL，反应温度为25～30℃，反应时间为30min，

所得产率可达 80%。

## 八、思考题

1. 超声波辐射合成技术与传统的技术比较有哪些优点？
2. 请举出 5 种以上的绿色合成方法。
3. 该反应的温度如果控制得太高或太低，对反应有哪些影响？
4. 本反应为什么苯乙酮必须过量？ 如果呋喃甲醛过量会产生什么副作用？
5. 请对所得产品的红外光谱、核磁共振氢谱进行归属。

## [参考文献]

1. 任玉杰. 绿色有机化学实验. 北京：化学工业出版社，2008.
2. 孙淑琴，李英俊. 辽宁师范大学学报（自然科学版），2006，29(3): 325.

（任玉杰编写）

# 四苯基卟啉及其 Sn(IV) 配合物的合成和核磁表征

## 一、实验背景

卟啉（porphyrin）是一类具有大共轭环状结构的有机化合物，它具有独特的光电性质，在生物和化学领域都具有重要意义。卟啉及其衍生物广泛存在于生物体内和能量转移相关的重要细胞器内。在动物体内主要存在于血红素（铁卟啉）和血蓝素（铜卟啉）中，在植物体内主要存在于维生素 $B_{12}$（钴卟啉）和叶绿素（镁卟啉）中，是血细胞载氧进行呼吸作用和植物细胞进行光合作用过程中的关键物质。卟啉在能量转移方面有着优异的性能，在高分子材料、化学催化、电致发光材料、太阳能电池、分子靶向药物等不同领域有广泛应用。

TPP

SnTPP(OH)$_2$

最常见的卟啉是四苯基卟啉（TPP），它是 18π-电子芳香化合物，很容易结晶，而且有非常漂亮的深紫色。在该化合物的核磁共振氢谱中，大环外围氢原子的去屏蔽作用比苯环强，化学位移为 8.85，而其内部的 NH 氢原子则受到屏蔽作用，化学位移为–2.78。在许多有机化学和光谱学本科教材中，都介绍了芳香环的 π 电子和 π 电流。在核磁谱中，位于芳香环四周的氢原子将受到 π 电流的去屏蔽作用，信号出现在低场区，如苯环信号一般在 7～8 ppm 范围内。而位于芳香环上下的锥形区域内，氢原子将受到 π 电流的屏蔽作用，出现在高场区。对于这种情形，只有在卟啉这样的特殊化合物中，才能观察到。如果在卟啉环中间用合适的金属离子配位，而金属离子的轴向可引入含氢配体配位，则可以很方便地研究大环上下区域的屏蔽作用。Sn(IV) 配合物——SnTPPX$_2$ 就是很合适的体系。这类配合物是抗磁性的，便于核磁测试，而且很容易合成，稳定性很好，在很多浓酸中都不会分解。很多轴向配体可以配位到 Sn(IV) 原子上。这类化合物的合成，可以先由 $SnCl_2$ 与 TPP 反应，再碱性水解制备 $SnTPP(OH)_2$，然后与不同的酸作用，即可得到不同酸根离子配位的一系列配合物 $SnTPPX_2$（HX 为无机酸，ROH，或 RCOOH）。所有这些化合物在 $CDCl_3$ 中有足够的溶解度，便于进行核磁测试。本实验可研究氢原子的化学位移与其和金属离子（即大环）的距离之间的关系。

卟啉是非常重要的荧光基团，而荧光光谱具有灵敏度高、测试方便等优点，其灵敏度往往比其他光谱法高两到三个数量级，因此广泛应用于生物、化学体系的探针研究。本实验可以让学生在紫外灯下观察所合成化合物的红色荧光，形成初步的感性认识。

通过本实验，学生可以掌握卟啉及其 Sn(IV) 配合物的合成方法。通过核磁谱测试，进一步理解大环内部区域 π 电流的屏蔽作用（图 1）。此外，由于卟啉类化合物颜色很深，便于进行微量反应，可以培养学生的微量合成能力。最后，通过荧光现象的观察，形成对荧光光谱的感性认识。

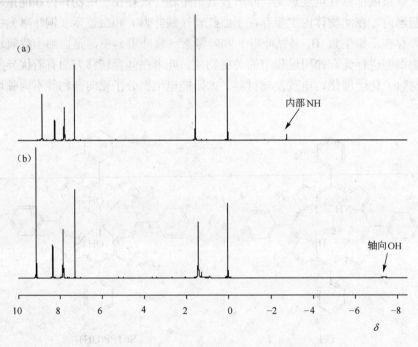

图 1　TPP（a）和 $SnTPP(OH)_2$（b）的 $^1$H-NMR 谱

## 二、实验目的

1. 合成四苯基卟啉及其 Sn(IV) 配合物。
2. 测试核磁共振氢谱，研究不同轴向配体在高场区信号的位置与其结构的关系。
3. 观察荧光现象。

## 三、实验原理

四苯基卟啉及其 Sn(IV) 配合物的合成反应式如下：

TPP

SnTPP(OH)$_2$

## 四、仪器与试剂

### 1. 仪器

磁力搅拌器、搅拌子、50mL 三口烧瓶、50mL 圆底烧瓶 2 个、1mL 注射器 2 根、25mL 量筒、色谱柱、核磁管、100mL 烧杯 3 只、玻璃棒、球形冷凝管、抽滤装置、10mL 试管 2 根、5mL 试管 2 根、胶头滴管 3 根、温度计 1 根等。

### 2. 试剂

吡咯、丙酸、乙酸、甲酸、苯甲醛、SnCl$_2$·2H$_2$O、二氯甲烷、正己烷、甲醇、氘代氯仿、氯仿、吡啶、氨水、柱色谱用硅胶、柱色谱用碱性氧化铝、柱色谱用中性氧化铝、无水硫酸钠、蒸馏水等。

## 五、实验步骤

### 1. 四苯基卟啉（TPP）的合成

在 50mL 三口烧瓶中，加入 20mL 丙酸和 0.51mL（5mmol）苯甲醛，加热至回流，用注射器缓慢加新蒸的 0.35mL（5mmol）吡咯，回流 2h，冷却至室温，缓慢加入 30mL 甲醇，抽滤，用甲醇洗涤滤饼至洗涤液基本无色，干燥得紫色粗产物晶体，用硅胶柱提纯，淋洗液为二氯甲烷-正己烷，得深紫色晶状四苯基卟啉（TPP）。

### 2. 二羟基四苯基卟啉合锡(IV)[SnTPP(OH)$_2$]的合成

将 105mg（0.17mmol）TPP、研碎的 250mg（1.11mmol）SnCl$_2$·2H$_2$O、10mL 吡啶加入三口烧瓶中，回流 1.5h，溶液冷却至 50℃，然后加入 5mL 氨水，再加热搅拌 1h，然后加入 60mL 水，所得混合物抽滤，并在漏斗中用水洗两次，抽干，然后用二氯甲烷（3×10mL）溶解漏斗中的固体，收集紫色滤液，用无水硫酸钠干燥，然后浓缩至较小体积（1~2mL），用中性氧化铝柱提纯，淋洗液为二氯甲烷，收集紫色色带，用二氯甲烷-正己烷重结晶，得到二羟基四苯基卟啉合锡（IV）紫色晶体。

### 3. 二甲氧基四苯基卟啉合锡(IV)[SnTPP(OCH$_3$)$_2$]的合成

将 10mg（0.013mmol）SnTPP(OH)$_2$ 溶于 5mL 无水甲醇，该溶液加入碱性氧化铝柱，并用无水甲醇淋洗，收集紫色带，浓缩至析出晶体，抽滤，收集固体。

### 4. 二乙酸四苯基卟啉合锡(IV)[SnTPP(OCOCH$_3$)$_2$]的合成

将 10mg（0.013mmol）SnTPP(OH)$_2$ 溶于 5mL 氯仿，加入 1 滴冰醋酸，室温搅拌 15min，

加入无水硫酸钠，再搅拌 15min，过滤后，溶液蒸干。所得固体用二氯甲烷-己烷重结晶。

5. 二甲酸四苯基卟啉合锡(IV)[SnTPP(OCOH)$_2$]的合成

合成方法类似于二甲酸四苯基卟啉合锡(IV)，只是用甲酸代替冰醋酸。

6. 测定上述化合物的核磁共振氢谱，研究轴向配体化学位移和结构的关系。

7. 观察荧光现象。

## 六、实验注意事项

1. 丙酸，沸点 140℃，虽然毒性不强，但其腐蚀性较强，对金属，呼吸道损伤较大，实验过程中要尽量避免吸入，回流装置更要密闭，以防止丙酸蒸气泄露，避免对实验设备及实验人员造成伤害，如果不慎沾到皮肤上，可用大量水冲洗。

2. 吡咯自身容易发生副反应，尽量避光密封保存，时间放置长了，会由无色液体渐渐变成深褐色液体，所以每次反应前都要现蒸现用。

## 七、结果与讨论

1. 收集各步反应产物，称重，并计算反应产率；

2. 对 $^1$H-NMR 谱图进行分析。讨论卟啉环的屏蔽作用对大环外围氢原子和轴向配体化学位移的影响。

## 八、思考题

1. 为什么卟啉及其衍生物具有很深的颜色？

2. 合成二羟基四苯基卟啉合锡(IV)，为什么选择吡啶作为反应溶剂？

3. 是否可以用柱色谱提纯二乙酸四苯基卟啉合锡(IV)和二甲酸四苯基卟啉合锡(IV)？为什么？

### [参考文献]

1. Arnold D P. J Chem Ed, 1988, 65: 1111.
2. Arnold D P, Blok J. Coord Chem Rev, 2004, 248: 299.

（解永树编写）

# 羰基还原的立体化学—樟脑的还原与表征

## 一、实验背景

樟脑为 1, 7, 7—三甲基双环[2.2.1]-2-庚酮，它有两个手性碳原子，但因与桥相连的两个碳原子上的氢和甲基只能同在环的一边，因此，只有 一对外消旋体。从天然樟树得到的樟脑是右旋的。将樟脑还原成冰片和异冰片，它们是非对映异构体，具有不同的物理性质，由于分子形状和极性不同，它们的吸附作用也不同，因此，可用色谱法来分离。本实验不仅能掌握有机合成的基本操作，还能加深对立体化学的理解。

## 二、实验目的

1. 通过硼氢化钾还原樟脑，了解碳基还原的立体化学。
2. 了解络合金属氢化物还原剂——硼氢化钾的应用。
3. 掌握气相色谱、薄层层析等操作。

## 三、实验原理

反应式如下：

樟脑　　　　　　　　　　　　　　　　　　冰片　　　　　异冰片

## 四、仪器与试剂

1. 仪器

气相色谱仪、常用玻璃仪器 、载玻片、层析缸等。

2. 试剂

樟脑、硼氢化钾、氯仿、硫酸、乙醇、乙醚，均为比学纯；硅胶 G（100～200 目）、冰片、异冰片，均为分析纯。

## 五、实验步骤

1. 樟脑的还原

在 25mL 圆底烧瓶内，把 1.0g(6.6 mmol)樟脑溶解在 10mL 乙醇中。然后加入 0.30g(8.0 mmol)KBH$_4$，装上冷凝管，加热回流 1.5h，用毛细管取出少量的反应液，薄层板上点样，然后将两点的 $R_f$ 值进行对比，证明樟脑已还原成冰片和异冰片，停止反应。反应液冷却到室温，倒入 20mL 冰水中，过滤，用水洗涤 3 次，在空气中晾干，产物为白色结晶，称重。

2. 气相色谱分析

取少量产物溶于乙醚中进行气相色谱分析，证明为冰片和异冰片的混合物，并计算两者的相对百分含量。

气相色谱分析条件：柱长 2m，用 5%的聚乙二醇 1000 涂布在 60~80 目的白色担体上。氮气流速 40mL/mim，气化温度 140℃，柱温 110℃，用氢火焰离子检测器，检测温度 125℃。

3. 柱色谱分离

用色谱柱将冰片和异冰片的混合物进行分离。

4. 产品表征

用红外光谱仪和核磁共振仪谱鉴定产品。
用元素分析仪分析产品 C、H、O 的含量。

## 六、结果与讨论

在最终反应的混合物中，氢负离子从位阻小的位置进攻而生成的异冰片，是主要产物。

(1) 异冰片(外型)　　(2) 冰片(内型)

## 七、实验注意事项

1. KBH$_4$ 吸水后易变质，放出氢气，故开封后的试剂需置干燥器内保存。
2. 乙醚易燃，应远离明火。

## 八、思考题

1. 薄层色谱在合成反应中有哪些应用？
2. 除薄层色谱外，还可用其他什么方法来区别和鉴别冰片和异冰片？
3. 原冰片酮的结构如下所示，当用 NaBH$_4$ 还原时，预计得到的主要产物是什么？

原冰片酮

[参考文献]

陆涛，陈继俊. 有机化学实验与指导. 北京：中国医药科技出版社，2003.

（徐琴编写）

# 2,6-吡啶二甲醇的合成及表征

## 一、实验背景

2,6-吡啶二甲醇是双官能团化合物，羟基可以被亲核试剂取代（单取代或双取代），也可以被氧化（单氧化或双氧化），是重要的有机合成中间体，直接购买价格较贵，不易买到，一般在科研工作中自己合成。因此学习 2,6-吡啶二甲醇的合成方法具有重要的实际意义。本实验以廉价的 2,6-吡啶二甲酸为起始原料，经酰化、酯化、还原得到 2,6-吡啶二甲醇。

## 二、实验目的

1. 学习酯化反应及酯的还原法。
2. 学习液-液连续提取化合物的方法。
3. 学习薄层色谱在有机合成中的应用——TLC 跟踪反应。
4. 学习查阅文献，进行多步合成。

## 三、实验原理

2,6-吡啶二甲醇是由羧酸先转化为酰氯，再经过酰氯的醇解得到 2,6-吡啶二甲酸甲酯，然后被 $NaBH_4$ 还原而得。其反应式如下：

$$\text{HOOC}\underset{N}{\bigcirc}\text{COOH} \xrightarrow{SOCl_2} \text{ClOC}\underset{N}{\bigcirc}\text{COCl} \xrightarrow{CH_3OH}$$

$$\text{CH}_3\text{OOC}\underset{N}{\bigcirc}\text{COOCH}_3 \xrightarrow[\text{EtOH}]{NaBH_4} \text{HOCH}_2\underset{N}{\bigcirc}\text{CH}_2\text{OH}$$

## 四、仪器与试剂

1. 仪器

100mL 茄形烧瓶、50mL 茄形烧瓶、温度计、量筒、烧杯、回流冷凝管、抽滤装置、毛细管(点样管和熔点管)、层析板、层析缸、紫外分析仪、红外光谱仪、熔点仪等。

2. 试剂

2,6-吡啶二甲酸、硼氢化钠、$SOCl_2$、碳酸钾、无水甲醇、无水乙醇、丙酮、二氯甲烷、乙酸乙酯等。

## 五、实验步骤

1. 2,6-吡啶二甲酸甲酯的合成

将 3.34g(20mmol)2,6-吡啶二甲酸，缓慢加入 5mL SOCl₂，装上带干燥管的回流冷凝管，搅拌回流 1.5h，冰水冷却下缓缓滴加 25mL 无水甲醇（注意：反应剧烈），加热回流 0.5h，蒸出甲醇，析出固体。冰水冷却后，加入少量 0℃甲醇，抽滤，用 0℃甲醇洗涤，得白色晶体，红外灯下干燥，称重，计算产率。

2. 2,6-吡啶二甲醇的合成

将上步所得的 2,6-吡啶二甲酸甲酯，加入 50mL 无水乙醇，冰水冷却下分批加入 3 倍摩尔量的 NaBH₄，30min 后撤去冰浴，室温搅拌 30min 后缓缓加热回流，TLC 跟踪至原料完全消失，停止反应。旋蒸除去乙醇，加入 12mL 丙酮，再旋蒸除去丙酮，加入 12mL 饱和 K₂CO₃，加热缓缓回流 1h，旋蒸除去水。剩余物加入水使之溶解，用有机溶剂液-液连续提取，TLC 跟踪水相提取完全。蒸出大部分溶剂，冷却析出固体，抽滤，得白色针状晶体，红外灯下干燥，称重，计算产率。

3. 产品表征

用熔点仪测产品熔点。

用红外光谱仪和核磁共振仪谱鉴定产品。

用元素分析仪分析产品中 C、H、O 的含量。

## 六、结果与讨论

2,6-吡啶二甲醇在有机溶剂中溶解度小而在水中溶解度大，用一般的萃取方法不能将其萃取出来。需要特殊装置提取有机化合物（见图 1）(轻溶剂-乙酸乙酯、重溶剂-二氯甲烷)，溶剂如用乙酸乙酯，请利用现有的实验仪器，设计提取方案，然后总结不同方法的优缺点。

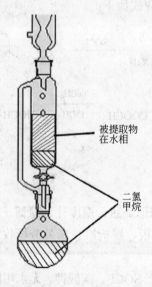

被提取物在水相

二氯甲烷

图 1  2,6-吡啶二甲醇的提取装置

## 七、思考题

进一步延伸研究性实验，查阅文献写出制备 2,6-吡啶二甲醛的实验步骤（最新制备方法）。

## 附：2,6-吡啶二甲醇的有关知识

2,6-吡啶二甲醇是双官能团化合物，羟基可以被亲核试剂取代（单取代或双取代），也可以被氧化（单氧化或双氧化）。

1. 亲核取代

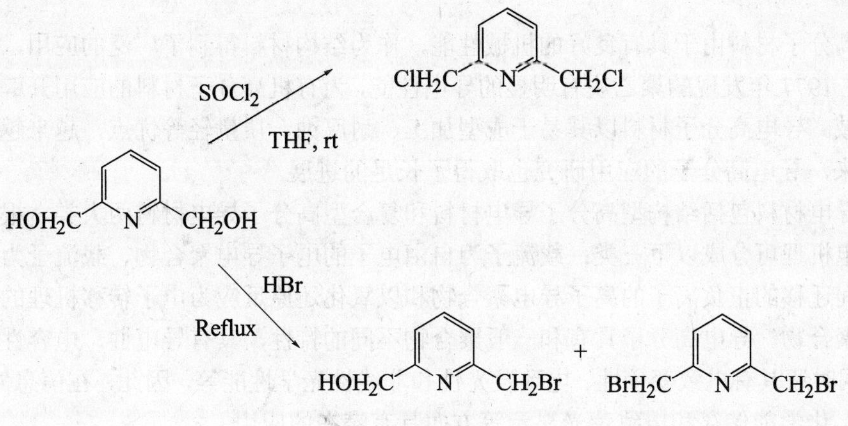

2. 氧化反应

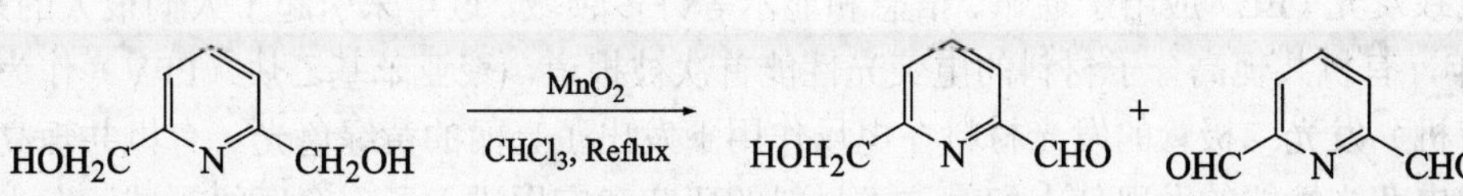

**[参考文献]**

1. 郭旭明. 化学推进剂与高分子材料, 1998,02: 32.
2. 冯志君, 商永嘉. 阜阳师范学院学报(自然科学版), 2007,24(01): 29.

（孙学芹编写）

# 实验十一
# 噁唑类导电聚合物的合成与性能测试

## 一、实验背景

传统的高分子材料由于具有良好的机械性能，作为结构材料得到了广泛的应用，通常为绝缘体。在 1977 年发现的聚乙炔有明显的导电性能，为有机高分子材料的应用开辟了一个全新的领域。导电高分子材料以其易于成型加工、耐腐蚀、质量轻等优点，越来越受到重视。近年来，导电高分子的应用研究也取得了长足的进展。

高分子导电材料包括结构型高分子导电材料和复合型高分子导电材料两大类。根据结构特征和导电机理可分成以下三类：载流子为自由电子的电子导电聚合物、载流子为能在聚合物分子间迁移的正负离子的离子导电聚合物和以氧化还原反应为电子转移机理的氧化还原型导电聚合物。导电高分子具有和一般聚合物不同的特性，具有导电性、电容性和电化学活性，同时还具有电致变色性、电致发光性和非线性光学性能等，因此，在信息储存、光信号处理、化学能储存和电致荧光显示等方面具有潜在的应用。

电致发光（EL）应用于通讯、信息和显示等许多领域，近年来引起了人们很大的兴趣。1990 年，有机共轭高分子材料的电荧光性能首次被报道，聚亚苯基乙炔（PPV）作为高分子（有机）发光二极管的发光材料在电场作用下发出了亮丽的黄绿色光。有机共轭高分子材料的电荧光性能的发现使人们对这类材料的研究和应用进入了一个新的领域。发光聚合物是一类具有荧光特性的共轭聚合物。它的掺杂态具有导电性，中性态具有传导电子和空穴的能力，因此也属于导电聚合物材料的一种。在发光材料的设计和合成方面，已制备出多种具有不同结构特征的发光聚合物材料，发光颜色可覆盖从红光到蓝光的整个可见光区。这些发光聚合物中最具代表性的有 PPV 及其多种可溶性衍生物（从橘光到绿光）、可溶性聚噻吩（PTh）衍生物（红光）、聚对苯（PPP）及其带烷氧基的衍生物（蓝光）和可溶性聚芴（PFO）衍生物（绿光到蓝光）等。有关专家研究了聚乙炔及其连有不同取代基的衍生物的电致发光和光致发光并发现聚二苯乙炔和聚 1-甲基-2-苯乙炔分别发出绿色和蓝色的光。

当今国际前沿，对于导电聚合物聚芴（含螺芴）使用较多，并且取得了令人瞩目的进展。本实验选用苯环作为最基本共轭单元进行实验，合成含噁唑类的导电高分子。

## 二、实验目的

1. 掌握噁唑类高分子合成的基本操作。
2. 了解导电聚合物的相关背景知识。
3. 掌握共轭高分子相关表征手段的解析。

4. 了解给体受体型共轭聚合物的应用。

## 三、实验原理

### 1. 噁唑类导电聚合物的合成

噁唑类化合物是一类重要的杂环化合物，是非常稳定的化合物，它在热的强酸中很稳定，不发生自身氧化反应，不参与任何正常的生物化学过程。常见的合成方法有：方法一以酰氯和酰肼为原料的 Robinson-Gabriel 法；方法二以氰基和羧酸为原料的合成方法。其中方法一是合成噁唑的最典型方法，将 $\alpha$-酰胺基取代的酮用 $H_2SO_4$ 或 $P_2O_5$、$SOCl_2$、$PCl_5$ 等脱水剂处理，环合而成噁唑环（$\alpha$-酰胺基取代的酮经过酮肟还原、酰化来制备），通过示踪原子 $^{18}O$ 表明噁唑中的氧来自酰胺基。

国际上已经研究了大量不同类型的共轭高分子，其中包括如方法①所示的含 a'（苯环）、b'（螺芴）、c'（芴）、d'（噻吩）、e'（二茂铁）、f'（咔唑）等结构的化合物。结合本实验要求与实际情况，我们选用 Ar 和 Ar'均为苯环（a'），通过双功能化的单体（如 b 和 c）反应可以生成交替共聚物高分子，如下面方法一所示。首先是酰肼 b 和酰氯 c 反应形成长链高分子 e，然后再通过脱水剂成环形成含噁唑的稳定高分子 f。

方法一：

方法二：

其中

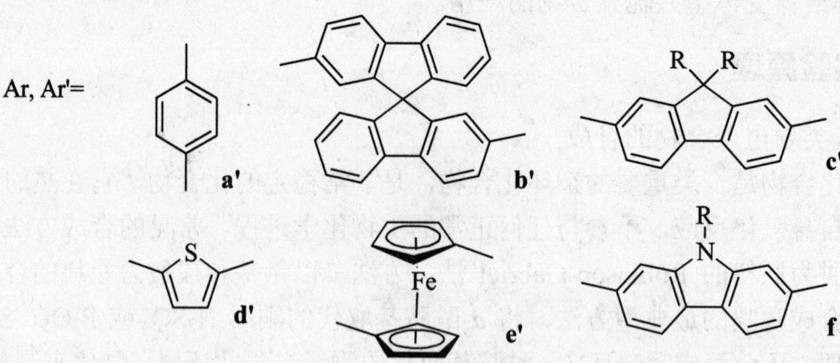

$$Ar, Ar'=$$

本实验共轭高分子选用苯环为功能单元，利用噁唑环为连接桥合成导电高分子，具体图解如下所示：

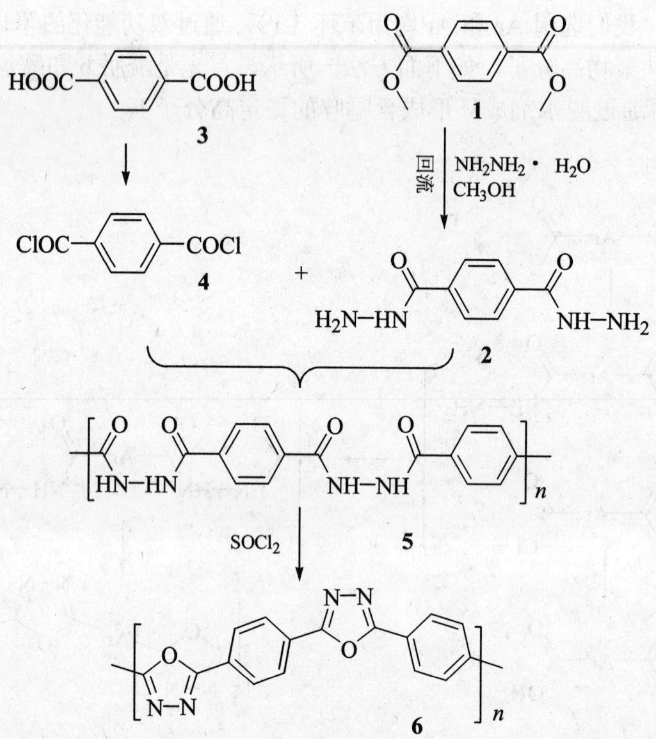

## 2. 差示扫描量热仪（DSC）

差示扫描量热仪（DSC）有两种：功率补偿型 DSC 和热流型 DSC。本实验学习功率补偿型 DSC，它为内加热式，样品和参比物的支持器是各自独立的元件，采用动态零位平衡原理，要求样品和参比物温度，不论样品是吸热还是放热都要维持动态零位平衡状态，即维持样品参比物温度差趋向零$(\Delta T \Rightarrow 0)$。DSC 测定的是维持样品和参比物处于相同温度所需要的能量差$\Delta W$，反应了样品热焓的变化（见图1）。

$$\Delta T = \frac{\mathrm{d}H}{\mathrm{d}t} = \frac{\mathrm{d}q_\mathrm{s}}{\mathrm{d}t} - \frac{\mathrm{d}q_\mathrm{r}}{\mathrm{d}t}$$

式中，$\dfrac{\mathrm{d}H}{\mathrm{d}t}$ 为热焓的变化率；$\dfrac{\mathrm{d}q_s}{\mathrm{d}t}$ 为单位时间给样品的热量；$\dfrac{\mathrm{d}q_r}{\mathrm{d}t}$ 为单位时间给参比物的热量。

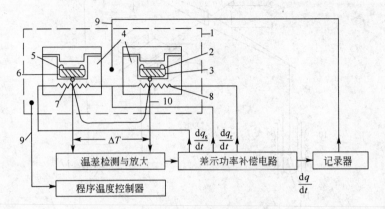

图 1　功率补偿 DSC 方框图

差示扫描量热仪中有两个回路，一是平均温度控制回路，它保证试样和参比物能按程序控温速率进行，若程序设定的温度高于试样和参比物的平均温度，则由放大器提供更多的热功率给试样和参比物以提高它们的平均温度，与程序设定的温度相匹配，从而达到程序控温的目的；二是示差温度控制回路（补偿回路），当检测到试样和参比物产生温差时，能及时由温差放大器输入功率进行补偿，从而达到平衡（见图 2）。

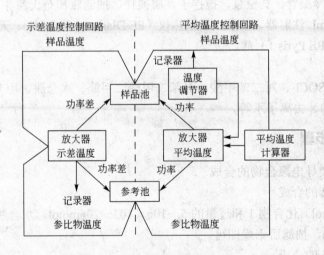

图 2　差示扫描量热仪的温度控制回路

影响实验结果的因素有两个方面。仪器因素主要包括炉子大小和形状、热电偶的粗细和位置、加热速度、测试时的气氛、盛放样品的坩埚材料和形状等。试样因素主要包括颗粒大小、热导性、比热容、填装密度、数量等。

3. 热失重分析仪对材料热分解的测定

热失重分析是在程序控温下测量试样的质量与温度或时间关系的一种热分析技术，简称 TGA，如图 3 所示。

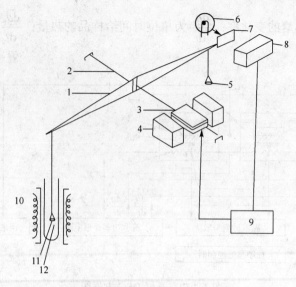

图3　电磁式微量热天平示意图

1—梁；2—支架；3—感应线圈；4—磁铁；5—平衡砝码盘；6—光源；7—挡板；
8—光电管；9—微电流放大器；10—加热器；11—样品盘；12—热电偶

## 四、仪器与试剂

### 1. 仪器

三口烧瓶、冷凝管、真空泵、搅拌子、磁搅拌、抽滤瓶和布氏漏斗、水泵、烧杯和玻棒滴管若干、20mL 注射器、差示扫描量热仪（PE Diamond 型 DSC）、天平、DSC 制样器、热失重分析仪（PE Pyris 1）等。

### 2. 试剂

高纯氮气、$SOCl_2$、对二苯甲酸、对苯二甲酸二甲酯、水合肼、甲苯、DMF、甲醇、四氢呋喃（THF）、去离子水等。

## 五、实验步骤

（一）噁唑类导电聚合物的合成

### 1. 化合物 2 的合成

2g（10.3mmol）化合物 1 和过量的 5～10g（103～206mmol）水合肼在 100mL 甲醇溶液中加热回流 3h，抽滤后干燥即可。

### 2. 化合物 4 的合成

氮气保护下，将 2g（12mmol）化合物 3 溶于 20mL 无水 DMF 中，0℃下，慢慢滴加 10mL $SOCl_2$，搅拌反应 2h，减压除去 $SOCl_2$，再加入少量无水甲苯，减压带出少量 $SOCl_2$，密封保存。

### 3. 聚合

将化合物 4 加入 20mL THF，保持 0℃，慢慢滴加化合物 2 的无水 THF 溶液，继续室温搅拌 10h，倒入冰水中，收集固体化合物 5，干燥。再将化合物 5 与过量 $SOCl_2$ 混合加热回流 3h，减压除去 $SOCl_2$，固体用少量 THF（5～10mL）溶解，用甲醇（100～200mL）沉淀，抽滤，真空干燥，计算产率。

4. 聚合物的表征

（1）用紫外可见光谱和荧光光谱分别测定高分子的紫外和荧光吸收以及紫外吸收边缘。

（2）用红外，$^1$H-NMR、$^{13}$C-NMR，质谱，元素分析表征高分子的基本结构信息。

（3）用 TGA/DSC 表征高分子的热性质、GPC 测定高分子的分子量、电化学测定氧化还原电位，结合吸收边缘，计算分子轨道能级。

（二）差示扫描量热法测定聚合物材料的热性能

1. 开启保护气（氮气）。

2. 依次开启变压器、DSC、计算机电源，对机器预热 15min。

3. 制备样品。

4. 装样：右边放样品，左边放参比物（空皿）。

5. 对样品进行预处理（主要清除热历史）。

6. 在 DSC 软件中进入 Method setting→Program setting→Exective program。

7. 测定聚合物 DSC 曲线，分析其 $T_g$、$T_c$ 和 $T_m$。

（三）热失重分析仪对聚合物热分解的测定

1. 开启保护气（高纯氮气）和动力气（普通氮气）。

2. 依次开启变压器、TGA、计算机电源。

3. 装样（一般 2~5mg，粒度越细越好，尽可能将样品铺平）。

4. 对样品进行称重。

5. TGA 软件中进入 Method setting→Program setting→Exective program。

6. 测定聚合物 TGA 曲线，分析样品的最大热分解温度和速率等。

## 六、结果与讨论

1. 实验中需要严格注意哪些地方，才能提高高分子的分子量？

2. TGA 和 DSC 联合对高分子进行热分析，可以得到什么信息？

## 七、实验注意事项

化合物的合成全部用干燥玻璃仪器。

## 八、思考题

1. 本实验合成过程中哪些步骤需要严格无水操作，为什么？

2. 反应中，投料顺序对高分子的结构和性能有何影响？

3. 合成中多次用到氯化亚砜，各起什么作用？

4. TGA 主要用于分析高分子的什么性质？

5. DSC 可以分析得到高分子的哪些热性质？

**[参考文献]**

1. 冀勇斌, 李铁虎, 王小宪等. 材料导报, 2005, 19（IV）: 274.

2. 关春秀, 张爱清, 陈栋华. 中南民族大学学报（自然科学版）, 2003, 22 (1): 15.
3. Zhan X W, Liu Y Q, Wu X, et al. Macromolecules, 2002, 35: 2529.
4. Frank Thiemann, Torsten Piehler, Detlev Haase, et al. Eur J Org Chem, 2005, 1991.
5. Pudzich R J Salbeck. Synthetic Metals, 138 (1-2): 21.
6. 朱诚身著. 聚合物结构分析. 北京：科学出版社，2004.

（陈彧编写）

# 实验十二

# 二聚环戊二烯开环移位聚合与性能测试

## 一、实验背景

环烯烃开环移位聚合（Ring-Opening Metathesis Polymerization, ROMP）的研究始于五十年代末期。1957 年，Eleuterio 用 $LiAlH_4$ 激活的氧化铝催化实现了降冰片烯（norbornene, NBE）和环戊烯的开环移位聚合反应。1962 年，人们发现用某种催化剂可使环丁烯聚合生成聚（1-丁烯），而采用一般的催化剂，是不能从环丁烯聚合生成聚（1-丁烯）的。1964年，Banks 和 Bailey 首次报道了直链烯烃的移位反应：

$$R^1CH=CHR^1 + R^2CH=CHR^2 \xrightarrow{\text{催化剂}} 2R^1CH=CHR^2$$

在该反应中两个烯烃的 $R^1$ 与 $R^2$ 基团进行了交换。这一发现很快引起了人们的关注，并迅速应用于环烯烃的开环移位聚合。1970 年，Herisson 和 Chauvin 提出假设，认为在这种类型的聚合反应中，金属卡宾是活性中心，并认为金属卡宾物种与烯烃形成金属环丁烷化合物，当这一化合物以移位方式发生裂解时，形成一个新的烯烃和一个新的金属卡宾物种，如果这一新的烯烃与卡宾保留在同一个分子中（例如与环烯烃反应），过量烯烃的存在就会导致聚合物的形成。

该聚合物在机械性能上表现为高的模量，高的抗冲强度，非常好的蠕变阻力。另外，由于聚合物高度不饱和，表面容易氧化而形成一层保护膜，故具有抗氧化的特点。

## 二、实验目的

1. 学习无水无氧实验操作技术和掌握 Schlenk 基本操作。
2. 了解二氯二茂钛的应用。
3. 了解聚合物分析方法。

## 三、实验原理

环烯烃的开环移位聚合不同于其他方式的聚合，以降冰片烯为例，如下所示：

路线 2、路线 3 分别是阳离子聚合和加成聚合。路线 1 发生的即是我们所说的开环移位聚合，可以看出，在生成的聚合物主链结构中，单体原有的不饱和度经聚合后仍得以保留。这一点正是开环移位聚合的魅力所在。聚合物结构中双键的保留允许发生进一步的反应，从而能得到具有各种特殊结构的聚合物。

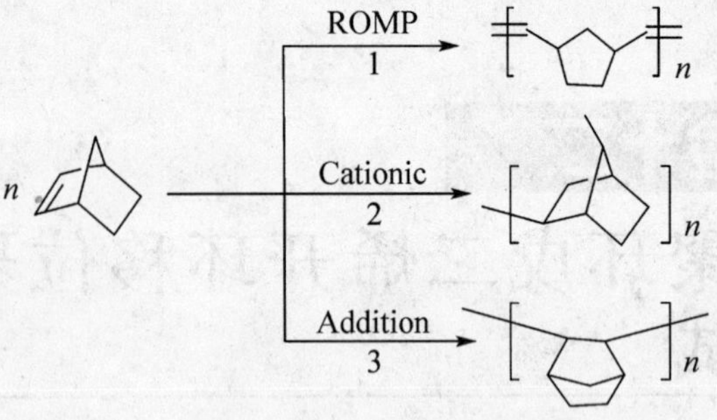

自从环烯烃的开环移位聚合被发现以来，人们在催化剂的类型、结构、组分，开环移位聚合机理，可聚合的单体种类，不同催化体系对聚合物微结构的影响等各方面做了大量的研究工作。

二聚环戊二烯(DCPD)（结构如下）中 A、B、C 三个环的活泼程度是不均等的，其中由 A 和 B 构成的降冰片烯环更容易打开，而 C 环在聚合初期显得不活泼，但很可能在深度聚合时发生交联。

二聚环戊二烯

本实验介绍 $Cp_2TiCl_2$ 与甲基锂（或格氏试剂 RMgX）组成催化体系催化 DCPD 的开环移位聚合，反应式如下：

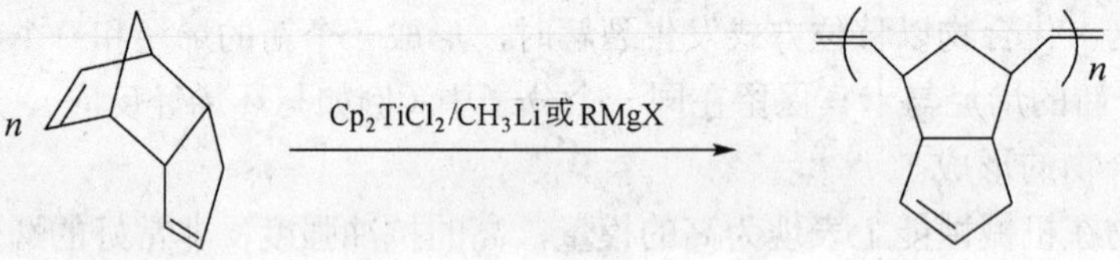

## 四、仪器和试剂

1. 仪器

聚合瓶、100mL 三口烧瓶、抽气头、Schlenk 瓶、翻口橡皮塞、磁力搅拌器、搅拌子、注射器、旋转蒸发仪、真空泵等。

2. 试剂

二氯二茂钛、环戊二烯(工业级)、甲基锂乙醚溶液、四氢呋喃、钠、二苯甲酮、甲苯、盐酸、丙酮等，均为分析纯。

## 五、实验步骤

本实验凡在反应中涉及对空气、潮气敏感的反应试剂，或者生成对空气、潮气敏感产物者均在氩气保护下采用 Schlenk 技术进行。甲苯用钠丝预先干燥数日后，经钠/二苯甲酮回流至深紫色或蓝色以后，现蒸现用。

1．二聚环戊二烯（DCPD）的提纯

二聚环戊二烯(工业级,上海石化生产)，淡黄色液体，有臭味，纯度为 85％，含有 8 种杂质。经一次减压蒸馏得无色透明的馏分(60℃/10mmHg)，纯度提高至 90％以上。将此馏分在 180～200℃下常压裂解，收集 40～42℃馏分，得到环戊二烯（CPD），将此环戊二烯在氩气保护下 100℃进行回流，直至不再回流，即得到较纯净的 DCPD，经减压蒸馏后，得到纯度大于 99％的双环戊二烯，用氩气保护存放于－10℃以下备用。

DCPD 凝固点较高，室温下以固体形式存在，为实验操作方便，在 Schlenk 瓶中配成 3.5mol/L 的甲苯溶液备用。

2．聚合

在经抽空充氩并小火烘烤处理三次的 20mL 聚合瓶中称量 0.20mmol 的二氯二茂钛配合物，再经抽空充氩几次处理后，用玻璃短棍及乳胶管密封聚合瓶。用针筒向聚合瓶中打入 2mL 甲苯使之混合，然后加入 0.40mmol 甲基锂乙醚溶液。在 0℃下陈化 90min 后，用针筒再注入 4.2mL(3.5mol/L)的 DCPD，混合均匀后置于预先恒温的油浴中聚合。聚合结束后倒入剧烈搅拌下的含 5％盐酸的丙酮溶液中进行终止。聚合物呈白色或淡黄色粉末状固体沉淀析出，经过滤、洗涤，减压抽干后得聚合物粗产品。

聚合物提纯：将聚合物溶于甲苯（不需干燥）和四氢呋喃（不需干燥）中(可微热)，过滤除去不溶性杂质，滤液用 5％盐酸的丙酮溶液沉淀。沉淀出的聚合物再经过滤，洗涤，减压抽干处理，得到纯的聚合物。

3．聚合物分析

（1）红外吸收光谱分析。

（2）$^1$H-NMR 分析。

（3）GPC 分析。

## 六、实验注意事项

1．环戊二烯需在通风橱中小心取用，尽量不要洒在实验台上。

2．甲基锂乙醚溶液对空气非常敏感，实验操作时要小心。

## 七、思考题

1．查阅文献写出甲基锂合成的实验步骤（附参考文献）。

2．用 5％盐酸的丙酮溶液进行终止什么？

**[参考文献]**

1．Banks R L, Bailey G C. Ind Eng Chem Prod Res Derdop, 1964, 3: 179.

2．Dall'Asta G, Motroni G, Manetti R,et al. Makromol Chem,1969, 130: 153.

3．张丹枫. 博士论文，华东理工大学，1996.

（孙学芹，马海燕编写）

## 实验十三

# 二茂铁的制备及光谱电化学研究

## 一、实验背景

光谱电化学（Spectroelectrochemistry）是 20 世纪 60 年代初发展起来的交叉学科，它是光谱技术与电化学技术相结合的一种方法。这种方法的萌芽是 1960 年美国著名电化学家 R-N Adams 教授在指导其研究生 T Kuwana 进行邻二苯胺衍生物电化学氧化时，观察到电极反应同时伴随有颜色的变化，进而提出了使用光谱来研究有颜色变化的电化学反应过程。

这一新的设想在 1964 年由 T Kuwana 实现了，他第一次使用的光透电极（Optically Transparent Electrodes，OTE）是在玻璃片上镀了一薄层掺杂 Sb 的 $SnO_2$，这种具有导电性的玻璃称为 Nesa 玻璃，它作为一个电极同时可以测量电解池液层中电活性物质的浓度对光的吸收，从而创建了光谱电化学。光谱电化学由此发展壮大，现在已成为化学分析领域一个重要的分支，也已成为电化学领域中的一个重要分支，并得到了广泛的应用。

光谱电化学是多种光谱技术和电化学方法相结合，在同一个电解池内，同时进行测量的一种方法，其特点是同时具有电化学和光谱学二者的特点，可以在电极反应的过程中获得多种有用的信息。为研究电极电势、电子转移数、电极反应速率常数和扩散系数等，提供了十分有力的研究手段。

近年来，通过应用光谱学方法，从分子水平上认识电化学反应过程，形成了光谱电化学测试体系，特别是光谱电化学开展了时间分辨为毫秒级或微秒级的研究，从稳态的电化学界面结构和表面吸附扩展到表面吸附和反应的暂态过程，可以观察到电极表面结构和重构现象与金属沉积过程，极大地拓宽了电化学测试应用范围，已成为分子水平上表征和研究电化学体系的不可或缺的手段。光谱电化学将是电化学和电分析化学发展的最热门研究领域之一。

按照光学性质不同，光谱电化学可分为紫外、红外电化学、电子自旋光谱电化学和拉曼光谱电化学等。紫外-可见光谱电化学法（Ultraviolet & Visible Spectroelectrochemistry）作为一种最常用的光谱电化学方法，近年来的飞速发展推动了电化学由宏观进入微观，由统计平均深入到分子水平。可提供有关判别吸附是否发生、吸附速率、吸附分子间相互作用、吸附分子的鉴别以及吸附分子与电极表面相互作用的微观图像等信息。随着紫外可见光谱电化学方法的日趋简单化以及灵敏度的日益提高，研究范围不断扩大。它最大的优点是仪器比较简单、操作方便。该法最基本的要求是参与化学反应的物质及其产物或其中之一必须在紫外-可见光区域内能产生光吸收。例如含有共轭体系的有机化合物、无机化合物等。紫外-可见光谱法主要分为反射式、透射式和平行入射式 3 种。

控制电势阶跃暂态测量方法是指控制电极电势按照一定的具有电势突跃的波形规律变

化，同时测量电流随时间的变化（称为计时电流法），或者测量电量随时间的变化（称为计时电量法），进而分析电极过程的机理和计算电极的有关参数或电极等效电路中各元件的数值。

## 二、实验目的

1. 掌握无水无氧实验操作的基本技能。
2. 了解光谱电化学的原理、装置、应用等，掌握制作网栅电极的方法。
3. 学习解析光谱电化学谱图信息。

## 三、实验原理

### 1. 二茂铁的制备

二茂铁（Ferrocene），又名双环戊二烯铁 $[(C_5H_5)_2Fe]$，具有独特的夹心结构，常温下为橙色晶体，熔点 173～174℃，在乙醇或己烷中的紫外光谱于 325nm（$\varepsilon = 50$）和 440nm（$\varepsilon = 87$）处有最大吸收值。其衍生物可用于火箭燃料添加剂、汽油抗震剂、硅树脂与橡胶的热化剂和紫外光的吸收剂等。

二茂铁的制备方法较多，本实验采用较为简单易行的非水溶剂（乙醚/二甲亚砜）法，反应式如下：

$$2KOH + FeCl_2 + 2C_5H_6 \longrightarrow (C_5H_5)_2Fe + 2KCl + 2H_2O$$

### 2. 光谱电化学研究

根据光谱学理论，所有物质的原子或分子受到激发时既能发射一定波长的电磁波，也能吸收一定波长的电磁波。当一束白光通过棱镜或光栅时，就被分散成一系列不同波长的色带——光谱，这就是色散现象。如果用棱镜或光栅等色散元件将各种物质发射或吸收的谱线分离出来，测出这些谱线的波长和强度，就能知道该物质的组分和含量。紫外/可见光光谱仪示意图如图 1 所示。

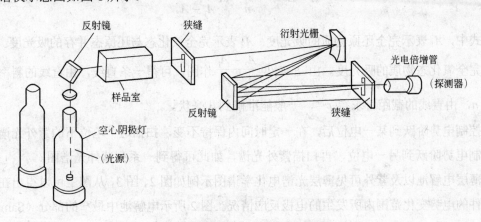

图 1　紫外/可见光光谱仪示意图

紫外可见薄层光谱电化学是一种常用的记录吸收峰的方法，其优点是结构简单，便于操作。在电解待测物的同时记录光谱数据，间接提供待测物的暂态电化学、动力学信息。

对待测物进行定性定量分析。

（1）定性分析

最大吸收波长$\lambda_{max}$和摩尔吸收系数$\varepsilon_{max}$是吸光物质的特性参数，可作为定性依据。但是在研究有机物紫外吸收光谱时，$\lambda_{max}$、$\varepsilon_{max}$反映结构中生色团和助色团的特性，不完全反映整个分子的特性，因此只能作为结构确定的辅助工具。$c$代表浓度，$b$为比色池的光程厚度。

（2）定量分析

根据朗伯-比尔定律，有

吸光度：$A = \varepsilon b c$

透光度：$-\lg T = \varepsilon b c$

若使测量的灵敏度高，$\varepsilon_{max}$需在$10^4 \sim 10^5 \text{L} \cdot \text{mol}^{-1} \cdot \text{cm}^{-1}$。

光谱电化学的应用之一是测量可逆电极的平衡电势，其原理如下。

对于可逆电极反应：$O + ne^- \rightleftharpoons R$, Nernst方程式可以表示为：

$$E = E^{\ominus'} + \frac{RT}{nF} \ln \frac{[O]}{[R]}$$

薄层电解池中，当向一体系施加一定电势时，由于液层很薄，很快被调节到与电极表面的透光比率（透过的光占入射光的百分数）相同，因此，平衡时

$$\left( \frac{[O]}{[R]} \right)_{sol} = \left( \frac{[O]}{[R]} \right)_{surf}$$

又由Nernst方程得出如下方程式：

$$E = E^{\ominus'} + \frac{0.059}{n} \ln \frac{A_2 - A_1}{A_3 - A_2}$$

式中，$A_1$表示完全还原物质的吸光度；$A_2$表示完全氧化态与还原态并存的吸光度；$A_3$表示完全氧化态物质的吸光度。由$E$对$\ln \frac{A_2 - A_1}{A_3 - A_2}$作图，可得一条直线，由直线的斜率可求出$n$，由直线的截距可求得$E^{\ominus'}$，一般能准确到几毫伏。

控制电势阶跃到某一电位后，在一定时间内保持不变，扫描这个电位下的紫外光谱，再控制电势阶跃到另一电位，再扫描紫外光谱，如此可得到一系列紫外光谱图。

薄层电解池以及紫外可见薄层光谱电化学谱图示例如图2、图3，从图上可以得出在实验条件的电势变化范围内所发生的电极反应情况。图2所示电解池中最窄的部分（Sample reservoir）为电解发生的部位。

本实验采用紫外光谱与电势阶跃法相结合，在薄层电解池内对二茂铁进行电解，使还原态的二茂铁失去电子转换为氧化态的二茂铁。

石英玻璃光谱电化学池

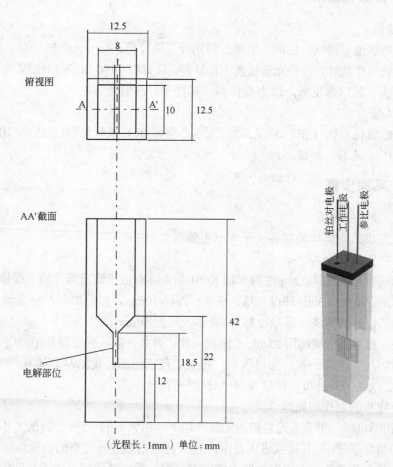

（光程长：1mm）单位：mm

图2　薄层电解池示意图

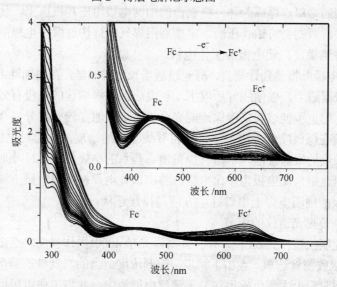

图3　二茂铁的紫外可见薄层光谱电化学谱图

## 四、仪器和试剂

### 1. 仪器

薄层电解池、铂丝、铂网、银丝、曲别针、压片机、1cm 比色皿一套、CHI660C 电化学工作站及工作软件、紫外光谱仪及工作软件、计算机、100mL 三口烧瓶、恒压滴液漏斗、具活塞接头、翻口橡皮塞、磁力搅拌器、搅拌子、注射器等。

### 2. 试剂

无水二氯化亚铁（C.P.）、环戊二烯、无水乙醚（C.P.）、氢氧化钾（C.P.）、二甲亚砜（A.R.）、盐酸（C.P.）、乙腈、硝酸等。

## 五、实验步骤

### 1. 二茂铁的制备

（1）环戊二烯单体的制备（见本书实验四）。

（2）二茂铁的制备

将 60mL 无水乙醚、25g 细粉末状 KOH 加入装有恒压滴液漏斗的三颈烧瓶中，在氮气保护下，室温滴加 5.5mL 环戊二烯，滴毕，搅拌 10min，然后加入 6.5g 无水二氯化亚铁溶于 25mL 二甲亚砜溶液（适当冷却），滴毕，反应 30min。

过滤，棕黑色沉淀物用 25mL 乙醚洗一次，合并，加入分液漏斗中，用 2mol/L HCl 洗至中性，再用水洗涤一次，蒸出溶剂，得到二茂铁粗品。重结晶、计算产率、测熔点。

### 2. 二茂铁的紫外可见薄层光谱电化学研究

（1）电极的制作和处理

① 铂网电极　用手术刀沿铂网的经纬切下适当大小的一块（铂网的大小以能放入薄层电解池的最窄部分，并且可以进出自由为宜）。注意四边应是完整的一根经纬，不要有断线。剪下适当长度的铂丝，在铂网的四边绕铂网编织一圈，最后留下适当长度的导线，并将铂丝与铂网对接的端口点焊成一体。将制得的铂网电极用压片机压平，使之形状固定，注意用力不宜过大，否则会将铂丝压断。定型后用煤气喷灯快速煅烧电极两面，烧好后将留出来的导线传进绝缘皮，此电极为工作电极。

② 铂丝电极　将曲别针掰直，剪一段适当长度的铂丝，在曲别针上绕成螺旋线，尽量密绕，注意松紧适当，以便绕好后取下，长度应保证螺旋线的电极有效面积比铂网电极的有效面积大，但也不能过长，应保证能完全放入电解池（较宽部分），留适当长度的导线。将此电极迅速在煤气喷灯上烧，烧好后将导线穿进绝缘皮，此为对电极。

取适当长度的银丝浸泡入一盛有少量消毒药水的小烧杯中，24 小时后拿出，使银丝表面均匀覆盖氯化银，此电极为参比电极，将串口针电焊在所用电极上端备用。最后在所有制备好的电极的顶端电焊上串口针，方便与排线连接。

（2）紫外可见光谱仪的调节

将光源控制按钮打到 on 位，并打开海洋光学 4000$^+$操作界面。点击窗口上方文件中子菜单中的 A 吸收测量选项。点击下一步。配制浓度适当的二茂铁乙腈溶液（只用很少量二茂铁即可，肉眼看上去颜色应很浅）于薄层电解池中，并将工作电极插入到池内，并放入样品室内，调节积分时间。当预览谱图中光谱强度在 40000 到 60000 之间为最佳的积分时间。确定后点击下一步，并拿出电解池。将乙腈溶液加入到另外一只同等规格的薄层电解池中放置于样品室内测量其参考光谱。然后单击下一步，并把光源按钮由 on 位打到 off 位，记录其暗光谱，同时点击下一步。最后把装有二茂铁乙腈溶液的薄层电解池中重新放入样品池内，并重新打开光源按钮，这时即可记录二茂铁的紫外吸收光谱，并检验所制备的二茂铁出峰波长是否正常。

（3）电极与电化学工作站的连接：

CHI660C 电化学工作站自带 3 个导线固定夹（绿、红和白色导线相连的固定夹分别于工作、对和参比电极相连接）。但由于制作的电极太过精细，导电夹略显笨重，造成无法很好连接的问题。这时需要排线作为延展线，将固定夹通过排线与电极相连。任选排线中的 3 跟导线去皮，分别与导线夹相连。这时将自制的电极插入与导线相对应的串口头中。仔细检查线路是否连通，电极是否与固定夹正确对应。注意不要使电极的导电部分或电化学工作站的金属夹互相接触以免短路损坏电极。确认无误后，并可进行下一步操作。

（4）二茂铁的紫外可见薄层光谱电化学研究：

启动电化学工作站和计算机，打开 CHI660C 软件，在"设置"中选择"测试硬件连接"，硬件连接正常，则可进行下面实验。

在"设置"中选择"实验技术"，选择"恒电势法"。实验的电势变化范围在 $-0.6\sim0.8V$ 范围内，安排实验次数 $n$ 以及每次实验所需设置的电位，在这一范围内至少取 9 个电势水平扫描九条紫外光谱线。（灵敏度选 1e-5）

在紫外光谱仪的软件中设置多次扫描的次数 $m$，每两次扫描相隔的时间 $t$。在时间 $t$ 内改变电化学工作站恒电势法的电势，一般选半分钟左右为宜。

参数设置好后，先点击 CHI660C 软件中的开始，再点击紫外光谱软件中的开始，紫外光谱仪扫描出一条谱线之后，改变所设置的电极电势，点击开始，紫外光谱仪会在设置好的时间自动工作。注意每次扫完一条谱线，电化学工作站的参数改变以及开始应能在所设置的时间 $t$ 之内完成。以此类推，完成所计划的全部 $m$ 次实验。保存并打印谱图。

在教师的指导下正确关闭各仪器，将所用的玻璃仪器清洗并摆放好。

## 六、结果与讨论

在开路电压下观测的光谱图为二茂铁的还原态图谱，当向微池施加略大于氧化的电解电位，进行电位阶跃实验，发现还原态的吸收峰无明显变化，但有新的吸收峰出现，并随电解时间增长，吸收值逐渐增大大致稳定。此现象表明还原态的二茂铁完全被氧化。当撤掉电位做弛豫时二茂铁氧化态的特征峰逐渐变小，并消失。紫外/可见光谱波长范围内只观察到二茂铁的还原态光谱图谱。

## 七、实验注意事项

反应仪器均需干燥。

## 八、思考题

1. 紫外可见薄层光谱电化学谱图中峰随电势变化的规律是什么？这样的变化说明了怎样的电极反应过程？

2. 根据光谱电化学谱图，解释谱图吸收值的变化，推测二茂铁所发生的电极反应。

# 附：光谱电化学仪有关知识

光谱电化学仪器是由电化学工作站与紫外可见光光谱仪两部分组成。如附图1所示。

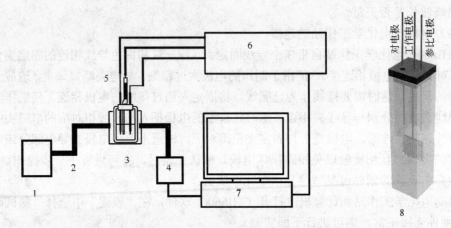

附图1　光谱电化学联用体系及配件

1—光源；2—光纤；3—样品支架；4—光谱仪；5—三电极体系薄层电解池；6—电化学工作站；
7—计算机；8—三电极体系薄层电解池立体图

## 1. 电化学工作站

CHI600B 系列电化学分析仪/工作站为通用电化学测量系统（附图2）。内含快速数字信号发生器、高速数据采集系统、电位电流信号滤波器、多级信号增、iR 降补偿电路以及恒电位仪/恒电流仪（CHI660B）。电位范围为 $\pm10V$，电流范围为 $\pm250mA$。电流测量下限低于 50pA，可直接用于超微电极上的稳态电流测量。如果与 CHI200 微电流放大器及屏蔽箱连接，可测量 1pA 或更低的电流。600B 系列也是十分快速的仪器，信号发生器的更新速率为 5MH，数据采集速率为 500KHz。循环伏安法的扫描速度为 500V/s 时，电位增量仅 0.1mV。当扫描速度为 5000V/s 时，电位增量为 1mV。又如交流阻抗的测量频率可达 100KHz，交流伏安法的频率可达 10KHz。仪器可工作于二、三、或四电极的方式，四电极对于大电流或低阻抗电解池（例如电池）十分重要，可消除由于电缆和接触电阻引起的测量误差。仪器还有外部信号输入通道，可在记录电化学信号的同时记录外部输入的电压信号，如光谱信号等。这对光谱电化学等实验极为方便。此外仪器还有一高分辨辅助数据采集系统（24bit@10Hz），对于相对较慢的实验可允许很大的信号动态范围和很高的信噪比。仪器由外部计算机控制，在视窗操作系统下工作。仪器十分容易安装和使用，不需要在计算机中插入其他电路板。CHI600B 系列仪器集成了几乎所有常用的电化学测量技术，包括恒电位、恒电流、电位扫描、电流扫描、电位阶跃、电流阶跃、脉冲、方波、交流伏安法，流体力学调制伏安法、库仑法、电位法以及交流阻抗等。参数设置和化学术语简单易懂，执行方便快捷。

## 2. 紫外可见光光谱仪

海洋光学 USB4000-UV/VIS 微型光纤光谱仪（附图3）采用"USB"光学平台。使用可变长通滤光片消除二级和三级衍射的影响，配有 25μm 的入射狭缝以及探测器紫外增强，波长范围达到 200~850nm，光学分辨率达到近 1.5nm（FWHM）。光谱仪采用高性能的 3648

像素线性 CCD 阵列探测器，整个光学平台轻巧、携带方便和易于搭建。光谱仪接收来自光纤的光能通过固定的狭缝和光栅投射到探测器上，可提供波长范围在 200～850 nm 的光谱。光谱仪可通过 USB2.0 接口或 RS-232 串口连接到电脑、PLC 和嵌入式系统中，当使用串口通讯时，需要 5 伏供电，每次记录到的光谱图和其操作参数都存贮在光谱仪的内存中，通过光谱仪软件可以读出这些数据。仪器中板载的可编程微控制器可对光谱仪及其附件进行控制，通过 22 针的接口，可以进行许多操作包括控制外部光源，从外部对象获取数据。同时还提供 8 个可编程的数字 I/O 端口连接到别的设备，使用方便快捷。

附图 2　CHI660B 电化学工作站

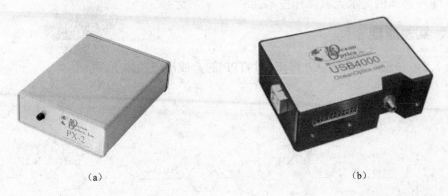

（a）　　　　　　　　　　　　　　　　　　（b）

附图 3　海洋光学 PX-2 型脉冲氙光源(a)和海洋光学 USB4000-UV/VIS 微型光纤光谱仪(b)

**[参考文献]**

1. Shim Y B, Park S M. J Electroanal Chem, 1997, 425: 201.
2. Wang Z, Li X, Tang Y, et al. J Electroanal Chem, 1999, 464: 181.

（龙亿涛编写）

# 5,10,15,20-四苯基铁卟啉［FeTPP］的合成及光谱电化学性质

## 一、实验背景

近年来卟啉类化合物一直得到很多科研工作者的青睐，尤其在生物模拟、光电材料、环境监测和催化反应等领域有了显著发展。本书实验八已介绍卟啉类化合物的结构及其具有许多独特的物理性质和化学性质，本实验学习 5,10,15,20-四苯基卟啉(TPP)与 Fe(Ⅱ)配合物的合成及光谱电化学研究。

## 二、实验目的

1. 掌握卟啉类化合物的合成方法和原理。
2. 熟悉卟啉类化合物的基本电化学性质。
3. 掌握基本的无水无氧操作技术。

## 三、实验原理

1. 5,10,15,20-四苯基铁卟啉[Fe(Ⅱ)TPP]的合成反应式如下：

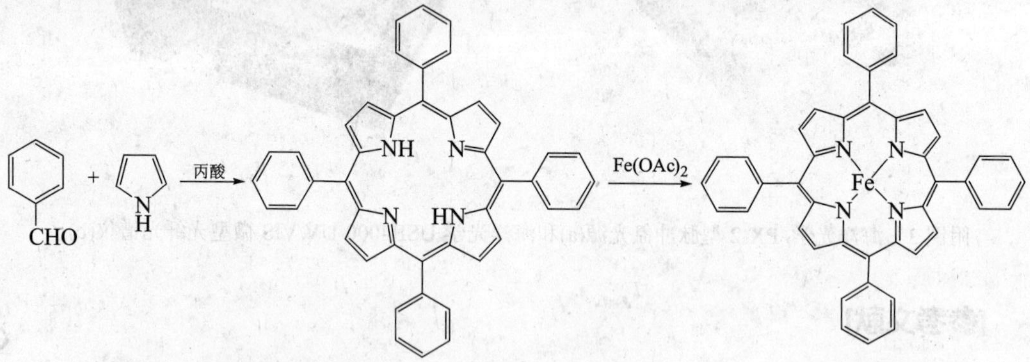

$$\underset{CHO}{\text{苯甲醛}} + \underset{NH}{\text{吡咯}} \xrightarrow{\text{丙酸}} \textbf{TPP} \xrightarrow{Fe(OAc)_2} \textbf{Fe(Ⅱ)TPP}$$

2. 光谱电化学研究

光谱电化学原理见本书实验十三

## 四、仪器与试剂

1. 仪器

250mL 三口烧瓶、三通抽气头、二通抽气头、恒压滴液漏斗、球形冷凝管、直形冷凝管、蒸馏头温度计、翻口橡皮塞、磁力搅拌器、搅拌子、注射器、普通漏斗、旋转蒸发仪、真空泵、光谱电化学仪器等。

2. 试剂

丙酸、吡咯、苯甲醛、甲醇、氯仿、醋酸铁、碳酸氢钠、无水硫酸钠等。

## 五、实验步骤

本实验凡在反应中涉及对空气、潮气敏感的反应试剂，或者生成对空气、潮气敏感产物的实验均在氮气保护下采用标准 Schlenk 技术进行。

1. 5, 10, 15, 20-四苯基铁卟啉［Fe(II)TPP］的合成

（1）5, 10, 15, 20-四苯基卟啉（TPP）的合成

在 100mL 三口烧瓶内加入 2.5g（23.5mmol）苯甲醛和 50mL 丙酸，搅拌，氮气保护加热至回流，用恒压滴液漏斗缓慢滴加新蒸 1.6mL（23.5mmol）吡咯与 10mL 丙酸溶液，继续回流反应 0.5h，冷却至室温，倒入装有 50mL 甲醇的大烧杯中，有紫色固体析出，抽滤，滤饼用甲醇洗涤，至滤液不呈黑色，干燥得到紫色固体，计算产率。

（2）5, 10, 15, 20-四苯基铁卟啉［Fe(II)TPP］的合成

将 0.2g（0.33mmol）5, 10, 15, 20-四苯基卟啉（TPP）和 20mL $N$, $N$-二甲基甲酰胺加入 100mL 三口烧瓶中，氮气保护下加热到 60～80℃使 TPP 溶解，然后加入 0.071g(0.41mmol)乙酸亚铁，回流 10min，自然冷却到室温后放入冰浴中继续冷却 10min，然后用去离子水40mL 稀释反应液，将有固体析出，抽滤，用去离子水洗涤，真空干燥，得产物。计算产率。

2. 5, 10, 15, 20-四苯基铁卟啉［Fe(II)TPP］的紫外可见薄层光谱电化学研究

（1）电极的制作和处理

参考本书实验十三

（2）5, 10, 15, 20-四苯基铁卟啉［Fe(II)TPP］的紫外可见薄层光谱电化学研究

参考本书实验十三

## 六、实验注意事项

参考本书实验八

## 七、思考题

得到的谱图上最大吸收峰表示 5, 10, 15, 20-四苯基铁卟啉［Fe(II)TPP］中可能存在哪些结构？

**[参考文献]**

1. Dana Viascici, Adrian Chiriac,Eugenia Fagadar-Cosma,et..al. Annals of WestUniversity of Timisoara, Series of Chemistry, 2004,13 (1):9.

2. Milgrom L R. The Colours of Life: Introduction to the Chemistry of Porphyrins and Related Compounds. New York: Oxford- University Press, 1997.

3. Zemin Dong ,Peter J Scammells. J Org Chem, 2007,72 (26): 9881.

（龙亿涛编写）

# 鲁米诺的合成及化学发光性能研究

## 一、实验背景

剧烈的化学反应常同时伴随有热和光的产生，光的产生通常和体系在高温时的辐射有关，往往温度不同，光色也不同。另有一类化学反应，可以通过分子的被激发（由基态变为能量较高的激发态）和弛豫（由激发态回到基态）将反应中释放的能量大部分变为光能，而体系的温度变化不大，这种现象叫做化学发光现象。夏夜庭院中飞舞的萤火虫所发的光就其本质而言，也属于化学发光现象（Chemiluminescence）。化学发光现象已获得广泛的应用，除用作紧急光源、信号光源外，有关的反应已用到灵敏度极高的光化学分析中。本实验学习化学发光材料鲁米诺的合成及化学发光性能研究。

## 二、实验目的

1. 学习芳烃硝化反应的基本理论和硝化方法，加深对芳烃亲电取代反应的理解。

2. 了解鲁米诺的化学发光原理，观察在不同条件下的化学发光现象，了解催化剂、酸度和温度对化学发光现象的影响。

3. 训练正确查阅文献资料、综合运用有机合成及仪器分析实验技术的能力。

## 三、实验原理

1. 3-氨基邻苯二甲酰肼合成

3-硝基邻苯二甲酸（3-Nitrophthalic Acid）是制备化学发光剂鲁米诺的原料，经脱水后得到的 3-硝基邻苯二甲酸酐可用于有机合成和醇类测定。邻苯二甲酸酐经直接硝化，既可获得 3-硝基邻苯二甲酸，同时也会得到 4-硝基邻苯二甲酸。在 3-硝基邻苯二甲酸分子中，硝基对邻位羧基影响很大，它和羧酸会形成分子内氢键，加上相邻二羧基之间存在的分子内氢键，对整个羧酸分子的离解产生显著的抑制作用，从而导致其水溶性下降。在 4-硝基邻苯二甲酸中，硝基与羧酸之间难以形成分子内氢键，因而，它在水中的离解度相对要大一些，水溶性也好一些。邻苯二甲酸酐硝化后产生的异构体的分离正是利用它们在水溶性上的差异加以解决的。3-氨基邻苯二甲酰肼的合成反应式：

$$\text{邻苯二甲酸酐} + HNO_3(H_2SO_4) \longrightarrow \text{3-硝基邻苯二甲酸} + \text{4-硝基邻苯二甲酸}$$

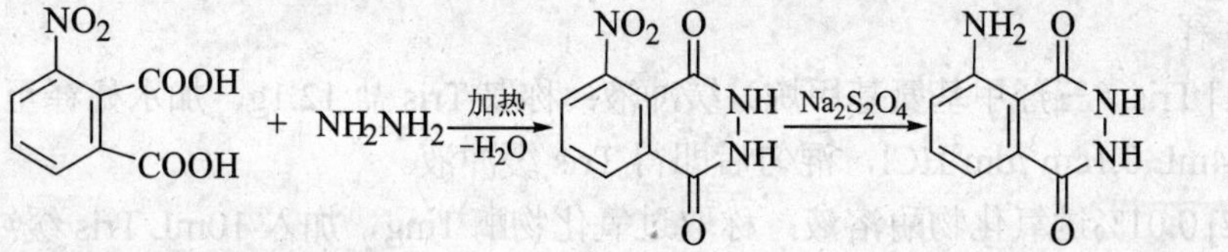

### 2. 3-氨基邻苯二甲酰肼发光原理

3-氨基邻苯二甲酰肼（又称鲁米诺），是一种较强的化学发光物质，在中性溶液中通常以偶极离子（两性离子）存在。在碱性溶液中，则变成二价负离子，并可被氧分子氧化成一种能产生化学发光现象的中间体。在氧化剂中，鲁米诺被转换为激发态，激发态衰变为基态并发出荧光，的发光反应式：

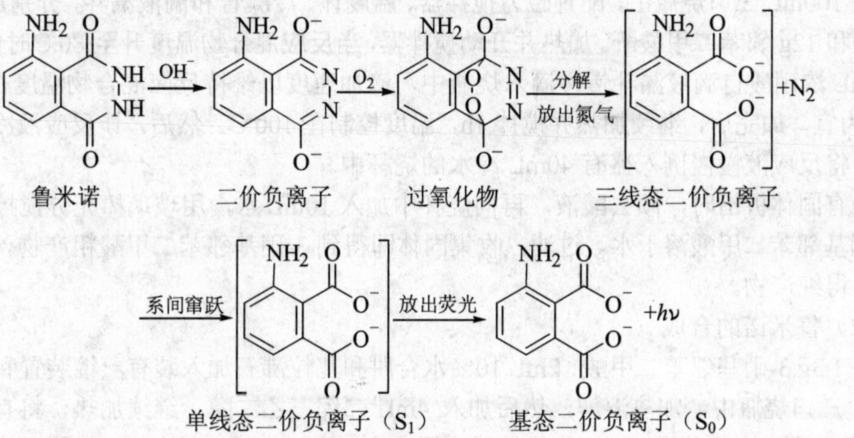

现已证实，发光体是 3-氨基-邻苯二甲酸盐二价负离子的激发单线态。当激发单线态返回至基态，就会发光。激发态中间体也可将能量传递至激发态能量较低的受体分子，受激发的受体分子再通过发出荧光释放能量恢复到基态。不同受体分子的激发态能量的差异使其发出的荧光各不相同，这些现象在本实验中可观察得到。荧光染料与鲁米诺混合后的发光颜色如下表所示。

| 所加荧光染料 | — | 荧光素 | 二氯荧光素 | 罗丹明 B | 9-氨基吖啶 | 曙红 |
|---|---|---|---|---|---|---|
| 呈现的颜色 | 蓝白 | 黄绿 | 黄橙 | 绿 | 蓝绿 | 橙红 |

## 四、仪器与试剂

### 1. 仪器

100mL 三口烧瓶、磁力搅拌器、温度计、冷凝管和滴液漏斗、100mL 二颈烧瓶、铁架台、安全瓶、水泵、显微熔点测定仪、红外光谱仪、核磁共振光谱仪、试管（20mL，3 支；10mL，3 支）、试管夹、油浴或酒精灯、烧杯（100mL，1 个）、锥形瓶（100mL，2 个）、量筒（50mL，10mL 各 1 个）、滴管 2 支、玻璃棒、台秤等。

### 2. 试剂

邻苯二甲酸酐、二缩三乙二醇、10%水合肼、二水合连二亚硫酸钠、二甲亚砜、浓硫酸、浓硝酸、冰醋酸、10%氢氧化钠、氢氧化钾、10%$H_2O_2$、染料、铁氰化钾晶体、0.1mol/L NaOH、0.1mol/L 铁氰化钾、Tris 缓冲液 [1]、0.9%过氧化物酶 [2] 等。

注释

[1] Tris（三羟甲基氨基甲烷）缓冲液：称取 Tris 盐 12.1g，加水稀释至 1L；1L Tris 溶液+914mL 0.1cm³/dm³HCl，混匀后即得 Tris 缓冲液。

[2] 0.01%过氧化物酶溶液：称取过氧化物酶 1mg，加入 10mL Tris 缓冲液，摇匀，为避免失活，应用容量瓶现配现用，用后需放冰箱中保存或4℃左右冷藏。

## 五、实验步骤

1. 鲁米诺的合成

（1）3-硝基邻苯二甲酸的合成

在 100mL 三口烧瓶上，配置磁力搅拌器、温度计、冷凝管和滴液漏斗，分别加入 12mL 浓硫酸和 12g 邻苯二甲酸酐。加热并开动搅拌器，当反应混合物温度升至 80℃时停止加热。将 20mL 浓硝酸自滴液漏斗慢慢滴入烧瓶中，滴加速度以维持反应混合物温度在 100～110℃为宜，加完后，继续加热并搅拌 1h，温度控制在 100℃。然后，让反应液冷却。在通风橱中将反应液慢慢倒入盛有 40mL 冷水的烧杯中。

当有固体析出时，倾去酸液，再向烧杯中加入 10mL 水，用玻璃棒充分搅拌，使副产物 4-硝基邻苯二甲酸溶于水。过滤，收集固体即得到 3-硝基邻苯二甲酸粗产物。用沸水重结晶，得纯产物。

（2）鲁米诺的合成

将 1.3g 3-硝基邻苯二甲酸、2mL 10％水合肼和几粒沸石加入装有蒸馏装置和温度计的 100mL 三口烧瓶中，加热溶解，然后加入 4mL 二缩三乙二醇，继续加热，将有水蒸出，5min 后，温度快速升至 200℃，维持反应温度在 210～220℃，约 2min，停止加热，冷却至 100℃，加入 20mL 热水，进一步冷却至室温，过滤，收集浅黄色晶体，即得到 5-硝基邻苯二甲酰肼中间体，中间体不需要干燥即可用于下一步的反应。

将 5-硝基邻苯二甲酰肼中间体、6.5mL 10％氢氧化钠溶液加入装有冷凝管和温度计的 100mL 三口烧瓶中，搅拌溶解，然后加入 4g 二水合连二亚硫酸钠，加热回流 5min，稍冷却，加入 2.6mL 冰醋酸，冷却至室温，有大量浅黄色结晶析出。抽滤，水洗 3 次，抽干，得产物 5-硝基邻苯二甲酰肼（鲁米诺）。计算产率，测熔点。

注释

[1] 浓硝酸是强腐蚀性试剂，应在通风橱中小心量取。若不慎溅到手上，可用水冲洗。

[2] 反应物倒入水中时，会有一氧化氮气体逸出，操作时应在通风橱中进行。

[3] 洗涤液和母液合并后，经蒸发浓缩，可获得 4-硝基邻苯二甲酸。不过浓缩要当心，当溶液变浓时，固体物质容易发生炭化。或者用乙醚对经过初步浓缩后的合并液进行萃取，然后蒸去乙醚即可得到 4-硝基邻苯二甲酸。

[4] 水合肼具有强腐蚀性，应避免与皮肤接触。

（3）产品结构表征

测定产品的红外光谱及核磁共振氢谱。

2. 发光反应

（1）在 250mL 锥形瓶中，依次加入 15g 氢氧化钾、25mL 二甲亚砜和 0.2g 未经干燥的鲁米诺，盖上瓶塞，然后剧烈摇荡，使溶液与空气充分接触。此时，在暗处就能观察到从锥形瓶中发出的微弱蓝色荧光。继续摇荡并不时地打开瓶塞，让新鲜空气进入瓶内，瓶中的荧光会变得越来越亮。向上述体系中加入 5mL 10% $H_2O_2$ 后继续振荡，2～3min 后可以看到发光强度很快增加。若将不同荧光染料（1～5mg）分别溶于 2～3mL 水中，并加入到鲁米诺二甲亚砜溶液中，盖上瓶塞，用力摇动，在暗室里可以观察到不同颜色的荧光。部分结果如下：无染料：蓝白色；曙红：橙红色；罗丹明 B：绿色；荧光素：黄绿色。

（2）在 100mL 烧杯中加入 60mL 水，再加 8 粒 NaOH，5mL10% 的 $H_2O_2$ 和 0.2g 鲁米诺，将一小片滤纸放在溶液的表面，小心放上少量铁氰化钾晶体，仔细摇动，让少量晶体掉入溶液，或沿烧杯壁轻轻撒入少量铁氰化钾晶体，观察发光现象，再加入 3 滴染料溶液，观察颜色的变化。

① 将以上溶液部分倒入 1 支 10mL 试管中，逐滴加入 5～10 滴浓 $H_2SO_4$，观察酸度对化学发光的影响。

② 再将以上溶液部分倒入两支 10mL 试管中，分别放入冰（冷）水及热水浴中对比观察，了解温度对化学发光现象的影响。

（3）在锥形瓶中，加入 30mL 0.1mol/L NaOH 溶液和 0.2g 鲁米诺，滴加 3 滴 10% $H_2O_2$ 后即可观察到微弱的发光。将上述体系均匀分入两支 20mL 试管中，分别加入 4 滴铁氰化钾和过氧化物酶溶液，均可观察到持续几秒钟的强光发射，比较生物酶和金属离子对化学发光反应的催化效率。

## 六、结果与讨论

1. 发光反应酸度与介质

本实验试验了 3 种缓冲溶液（$NaHCO_3$-NaOH、$H_3BO_3$–KCl-NaOH、Gly-KCl-NaOH）和 NaOH 溶液对化学发光反应的影响。结果表明，在 0.001～0.01mol/L NaOH 介质及 pH 9.6 的 $NaHCO_3$–NaOH 缓冲溶液中发光强度较高。pH 在 9.6～11 之间发光强度变化不大。因此，上述介质均可以作为反应介质。

2. $H_2O_2$ 的浓度对发光强度的影响

$H_2O_2$ 的浓度在 $3\times10^{-4}$～0.6mol/L 范围，对发光强度影响较小，选用 10% 的 $H_2O_2$ 溶液进行试验。

## 七、思考题

1. 与氯苯硝化相比，邻苯二甲酸酐的硝化条件有什么不同，为什么？

2. 鲁米诺合成也是在碱性条件下进行，为什么生成的鲁米诺不会发光？

3. 为什么 4-硝基-邻苯二甲酸在水中的溶解性要比 3-硝基-邻苯二甲酸强？

4. 鲁米诺化学发光的原理是什么？

5. 本实验在做鲁米诺发光演示时，为什么要不时打开瓶盖并剧烈摇荡？

6. 试分析鲁米诺发光的影响因素？

7. 在生物体中，过氧化物可催化产生 $H_2O_2$，试分析用化学发光测定过氧化物酶活性的原理。

**[参考文献]**

1. 翁元凯. 江苏化工，1990，（1）：17.

2．章竹君，吕九如，张新荣. 化学试剂, 1987, 9（3）：149.

3．冯娜，何云华，杜建修等. 分析试验室，2005，24（5）：1.

4．吴秋华，李正平，方正. 化学试剂，2005，27（4）：212.

5．刘清慧，吕九如，冯娜. 高等学校化学学报，2006，27（6）：1036.

6．范顺利，屈芳，林金明. 化学学报，2006，64（18）：1876.

7．徐　红，苏克和，车万锐等. 化学学报，2006，64（19）：1981.

（刘海燕编写）

# MCM-41 介孔氧化硅材料的合成与表征

## 一、实验背景

根据国际纯粹与应用化学协会(IUPAC)的定义，根据孔道的大小可以将多孔材料分为三类：即尺寸小于 2nm 的微孔材料，介于 2～50nm 的介孔材料和大于 50nm 的大孔材料。有序介孔材料，例如氧化硅介孔材料的骨架几乎都是非晶态的，而孔道结构呈现空间高度有序性，其显著的特点为超高的比表面积、单一的孔径分布，且在 2～50nm 可调，具有较好的热稳定性和水热稳定性，在催化、吸附与分离、纳米材料组装及生物化学等众多领域有广泛的应用前景。

近年来，人们成功合成出了多个系列的新型介孔材料，其中具有代表性的是 1992 年 Mobil 公司合成的六方相 MCM-41 氧化硅介孔材料，并提出了介孔材料在表面活性剂诱导下通过自组装形成的液晶模板机理(Liquid Crystal Template)，见图1。该机理指出有序介孔材料的结构取决于表面活性剂疏水链的长度、不同表面活性剂浓度、有机溶胀剂等因素，并提出两种可能的合成途径：（1）当表面活性剂浓度较大时，先形成六方有序排列的液晶结构，然后无机源以液晶为模板填充于其中；（2）无机离子加入后先与表面活性剂相互作用，按照自组装方式排列成六方有序的液晶结构。无机离子（一般在较高的 pH 时带负电）与带正电的表面活性剂相互作用，形成一个固相连续多孔结构，该无机-有机介孔结构可以看做是表面活性剂以六方结构排列于硅基材料之中，当表面活性剂去除后即可得到有序的介孔结构。

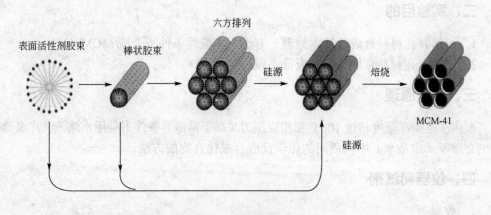

图 1  液晶模板机理示意图

对介孔材料的认识依赖于各种现代仪器分析技术，最常用的有 X 射线衍射技术（XRD），气体吸附脱附表征技术（BET），扫描电子显微技术（SEM），透射电子显微技术（TEM）和核磁共振技术（NMR）等。其中 MCM-41 介孔材料的结构示意图、X 射线衍射图和透射电子显微图见图 2。

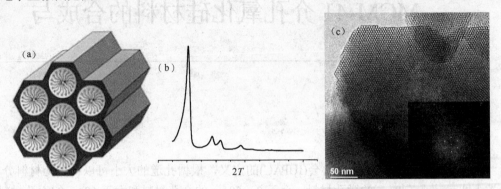

图 2　MCM-41 介孔材料的（a）结构示意，（b）XRD 图，（c）TEM 图

气体吸附脱附技术常用于表征多孔材料的比表面积、孔径和孔容等特性参数。在恒定温度下，根据 IUPAC 的规定，平衡吸附量随压力而变化的吸附等温线可以分为五种类型。对于介孔材料的吸附过程，随着压力升高，介孔内将产生毛细凝聚。在降低压力脱附时，将产生滞后现象。

氮气在固体表面的物理吸附行为的研究已经很成熟，因而已成为测定固体物质的比表面和孔径分布的一种标准方法。在液氮温度–77℃时，氮气分子在材料表面的物理吸附量取决于氮气的相对压力 $p/p^0$，其中 $p$ 为氮气分压，$p^0$ 为液氮温度时氮的饱和蒸气压，当 $p/p^0$ 在 0.05～0.35 范围时，氮气吸附量与 $p/p^0$ 符合 BET 方程，由此可以计算材料的比表面积；当 $p/p^0 \geq 0.4$ 时，由于产生了毛细凝聚现象，吸附量与孔道的尺寸相关，以此为基础，通常采用 BJH 模型，计算孔径分布和孔容。

本实验介孔材料 MCM-41 的合成采用水热合成法，以表面活性剂十六烷基三甲基溴化铵为模板剂，正硅酸乙酯（TEOS）为硅源，乙胺（EA）为 pH 调控剂在酸性介质中合成 MCM-41。

## 二、实验目的

1. 了解介孔材料合成的基本原理、方法，在酸性条件下合成 MCM-41。
2. 熟悉介孔材料常用的各种表征手段。

## 三、实验原理

水热法是指在温度超过 100℃和相应压力（高于常压）条件下利用水溶液（广义地说，溶剂介质不一定是水）中物质间的化学反应合成化合物的方法。

## 四、仪器和试剂

1. 仪器

100mL 不锈钢压力釜（具有聚四氟乙烯衬里）、烘箱、程序控温仪、马弗炉、磁力搅拌器、抽滤水泵、pH 计等。

2．试剂

正硅酸乙酯（TEOS）、十六烷基三甲基溴化铵（CTAB）、盐酸、去离子水等。

## 五、实验步骤

1．MCM-41 的合成

以表面活性剂十六烷基三甲基溴化铵为模板剂，正硅酸乙酯(TEOS)为硅源，乙胺（EA）为 pH 调控剂，各反应物质的摩尔比为：TEOS : CTAB : EA : $H_2O$ = 1 : 0.06 : 0.6 : 90。

按一定配比称取表面活性剂，加水，在 40℃水浴条件下搅拌溶解，冷却至 30℃，加入 EA 调节 pH，然后慢慢滴加 TEOS，继续搅拌 2h，得白色乳液。将所得反应乳液转移到自压反应釜中，在 100℃下晶化 2d，得到白色固体，抽滤、洗涤、干燥。将固体在 550℃空气氛中焙烧 6h，升温速度为 2℃/min，得到白色介孔材料 MCM-41 样品。

2．氮气吸附/脱附表征

采用 Micrometrics ASAP 2010 型气体吸附仪测量吸附/脱附等温线（Isotherm），吸附质为 $N_2$，温度为 –77℃，测量前样品在 623K 抽空活化 10h 以上。样品的比表面积采用 BET 吸附方程计算，孔容和孔径分布由 BJH 模型处理得到。

## 六、结果与讨论

1．表面活性剂是如何与硅源分子相互作用，诱导生成介孔材料的？

2．如何通过多层气体吸附（BET）方程求取多孔材料的比表面积？

3．如何从孔径分布图分析 MCM-41 介孔材料孔道的规整性？

## 七、进一步导读

1．表面活性剂

以表面活性剂为模板剂合成介孔材料的关键核心是表面活性剂溶液结构。为了使表面活性剂溶液系统具有最低能量和热力学稳定性，双亲化表面活性剂的极性头基和非极性尾链将定向排列，自组装形成一定的聚集体系统，在表面活性剂临界胶束浓度以上，表面活性剂胶束具有如图 3 的各种微观结构：球形，棒状，层状，反胶束，双连续，囊泡等。

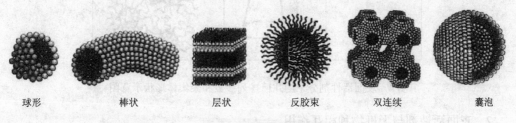

| 球形 | 棒状 | 层状 | 反胶束 | 双连续 | 囊泡 |

图 3　胶束的微观结构

随着表面活性剂浓度的增加，出现了多种聚集态相结构，这些相态结构的变化实质是聚集体与水溶液界面曲率的变化。影响曲率变化的主要因素有：（1）非极性尾链间的相互作用；（2）极性头基的相互排斥作用；（3）几何构型作用；（4）熵和焓的热力学效应。

其中由 Israelachvili 提出的几何构像模型能够方便而准确地预测表面活性剂聚集体结构。如图 4，表面活性剂分子可以看作由柱状到正、反锥的各种几何形体，从几何原理即可理解，当具有不同几何特性的两亲分子作定向排列形成聚集体时，将得到不同的形状。为表征表面活性剂分子的几何特性，定义几何排列参数为：$g = V/a_0 l$，$V$ 是烷基尾链所占体积，$a_0$ 是胶束头基有效面积，$l$ 是烷基尾链的长度。式中 $V$ 与 $l$ 由尾链结构和溶剂性质决定，可由 Tanford 公式估算：$l = (0.15+0.1265n)$ nm, $V = (2.74+2.69n)$ nm，$n$ 为尾链碳原子数。当 $g \leqslant 1/3$ 时，体系形成球形胶团；当 $1/3 \leqslant g \leqslant 1/2$ 时，体系形成不对称胶团，包括椭球、扁球、棒状；当 $1/2 \leqslant g \leqslant 1$ 时，体系形成具有不同弯曲程度的双分子层。当 $g \geqslant 1$ 时，聚集体将反过来以疏水基包裹亲水基，通常在非极性溶剂中形成该种聚集体结构。

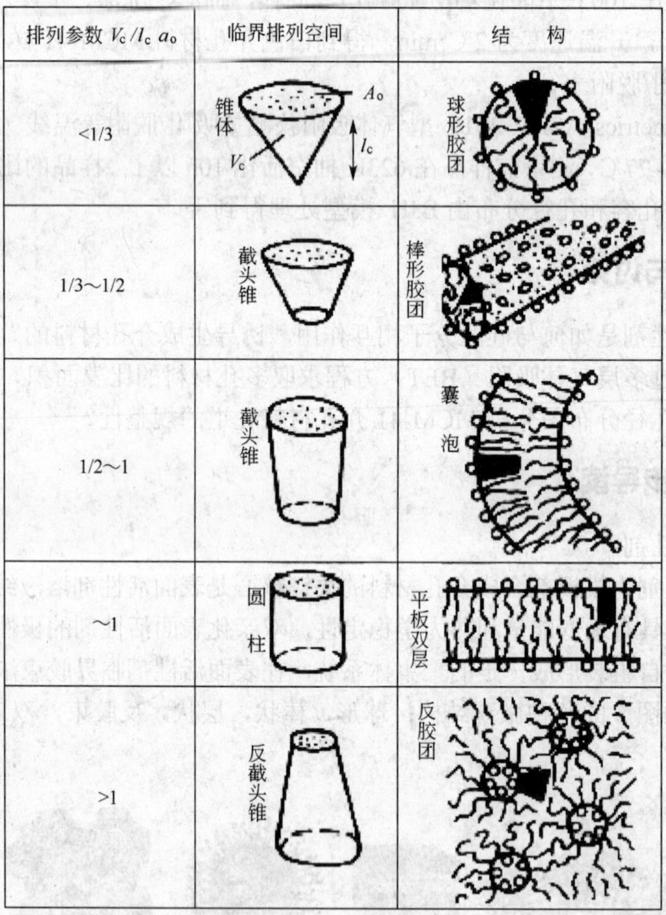

| 排列参数 $V_c/l_c a_0$ | 临界排列空间 | 结　构 |
|---|---|---|
| <1/3 | 锥体 $A_0$ $V_c$ $l_c$ | 球形胶团 |
| 1/3～1/2 | 截头锥 | 棒形胶团 |
| 1/2～1 | 截头锥 | 囊泡 |
| ～1 | 圆柱 | 平板双层 |
| >1 | 反截头锥 | 反胶团 |

图 4　表面活性剂分子的几何排列参数和聚集体形状示意图

## 2. 表面活性剂与无机物种相互作用

在碱性条件下，表面活性剂阳离子($S^+$)和带负电荷的硅物种($I^-$)之间的静电引力是形成有机-无机界面的驱动力。这种静电引力是一种强相互作用，能控制组装过程和最终的结构类型。当无机物种加入到表面活性剂溶液中时，溶液中原已形成的表面活性别胶束会由于有机-无机之间的强静电作用而被破坏。由于硅酸根离子是多配位的，可以与几个表面活性剂阳离子键合，因而能将遭到破坏的棒状胶束重新聚集、组织起来，以电荷匹配为前提，通过硅物种的缩聚，逐渐形成有序的六方密堆积结构。

对于不同的表面活性剂或不同的合成 pH 条件，目前提出了三种模板类型：靠静电力相互作用的电荷匹配模板；靠共价键相互作用的配位体辅助模板和靠氢键相互作用的中性模板。并归纳出 $S^+I^-$、$S^-I^+$、$S^+X^-I^+$ 和 $S^-X^+I^-$ 四种不同离子型表面活性剂与无机物相互作用的方式，见图 5。

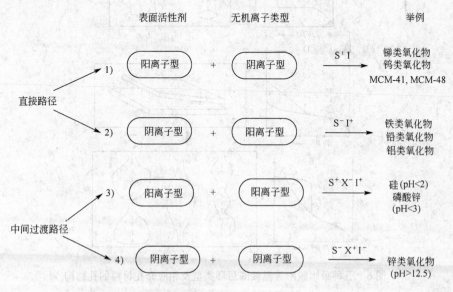

图 5　离子型表面活性剂与无机物电荷匹配示意图

除离子型表面活性剂外，例如采用醚类共聚物等非离子表面活性剂为模板剂时，表面活性剂与无机物之间还存在 $S^0I^0$ 的氢键作用方式，和 $S$—$I$ 的配位作用方式。

## 3．气体吸附/脱附

对气体吸附/脱附滞后现象有很多种解释，其中最合理的是 Zsigmondy 的假设。他认为吸附和脱附时，吸附质在孔壁上的接触角不同，吸附时是前进角，脱附时是后退角，前进角总大于后退角，所以相同吸附量，吸附压力大于脱附压力，而因此产生滞后环。

孔的形状、孔径大小及分布不同，随气体平衡压力的变化吸附量的增减情况也不相同，因而滞后环的形状及位置能反映孔的结构特点。de Boer 将吸附滞后环分为五种类型，它代表五种不同类型的孔，见图 6。

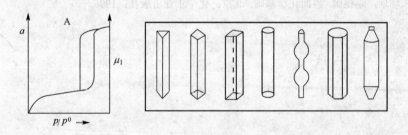

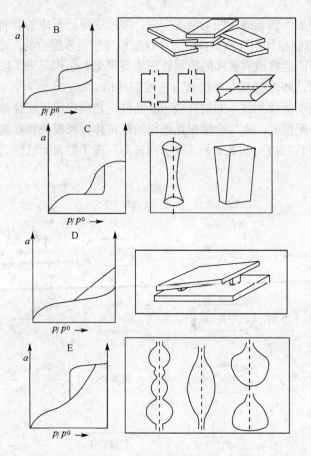

图 6　五种吸附脱附等温线滞后环类型及相应介孔材料的孔结构

## [参考文献]

1. IUPAC Manual of Symbols and Terminology. Pure Appl Chem, 1972, 31:578.

2. Kresge C T, Lenowicz M E, Roth W J,et al. Nature, 1992, 359: 710.

3. Beck J S, Vartuli J C, Roth W J, et al. J Am Chem Soc, 1992, 114: 10834.

4. Sing K S W, Everett D H, Haul R A W, Moscou L, Pierotti R A, Rouquerol J Siemieniewska. T. Pure Appl Chem, 1985, 57: 603.

5. Barrett E P. Joyner L G, Halenda P P. J Am Chem Soc, 1951, 73: 373.

6. Tanford C J. J Phys Chem, 1972, 76: 3020.

7. Israelachvili J N, Mitchell D J, Niham B W. J Chem Soc：Faraday Trans, 1976, 72: 1525.

8. Huo Q, Davld Margolese I, Clesla U, et al. Nature, 1994, 368: 317.

9. Huo Q, Leon R, Pierre M, et al. Science, 1995, 268: 1324.

10. 朱垱瑶，赵振国. 界面化学基础. 北京：化学工业出版社，1996.

（胡军编写）

# 整体式催化剂的制备、表征与催化性能评价

## 一、实验背景

工业排放的挥发性有机污染物（Volatile Organic Compounds，简称 VOCs）大都具有一定的环境毒性，如：有毒、有恶臭、部分甚至有致癌作用、生成光化学烟雾等，直接危害人体健康。VOCs 的污染问题一直是世界各国极为重视的环境问题之一，各国均制定了有关 VOCs 排放的法规。如美国《净化大气法》要求 2000 年 VOCs 的排放量减少 70%；日本 2002 年立法限制 149 种 VOCs 的排放等。我国的大气污染物综合排放标准（GB16297—1996）中对 14 类 VOCs 也规定了最高允许排放浓度、最高允许排放速率和无组织排放监控浓度限值。我国是化学品生产大国，能生产 37000 多种化学品，在生产和使用这些化学品过程中（如溶剂、试剂、涂料、油漆和其他化工产品等的生产以及石化、喷涂漆、印刷、家电、机电、皮革、制鞋、塑料、食品加工和废水处理等行业），所产生的有机废气排放成为大气污染的主要来源之一。经济高效的控制和净化技术是解决此类问题的关键，国内外实践已经证明，催化氧化是治理工业有机气体污染物最有效的方法。催化燃烧法是使用合适的催化剂，使废气中的 VOCs 在催化剂作用下在较低的温度下氧化或分解，达到节能的目的，该法辅助燃料费用低，VOCs 去除率高，不容易产生二次污染。

通过本综合性实验的学习，使学生初步掌握用于 VOCs 催化净化的整体式催化剂的制备、表征与催化性能评价过程。

## 二、实验目的

1. 掌握用等体积浸渍法制备整体式催化剂。
2. 掌握用微反-尾气分析技术评价整体式催化剂的性能。
3. 掌握用程序升温还原技术（TPR）评价催化剂的氧化还原性能。
4. 了解用热重/差热热分析技术（TG-DTA）测定催化剂的分解温度。
5. 了解用低温氮气吸附技术测定催化剂的比表面积。
6. 了解用多晶 X 射线衍射技术（XRD）测定催化剂的物相。

## 三、实验原理

1. 等体积浸渍法

根据催化剂载体的吸水率算出相应的浸渍液体积，然后将两者混合，使载体达到完全湿润状态。只要混合均匀，活性组分就可以均匀分布在载体表面，可以省略过滤和母液回收步骤。

对于活性组分负载量较大的催化剂，由于活性组分前驱体溶解度所限，一次浸渍不能满足要求；或者多组分催化剂，为了防止竞争吸附所引起的不均匀，都可以采用多次浸渍来达到目的。

2. 微反-尾气分析技术

所谓微反，是指一种在实验室用于催化剂性能研究的反应装置。反应器体积小，催化剂用量较少，反应量不大，因而在传热方面滞后较小，在反应区域基本上消除了径向的温度梯度，在纵向的温度梯度也较小，基本上保持反应区域为恒温区；在传质方面，反应物的流动是处于理想型的。本实验采用管式反应器，则反应物流基本上是活塞流的，没有物料的返混现象。在传质传热比较稳定的情况下，把反应系统和色谱在线分析联结起来，反应物经过催化剂床层后随即进行产物的在线分析，可以获得在特定温度下，根据反应前后物质的量的变化，得到该催化剂最基本的性能数据（活性和选择性）。

3. 程序升温还原技术（TPR）

TPR 是一种在等速升温条件下的还原过程，在升温过程中如果催化剂发生还原，气相中的氢气浓度将随温度的变化而变化，把这种变化过程记录下来就可以得到氢气浓度随温度变化的谱图。TPR 技术可用于研究催化剂的氧化还原性能、催化剂中活性组分之间或与载体之间的相互作用。

一种纯的金属氧化物具有特定的还原温度，所以可以用还原温度作为氧化物的定性指标。当两种氧化物混合在一起并在程序升温还原过程中彼此不发生化学作用，则每一种氧化物仍保持自身的特征还原温度不变；反之，如果两种氧化物还原前发生了固相反应，则每种氧化物的特征还原温度将发生变化。TPR 技术灵敏度高，能检测出只消耗 $10^{-8}$ mol $H_2$ 的还原反应。

4. 热重/差热热分析技术（TG-DTA）

TG-DTA 是在程序控制温度下，同时测量物质的质量、物质和参比物的温度差与温度关系的一种技术。该技术可用于催化剂制备条件的选择、催化剂组成确定、活性组分单层分散阈值的确定、研究活性金属离子的配位状态及其分布、研究活性组分与载体间的相互作用、固体催化剂表面酸碱性表征、催化剂老化和失活机理研究、沸石催化剂积炭行为的研究、吸附与反应机理的研究和多相催化反应动力学研究等。

5. 低温氮气吸附技术

比表面积对催化剂的性能有重要影响，是表征催化剂宏观结构性质的重要指标之一，可以通过利用测得的比表面积获得催化活性中心、催化剂失活、助剂和载体之间的相互作用等方面的信息。催化剂的表面可以分为内表面和外表面，内表面是指催化剂孔道内壁，其余为外表面，孔径越小，数目越多时比表面积越大。如催化剂是非孔的，它的表面可以看成是外表面，颗粒越细，比表面积越大。

对气体吸附法测定比表面积的可能性进行过许多理论研究，其中以 Brunauer、Emmett 和 Teller 建议的模型和计算公式（BET 理论）最为著名，被公认为测量催化剂比表面积的标准方法。

BET 理论认为催化剂表面是均匀的，分子在吸附和脱附时不受周围分子的影响，催化剂表面可以靠范德华力吸附分子，形成第一吸附层，而吸附的分子还可以靠范德华力再吸附更多的分子，形成第二层、第三层、……，以至于形成无限多吸附层，并且不一定第一层吸附满后才开始进行多层吸附，可以同时进行。在第一层未覆盖部分的吸附和第一层的脱附之间存在动态平衡，同样，第一层与第二层，第二层与第三层，……，也存在这样的动态平衡。按照 Langmuir 吸附等温方程的推导方法同样可以得到 BET 吸附等温方程：

$$\frac{p}{V(p_0 - p)} = \frac{1}{V_m C} + \frac{C-1}{V_m C} \frac{p}{p_0}$$

$$S_g = N A_m V_m / (22400 W_0)$$

式中，$S_g$ 为催化剂比表面积；$N$ 为 Avogadro 常数，$6.02 \times 10^{23}$；$A_m$ 为一个吸附质分子的截面积；$V_m$ 为催化剂表面形成单分子层所需要的气体体积；$W_0$ 为催化剂质量；$V$ 为吸附平衡时的体积；$p$ 为吸附时的平衡压力；$p_0$ 为吸附温度下吸附质的饱和蒸气压；$C$ 为与吸附热有关的常数。

以 $\dfrac{p}{V(p_0 - p)}$ 对相对压力 $\dfrac{p}{p_0}$ 作图，可得到直线的斜率为 $\dfrac{C-1}{V_m C}$，截距为 $\dfrac{1}{V_m C}$，然后求得 $V_m$ 和 $C$，最后得到催化剂的比表面积 $S_g$。

吸附质常为惰性气体，最常用的吸附质为氮气，$A_m = 16.2 \text{Å}^2$，吸附温度为液氮温度（77.2K），可以避免化学吸附。当相对压力低于 0.05 时，不易建立起多层吸附平衡，高于 0.35 时，容易发生毛细管凝聚现象。实验表明，对于多数固体催化剂来说，当相对压力在 0.05～0.35 时，BET 方程为线性方程。

## 6. 多晶 X 射线衍射技术（XRD）

固态物质按其原子（离子或原子团）的聚集状态分为晶体和非晶体。晶体是由原子（离子或原子团）在三维空间周期排列而成的固体物质；反之，非周期性排列而成的固体物质为非晶体。晶体和非晶体在一定条件下可互相转化。一个晶核生长而成的晶体称为单晶，许多位相不同的单晶聚合体称为多晶体。

X 射线是电磁波，表现出波粒二象性，波长在 $5 \times 10^{-4}$～25nm 之间。当波长在 0.05～0.25nm 之间，与晶体中原子间距相当时，在通过晶体时会发生衍射现象，可用于研究晶体的内部结构。当 X 射线照射到晶体上时，各原子周围的电子将产生相干散射和不相干散射，相干散射会产生干涉，在相邻散射线光程差为波长整数倍的方向上，将出现 X 射线衍射线。经 Bragg 推证，当满足条件 $2d\sin\theta = n\lambda$ 时，X 射线在晶体中将产生衍射。其中，$d$ 为晶面间距；$\theta$ 为入射线、反射线与反射晶面间夹角；$\lambda$ 为入射线波长；$n$ 为整数，称为反射级数。

每种结晶物质都有其特定的结构参数（包括晶体结构类型，晶胞大小，晶胞中原子、离子或分子的位置和数目等），因此，没有两种结晶会给出完全相同的衍射花样，所以根据某一待测样品的衍射花样，不仅可以知道物质的化学成分还能知道它们的存在状态，即能知道某元素是以单质存在或者以化合物、混合物及同分异构体存在。当试样为多相混合物时，其衍射花样为各组成相衍射花样的迭加。利用索引和标准卡片中的一组 $d$ 值和相对强度与待测试样的衍射花样（谱图）进行对比，可以进行各相鉴定，完成晶态物质的物相定性分析。

## 四、仪器与试剂

1. 仪器

气相色谱仪、TPR 装置、TG-DTA、XRD、BET、台秤、玻璃仪器等。

2. 试剂

整体式堇青石载体（$2MgO \cdot 2Al_2O_3 \cdot 5SiO_2$）（吸水率为 0.3mL/g）、$Cu(NO_3)_2 \cdot 3H_2O$ 固体、$Ni(NO_3)_2 \cdot 6H_2O$ 固体等。

## 五、实验步骤

1. 等体积浸渍法制备整体式催化剂

（1）等体积浸渍液的配制

整体式蜂窝状堇青石载体（$2MgO \cdot 2Al_2O_3 \cdot 5SiO_2$）的饱和吸水率为 0.3mL/g，催化剂中 Cu-Ni-O/堇青石的重量比为：堇青石：CuO：NiO＝100：5：6。求出制备 10g 整体式催化剂所需要的各种物料投料量。

① 每克催化剂中载体的重量

$$W_{载}=W_{催}/（1+0.05+0.06）=0.901（g/g\text{-}cat）$$

② 每克催化剂载体的饱和吸附溶液量

$$V_{吸}=W_{载}×0.3（mL/g）=0.27mL$$

③ 浸渍溶液中 $Cu(NO_3)_2$ 的浓度[$Cu(NO_3)_2 \cdot 3H_2O$ 的分子量为 241.6]

$$C_{Cu}=0.901×（0.05/79.5×241.6）/0.27=0.507（g/mL）$$

④ 浸渍溶液中 $Ni(NO_3)_2$ 的浓度[$Ni(NO_3)_2 \cdot 6H_2O$ 的分子量为 290.8]

$$C_{Ni}=0.901×（0.06/74.7×290.8）/0.27=0.779（g/mL）$$

⑤ 制备 10g 催化剂所需要的浸渍液量

$$V=10×0.901×0.3=2.7mL$$

（2）等体积浸渍法制备整体式催化剂

① 预先计算好配制 25mL 浸渍液所需要的 $Cu(NO_3)_2 \cdot 3H_2O$ 和 $Ni(NO_3)_2 \cdot 6H_2O$ 的量。

② 称取蜂窝状堇青石载体 9.0g、计算量的 $Cu(NO_3)_2 \cdot 3H_2O$ 和 $Ni(NO_3)_2 \cdot 6H_2O$。

③ 将 $Cu(NO_3)_2 \cdot 3H_2O$ 和 $Ni(NO_3)_2 \cdot 6H_2O$ 在烧杯中混合后，加少量蒸馏水微微加热、搅拌，使之完全溶解后，移入 25mL 容量瓶，加水至刻度，摇匀（注意要把烧杯壁上的溶液也洗入容量瓶）。

④ 用移液管吸出 2.7mL 浸渍液，缓缓地均匀滴在 9.0g 堇青石载体表面。

⑤ 室温下静置 1 小时后，放入 110℃干燥箱中干燥 10h。

⑥ 最后放入马弗炉中焙烧，先在 250℃、300℃、350℃、400℃各恒温半小时，再升至 500℃焙烧 4 小时。

⑦ 实验完毕，清洗所用仪器和整理实验台。

（3）数据记录

蜂窝状堇青石载体重量：＿＿＿＿＿；

$Cu(NO_3)_2 \cdot 3H_2O$ 重量：＿＿＿＿＿；

$Ni(NO_3)_2 \cdot 6H_2O$ 重量：＿＿＿＿＿。

**2. 微反-尾气分析技术评价整体式催化剂的性能**

**（1）催化剂活性**

催化剂活性的表示方法很多，如转化率、起燃温度（$T_{50}$）、一个工业反应器的能力常常用时空产率（STY）等。对于催化燃烧反应来说，通常用起燃温度（$T_{50}$）表示催化剂的活性。

根据气相色谱仪的分析结果，可以获得反应前后的物质浓度。如，反应前：反应物流量为 $V_0$，反应物的浓度为 $C_0$；反应后：物料总流量为 $V$，反应物的浓度为 $C_0$ 若物质的变化仅由某一反应所致，那么反应转化率为：

$$X=[(V_0C_0-VC)/V_0C_0]\times100\%$$

如果反应前后物料总流量基本保持不变，则上式可以简化为：

$$X=[(C_0-C)/C_0]\times100\%$$

**（2）催化剂活性评价装置**

催化剂活性评价装置如图 1 所示，将整体式催化剂装入不锈钢固定床反应器中，以甲苯作为 VOCs 的模拟化合物，反应气为甲苯饱和蒸气（0℃）和空气的混合气体，浓度为 2000mg/m³，空速为 10000h⁻¹。从室温开始，以 5℃/min 的速率进行程序升温。每隔 10℃用六通阀进样，产物分析用浙江省温岭福立分析仪器有限公司生产的 GC9790B 气相色谱仪，氢火焰离子检测器（FID，150℃）检测，色谱柱为 3m 不锈钢柱（2.5%DNP+3% 有机皂土/101 白色担体），柱温 110℃，柱前压 0.2MPa。

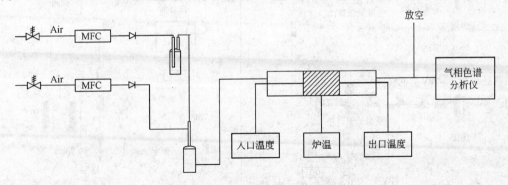

图 1　催化剂活性评价装置流程图

**（3）操作步骤**

① 启动 GC9790B 气相色谱仪，并按上述色谱分析条件调节气相色谱仪，使气相色谱仪与色谱工作站进入工作状态；

② 把整体式催化剂装入固定床反应器中；

③ 启动空压机，调节空气质量流量计，使流量达到规定的数值，进入反应器；

④ 启动程序升温仪，加热反应器，当催化床入口温度到达指定温度，每升 10℃用六通阀取样分析；

⑤ 当转化率接近 100%时，停止升温反应，逐步降温；

⑥ 关掉程序升温仪，停止加热，关掉质量流量计，再关气相色谱仪。

**注意**：关闭气相色谱仪时，应先断氢气，再断空气（关掉空压机），然后关闭各加热系统，最后继续通氮气 30 分钟后再关闭总电源。

（4）数据记录

甲苯气体流量：_____；

空气流量：_____。

| 炉温(℃) | 入口温度(℃) | 出口温度(℃) | 色谱峰面积 |
|---------|------------|------------|-----------|
|         |            |            |           |
|         |            |            |           |
|         |            |            |           |
|         |            |            |           |
|         |            |            |           |
|         |            |            |           |

## 3. TPR 技术评价催化剂的氧化还原性能（图 2）

催化剂表征系统流程图

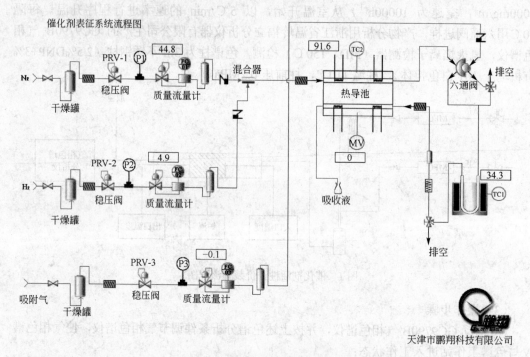

天津市鹏翔科技有限公司

图 2　催化剂表征系统流程图

① 称取待测催化剂样品 50～120mg，装入石英管。样品装填（大口一侧）顺序：石英棉—样品—石英棉。样品装填好后，将石英管两端与 TPR 装置连接。

② 开钢瓶阀门，开 TPR 装置的进气阀。

③ 调节进气稳压阀至 0.2MPa。

④ 连接 TPR 测试气路，面板上阀所处位置为：六通阀（任意），V4 阀（吸附炉），V5 阀（热导），V6 阀（关闭）。

⑤ 打开总电源开关，打开流量计电源开关。

⑥ 在电脑程序中"仪表屏"设置各气路流量，将排气管与吸收瓶连接，应该有气泡冒出。

⑦ 检查气路密封性（主要是样品管连接处）：将 V5 阀关闭，如果流量计读数慢慢减小至零，说明样品管连接处不漏气，否则检查样品管连接处直至不漏气。

⑧ 将 V5 阀旋回至"热导"位，开加热电源开关。

⑨ 设置热导温度（TC2）为 110℃，稳定 0.5 小时。

⑩ 设置吸附炉温度（TC1）为待测试的起始温度，开桥电流，走基线。

⑪ 基线走平后，按测试所需的升温程序设置吸附炉温度（TC1），运行程序开始测试。

⑫ 测试结束，开吸附炉炉膛降温，关桥电流。1 小时后降热导温度，关闭加热电源开关。将排气管与吸收瓶断开。

⑬ 关钢瓶阀门，关 TPR 装置的进气阀，关闭流量计电源开关，关闭总电源开关。

⑭ 取出样品管并清洗干净。

**注意：** 热导池必须在通载气状态下工作！

4．TG-DTA 技术测定催化剂的分解温度

（1）TG 曲线定性或定量依据（图 3）

① 阶梯位置（反应温度区间）　TG 是测量反应过程中的重量变化，凡是伴随重量改变的物理或化学变化，在曲线上都有相应的阶梯出现，作为鉴别变化的定性依据。

② 阶梯高度　代表重量变化的多少，可以计算中间产物或最终产物的量以及结晶水分子数和水含量等，是进行各种参数计算的定量依据。

③ 阶梯斜度　与实验条件有关。如果实验条件恒定，则取决于变化过程(反应速率)，可以得到有关动力学信息。

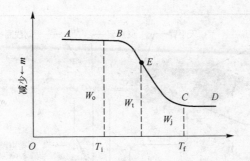

图 3　典型的催化剂 TG 曲线

① 平台（plateau）：TG 曲线上质量基本不变的部分（图中的 *AB* 和 *CD*）。

② 起始温度（$T_i$）：累积质量变化达到热天平可以检测的温度。

③ 终止温度（$T_f$）：累积质量变化达到最大值的温度。

④ 反应区间：起始温度与终止温度间的温度间隔（图中的 $T_i \sim T_f$）。

⑤ 阶梯（step）：两个平台之间的距离称为阶梯。

（2）DTA 曲线定性或定量依据（图 4）

① 峰位置（峰温）　DTA 曲线反映过程中的热变化，物质发生的任何物理或化学变化，在曲线上都会有相应的峰出现，因此，峰温可作为鉴别物质或其变化的定性依据。

② **峰面积** 表示热效应大小，是计算反应热的定量依据。

③ **峰形状** 与实验条件有关。如果实验条件恒定，则取决于变化过程，因此，从峰的大小、峰宽和峰的对称性等可以得到有关动力学行为信息。

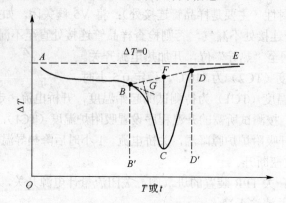

图 4 典型的催化剂 DTA 曲线

① 基线（base line）：DTA 曲线上相应 $\Delta T$ 近似于零的部分（图中的 *AB* 和 *DE*）。

② 峰（peak）：DTA 曲线上先离开而后回到基线的部分（图中的 *BCD*）。

③ 吸热峰（endothermic peak）或吸热（endotherm）：为试样温度低于参比物温度的峰，即 $\Delta T$ 为负值。

④ 放热峰（exothermic peak）或吸热（exotherm）：为试样温度高于参比物温度的峰，即 $\Delta T$ 为正值。

⑤ 峰宽（peak width）：离开基线点至回到基线点间的温度或时间间隔（图中的 *B'D'*）。

⑥ 峰高（peak height）：垂直温度轴或时间轴的峰顶（*C*）至内插基线的距离（图中的 *CF*）。

⑦ 峰面积（peak area）：峰和内插基线间所包围的面积（图中的 *BCDB*）。

⑧ 外推起点（extraplated onset）$T_{eo}$：峰的前沿最大斜率点的切线与外推基线的交点（图中的 *G* 点）。

## （3）TG-DTA（图 5）的操作步骤

**开机步骤**

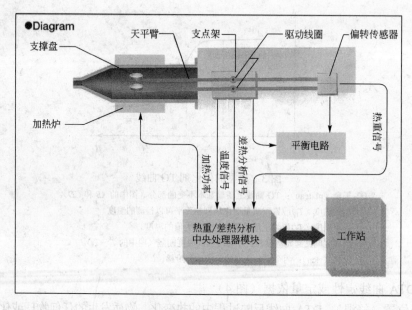

图 5 热重/差热综合热分析仪的结构示意图

① 打开气体钢瓶（氮气或其他气体）。

② 打开变压器，使输出电压为 110V（本仪器使用 110V 电压）。

③ 打开气体控制单元（AIR COOLING UNIT A），指示灯亮，流量控制在 80～100mL/min 之间。

④ 打开主机电源开关（POWER 按钮），指示灯亮，在上部绿色小屏幕上显示 WAIT3⋯⋯

⑤ 打开计算机，点击 Pyris Manager 图标，在屏幕左上方出现 Pyris 任务栏，当主机小屏幕上由 WAIT3→WAIT2→WAIT1→LINK wait 时，可点击 Pyris 任务栏 Diamond TG/DTA 边上的小圆点。以启动 Pyris 软件，此时计算机与主机连机，并出现 Pyris 界面。

**Pyris Series-Diamond TG/DTA 的主界面**

最上面是菜单和两排工具栏。

图形窗口的上面是状态栏，右面是控制面板，屏幕上同时出现方法编辑器（Method Editor）。用户可在方法编辑器中设定实验方法：样品名称、样品重量、文件名。起始温度、终点温度、升温速率、保温温度与保温时间等。

待实验条件设定完毕，即可点击右面控制面板最上面的开始/结束按钮。启动数据采集过程，在屏幕上实时显示 TG 与 DTA 曲线，实验数据自动保存。

**关机步骤**

① 一旦实验结束自动降温，冷却到 30℃左右（加样温度）可进行下一个样品的测试工作。

② 如需关机，可关闭 Pyris Series-Diamond TG/DTA 界面，主机也随即关闭（即用计算机关闭 TG/DTA 主机）。

③ 关闭气体控制单元（AIR COOLING UNIT A）指示灯灭。

④ 关闭变压机。

⑤ 关闭气体钢瓶。

5. 低温氮气吸附技术测定催化剂的比表面积

NOVA 4200e 是全方位的高质量、高性能的比表面和孔径分析仪。完成多样品 BET 比表面分析平均仅需几分钟，多样品孔径分析平均仅需几小时。其特点为：可使用绝大多数非腐蚀性吸附；仪器操作可脱离计算机控制，进行问答式菜单操作；仪器控制及实时等温曲线观察。

① 称样。标准样品称样量一般在数百毫克量级（100～500mg）左右，视堆积密度不同而异，待测样品称样量的多少以体积为准，允许的情况下装样量多一些可以减小测试误差，一般装入的样品表面积在 $20～50m^2/g$ 比较准确，质量以脱气后的质量为准，若样品含有大量的有机物或水分，要求称量前对样品进行预处理。

注意：样品颗粒太大，不利于分析时吸附平衡，太细则容易在脱气时被抽起来；要刷掉样品管壁上的粉末以减小误差；保证脱气后样品质量小于脱气前质量，否则需要重新处理。

② 脱气。称样后的样品管置于加热包底部并夹紧，先套上铜螺母，再给样品管两个管臂每端各套个 O 形圈，两手指应捏在靠近管口位置，以防样品管折断伤手，不可给样品管施向两竖管间的力，以防样品管断裂，安装拿取过程中保持样品管竖直，切记将加紧螺

母拧紧，以防漏气。操作控制面板进入脱气站开始脱气，若仪器显示漏气则需要重新安装样品管。抽完真空后就可以开始升温，温度一般不能超过 350℃，具体温度根据样品要求来定。若是 300℃脱气要求至少 3h，温度越低，脱气时间要求越长，另外对于很轻的粉末样品要缓慢升温，防止粉层被抽到管路里。脱气完成后先关掉加热电源，等降温后方可取下样品管。脱气站不进行脱气处理时要塞上。

③ 分析。分析时要保证气瓶有足够的压力（略大于 1atm），仪器与工作站连接正常。脱气后的样品在称完质量后，加入对应的填充棒装到对应的分析端口上，拧紧螺母防止漏气，不工作的端口塞上。杜瓦瓶倒满液氮后置于升降托上待用，倒液氮时先倒少许，待杯体温度基本平衡后，再添加至瓶口刻度。

注意：液氮为危险品，常压温度为–196℃，操作时应穿封闭皮鞋戴乳胶类手套，严禁戴线手套或穿凉鞋或拖鞋操作，以防液氮浸入线手套或进入鞋中将手脚冻伤；计算各样品质量后于计算机进行分析站的操作，样品管与工作端口要一一对应，BET 表面积分析选用相对压力 0.35 前的点就可以了；设置完成后按 Start 并确定开始分析，测试数据可以实时地看到并得到最终的结果，分析结束后，倒掉液氮，卸下样品管并塞上分析站端口。

④ 清洗。回收或妥善处理测试完的样品后，清洗样品管及填充棒等。要求先用自来水洗，再用蒸馏水淋洗，最后用乙醇润洗。洗好后的样品管及填充棒于试管架上倒置，自然晾干，其他器件烘干备用。实验完毕后整理实验台及仪器。

⑤ 处理数据，提交实验报告。

6. XRD 技术测定催化剂的物相

① 开启稳压电源，然后启动循环冷却水系统。

② 开启仪器的电源开关。

③ 待仪器稳定后，开启高压发生器，启动 X 射线发射源，Ready 指示灯亮，X-射线正常启动，然后将电压加到 40KV，再将电流加到 100mA 即可。

④ 粉末样品选用玻璃样品架，将样品放入样品架的凹槽内，用载玻片将样品压平即可。

⑤ 制备好试样后，将试样插入样品台，关好防护门，即可开始实验测试。

⑥ 在 XRD 界面上输入相应的扫描范围和扫描速度，最后选择"start"，衍射仪开始扫描，待扫描完成后，根据提示保存数据即可。

⑦ 利用 EVA 软件搜索与所得谱图最接近的标准卡片，并进行催化剂物相分析。

**[参考文献]**

1. 吴越. 催化化学. 北京：科学出版社，1998.
2. 甄开吉. 催化作用基础. 北京：高等教育出版社，2005.
3. 辛勤. 固体催化剂研究方法. 北京：科学出版社，2004.

（工业催化研究所编写）

# 新生 TiO₂ 催化酯化反应研究与表征

## 一、实验背景

酯化反应的传统催化剂为无机酸如浓硫酸等，不仅腐蚀设备而且后处理过程中放出大量含酸废水严重污染环境，不能适应现代环境保护的要求，与绿色化学理念背道而驰。采用可回收固体酸催化剂进行酯化反应，不仅减少了反应设备维护费用，而且后处理过程中不会产生含酸污水。使用固体酸催化酯化已经实现工业化。

## 二、实验目的

1. 掌握固体酸催化剂的制备方法。
2. 了解非均相催化剂在化学反应中的应用。
3. 学习分水器的使用方法。
4. 在固体酸催化剂作用下合成乙酸丁酯。

## 三、实验原理

1. 反应式如下

$$CH_3COOH + n\text{-}BuOH \underset{TiO_2/SO_4^{2-}}{\overset{TiO_2/SO_4^{2-}}{\rightleftharpoons}} CH_3COOBu + H_2O$$

$$TiCl_4 + H_2O \xrightarrow{\triangle} TiO_2 \xrightarrow[\triangle]{H_2SO_4} TiO_2/SO_4^{2-}$$

2. 制备乙酸正丁酯的实验装置

制备乙酸正丁酯的实验装置

## 四、仪器与试剂

### 1. 仪器

阿贝折光仪、红外光谱仪、5mL 一次性针筒、布氏漏斗、马弗炉、研钵、分水器、100mL 圆底烧瓶、回流冷凝管、100mL 烧杯等。

### 2. 试剂

$TiCl_4$（C.P.）5.0mL、1.0mol/L $H_2SO_4$ 10mL、乙酸（A.R.）9.0mL（0.156 mol）、丁醇（A.R.）12.0mL（0.125 mol）等。

## 五、实验步骤

### 1. 固体酸催化剂的制备

在 100mL 烧杯中注入 20mL 水，用一次性针筒取 5mL $TiCl_4$，然后将 $TiCl_4$ 缓慢注入水中。由于该反应是个强放热反应，因此，缓慢注入过程中用玻璃棒快速搅拌。反应完成后生成半透明溶液，接着将生成的溶液加热至沸腾 15min。加热过程中，溶液先变澄清然后混浊，最后有沉淀物析出。将加热后的悬浊液静置至室温后抽滤，所得固体用 1.0mol/L 硫酸 10mL 浸渍搅拌 15min，过滤后在 500℃下用马福炉焙烧 1h，得到 $SO_4^{2-}/TiO_2$ 固体酸催化剂，研成粉末。

### 2. 固体酸催化剂催化的酯化反应

安装好合成装置，在 100mL 圆底烧瓶注入 11.5mL（0.125mol）正丁醇和 9mL（0.156mol）冰醋酸以及 1.5g 固体酸催化剂，装上分水器，加热回流，反应过程中产生的水从分水器下部分出，直至回流到分水器中的水分不再增加时，即为反应基本完成，反应时间约 40min。

停止加热，冷却后，把圆底烧瓶中的反应液经抽滤回收催化剂后转入分液漏斗中，10mL水洗后，把分离出来的上层油层倒入干燥的小锥形瓶内，加入 0.5~1.0g 无水硫酸镁干燥，静置，直至液体澄清，蒸馏收集 124~127℃馏分，得到无色透明液体。计算产率。

### 3. 产品表征

用阿贝折光仪测折射率。

用红外光谱仪鉴定产品。

## 六、结果与讨论

制备固体酸催化剂，利用四氯化钛水解制备二氧化钛，但初步水解生成的氧桥钛化合物溶解于水，需要加热破坏，使其继续分解成为二氧化钛，因此该过程需要加热 15min，加热时间过短会影响二氧化钛的产量。此法得到的新生的二氧化钛颗粒细腻，粒径分布均匀，表面活性点多，经浓硫酸处理后高温灼烧，形成硫酸基固体酸催化剂。催化剂的活性高低主要取决于硫酸化过程是否彻底，必要时可以使用红外干燥器烘烤 30min 后研成粉末状后再进行酸化处理，处理过程中不断搅拌，使硫酸分布均匀。

固体酸催化剂催化乙酸丁酯合成，其中固体酸催化剂的用量对反应转化率有着直接的影响，由于学生所做催化剂的催化效率不是太高，因此使用量不宜太低。酯化反应时间以分水器中水的量不再增加为准。酯化反应是个可逆反应，水的存在是不利于反应转化率提高的，因此反应装置应该是干燥的。本反应粗产物含有部分过量的乙酸，主要是考虑到丁醇过量后与水、酯形成共沸物，使产品分离困难，而乙酸可溶于水，很容易除去，因此使用过量乙酸提高丁醇转化率。

## 七、实验注意事项

1．四氯化钛水解过程中有 HCl 放出，应该在通风橱中进行，另外滤除的水中实际上是盐酸，要回收，操作时注意安全。

2．固体酸催化剂易吸水，不宜放在空气中保存，应放在干燥器中妥善保管。

## 八、思考题

1．非均相催化的优点有哪些？

2．推测硫酸基二氧化钛中的有效催化组分？

3．酯化反应如何促进反应进行？

**[参考文献]**

1．周石柔，徐中海，廖德仲．化工时刊，2008，22（1）：32．

2．焦家俊，有机化学实验[ M ]．上海：上海交通大学出版社，2000，97．

3．杨颖，鲁厚芳，梁斌．化学反应工程与工艺，2007，23（1）：13．

4．李雪梅，侯丽杰，肖雪等．周口师范学院学报，2006，23（5）：63．

（许胜编写）

# 实验十九

# 生物（面包酵母）催化苯乙酮的不对称还原及表征

## 一、实验背景

手性化合物的光学纯度对其生物活性具有重要影响，制备高效低毒、弱副作用的各种光学纯手性药物时，以单一对映体应用微生物或酶的还原转化制备新型药物的前体是非常有效的工具。光学活性醇是天然产物及手性药物合成中重要的"手性砌块"（chiral building blocks）。前手性芳香酮的不对称催化还原是制备光学活性醇的一个重要方法，但随着矿石资源不断枯竭，环境污染的日益严重，高效专一、绿色节能的"生物转化"（Biotransformation）技术越来越受到国内外科学家的重视。

进行微生物筛选能够提供所需的生物不对称合成的生物催化剂，面包酵母（Baker's yeast，学名 saccharomyces cerevisiae）作为这类生物催化剂可以进行很多手性物质的催化合成，随着对面包酵母催化过程研究的深入，为手性化合物的合成提供了更广泛、廉价、安全的应用前景，本实验用面包酵母催化苯乙酮的不对称还原。

## 二、实验目的

1. 学习生物催化剂在不对称合成中的应用。
2. 掌握柱色谱分离方法。
3. 掌握气相色谱、旋光仪的操作方法。

## 三、实验原理

面包酵母为广泛利用的微生物之一，存在着丰富的氧化还原酶，可催化各种羰基化合物的不对称还原反应，并具有高度的立体选择性，由于它廉价易得，常用于羰基化合物的不对称还原。在生物还原反应中起催化作用的除氧化还原酶之外，还需辅酶 NADH 的参与，而生成的氧化型辅酶 $NAD^+$ 需通过能源供体（如蔗糖、葡萄糖等）的氧化还原再生成 NADH，才能使苯乙酮的还原反应持续下去使底物苯乙酮的转化率达到71%，产物(S)-1-苯基乙醇的对映体过量值（enantiomeric excess，简写为 ee）达到88%，其反应式如下：

乙酰苯酮　　　　Baker's yeast　　(S)-1-苯基乙醇　　　(R)-1-苯基乙醇
　　　　　　　　　　　　　　　　　（主）　　　　　　　（次）

## 四、仪器和试剂

### 1. 仪器

气相色谱仪、自动旋光仪、水浴恒温振荡仪、离心机、玻璃器皿等。

### 2. 试剂

蔗糖、面包酵母、苯乙酮、环己烷、硅藻土、乙醚、无水硫酸镁等。

## 五、实验步骤

### 1. 苯乙酮不对称还原反应

在 250mL 锥形瓶中加入蒸馏水 67mL、蔗糖 5.74g（20mmol）、干面包酵母 8.04g（120g/L）、盖上纱布，在水浴恒温振荡仪中控温 32℃振荡（120 次/min）1h，使面包酵母活化，然后加入苯乙酮 1.20g（10mmol），于 32℃振荡（20 次/min）反应 27h。反应结束后，将反应液倒入离心管中，加入适量硅藻土搅匀后离心分离（4000r/min，8min），取出上层清液，用 10mL 乙醚洗涤固体，将分出的乙醚层与前清液合并后用氯化钠饱和，再用乙醚萃取 2 次（每次 20mL），合并萃取液，用无水硫酸镁 2g 干燥 1h，最后用旋转蒸发仪在 30℃时减蒸，除去乙醚，得残留液 1.14g。残留液用硅胶柱层析（洗脱液：乙醚：环己烷=1：8）分离得产品 1-苯基乙醇，计算产率。

### 2. 底物转化率和产物 ee 值的测定

用气相色谱仪分析 1 中所得残留液，其中苯乙酮的含量为 29%，（±）-1-苯基乙醇的含量为 71%，即苯乙酮的转化率为 71%。气相色谱仪装有 PEG-20M 弹性毛细管柱（50m×0.25mm×0.3μm），柱温 150℃，气化室 230℃，用浙江大学智能信息工程研究所 N2000 色谱工作站进行数据处理。

将残留液配成溶液（环己烷）作溶剂后测其旋光度 $\alpha$ 值，并算出 $[\alpha]_D^{22}$ 值。根据气相色谱仪分析结果可知，对于 1-苯基乙醇及苯乙酮的浓度，采用文献方法校正后可去掉残留液中苯乙酮对旋光度 $\alpha$ 值的影响，得真实的旋光度 $[\alpha]_D^{22} = -37.5$（环己烷），与(S)-（+）-1-苯基乙醇文献值 $[\alpha]_D^{22} = -42.6$（环己烷）比较，得产物 ee 值为 88%，构型为 S 型。

## 六、思考题

色谱柱中有气泡对层析有何影响，怎样除去气泡？

## [参考文献]

1. 刘湘，孙培冬，李明等. 分子催化，2002，16:107.
2. 朱文洲，许建和，俞俊棠. 华东理工大学学报，2000，26:154.

（孙学芹，马海燕编写）

# 实验二十
# 非专一性酶催化壳聚糖降解反应的研究

## 一、实验背景

壳聚糖为甲壳素脱乙酰化处理后的产物,是天然糖中唯一大量存在的碱性氨基多糖。由于壳聚糖具有特殊的生理活性,且无毒、可生物降解、生物相容性好,近年来在化工、环保、食品、医药、化妆品、农业等方面得到越来越广泛的应用。然而,由于壳聚糖是高分子化合物,分子量通常在几十万至上百万,且分子结构紧密,因而不能溶于水等一些普通溶剂,难以被吸收利用,这大大限制了壳聚糖的应用。若采用适当的方法,将其降解为低聚糖,则可使其溶解性质大为改观,特别是均分子量低于1500的壳寡糖,可溶于水中。随着研究的深入,人们发现壳寡糖具有独特的更具魅力的生理活性和功能,在医药、功能食品、化妆品和农业等许多领域展现了广阔的应用前景。

壳聚糖的降解方法主要有以下三种:酶解法、酸解法和氧化法。酶解法是用专一性酶或非专一性酶对壳聚糖进行生物降解而得到均分子量较低的低聚糖。酶法降解因反应条件温和,产物易于控制,具有比酸解法和氧化法更多的优越性。目前,已发现多种专一性或非专一性酶用于壳聚糖的降解,这些酶包括专一性降解酶如壳聚糖酶和溶菌酶等;非专一性降解酶如脂肪酶、蛋白酶和聚糖酶等。酶对多糖的降解有内切和外切的方式,发生水解或消除反应。内切酶以随机方式或在特定位点从内部切断糖链,产生一系列寡糖片断。而外切酶从糖链末端(通常为非还原末端)释放单糖或寡糖重复单元。由于专一性酶价格昂贵,仅限于实验室研究,难以实现工业化生产,因而,采用非专一性酶生产壳寡糖是一条诱人的途径。

壳聚糖的结构与淀粉具有一定的相似性,从纤维素酶可以降解壳聚糖得到启示,推测$\alpha$-淀粉酶对壳聚糖也具有一定的降解作用。鉴于$\alpha$-淀粉酶的廉价性和易得性,本实验选择$\alpha$-淀粉酶对壳聚糖进行降解反应的研究。固定反应体系的pH、温度、底物浓度以及酶浓度等条件,对该反应条件下的壳聚糖降解进程进行探讨,通过对不同反应时间产物分子量的测定,考察壳聚糖在$\alpha$-淀粉酶非专一性水解作用下的降解程度。

壳聚糖以及降解产物分子量的测定采用高效液相凝胶过滤色谱法(HPGFC)测定。HPGFC测定多糖分子量由于具有高效、高分辨率和重复性好等特点已被广泛采用。在凝胶过滤色谱法中,样品分子与固定相表面之间无相互作用,完全按照分子筛原理进行分离。不同分子量的多糖按照大小顺序先后流出色谱柱,通过一系列标准多糖测得标准曲线求出待测样品分子量。

## 二、实验目的

1. 了解有关多糖、低聚糖、寡糖的研究现状和发展前景。
2. 了解酶促反应的基本概念和特点。
3. 学习高分子化合物分子量及其分布的测定方法。
4. 了解高效凝胶过滤色谱仪的简单结构。
5. 掌握高效凝胶过滤色谱法测定生物大分子分子量及其分布的方法、原理以及数据处理方法。

## 三、实验原理

凝胶过滤色谱法（GFC）分离机理是在多孔载体（其孔径大小有一定的分布，并与待分离的样品分子尺寸可比拟的凝胶或多孔微球）充填的色谱柱里引入样品溶液，用流动相淋洗，体系处于扩散平衡的状态。样品分子在柱内流动过程中，不同大小的分子向载体孔洞渗透的程度不同，大分子能渗透进去的孔洞数目比小分子少，有些孔洞即使大小分子都能渗透进去，但大分子渗透的相对较浅。溶质分子的体积越小渗透进去的几率越大，随着溶剂流动，它在柱中保留的时间越长。如果分子的尺寸超过载体孔的尺寸时，则完全不能渗透进孔里，只能随着溶剂从载体的粒间空隙中流过，最先淋出。当具有一定分子量分布的多糖溶液从柱中通过时，较小的分子在柱中保留的时间比大分子保留的时间要长，于是整个样品即按分子尺寸由大到小的顺序依次流出。

色谱柱总体积为 $V_t$，载体骨架体积为 $V_g$，载体中孔洞总体积为 $V_i$，载体粒间体积为 $V_0$，则 $V_t = V_g + V_0 + V_i$。$V_0$ 和 $V_i$ 之和构成柱内的空间。溶剂分子体积远小于孔的尺寸，在柱内的整个空间（$V_0 + V_i$）活动；高分子的体积若比孔的尺寸大，载体中任何孔均不能进入，只能在载体粒间流过，其淋出体积是 $V_0$；高分子的体积若足够小，如同溶剂分子尺寸，所有的载体孔均可以进出，其淋出体积为（$V_0 + V_i$）；高分子的体积是中等大小的尺寸，它只能在载体孔 $V_i$ 的一部分孔中进出，其淋出体积 $V_e$ 为 $V_0 + KV_i$。$K$ 为分配系数，$0 \leqslant K \leqslant 1$，与样品分子尺寸大小和在填料孔内、外的浓度比有关。当聚合物分子完全排除时，$K=0$；在完全排阻时，$K=1$。当 $K=0$ 时，$V_e = V_0$，此处所对应的样品分子量是该色谱柱的排阻极限（PL）。样品分子量超过 PL 值时，只能在 $V_0$ 以前被淋洗出来，没有分离效果。

$V_0$ 和 $V_g$ 对分离作用没有贡献，应设法减小；$V_i$ 是分离的基础，其值越大柱子分离效果越好。制备孔容大、能承受压力、粒度小、又分布均匀、外形规则（球形）的多孔载体，让其尽可能紧密装填以提高分离能力。柱效的高低，常采用理论塔板数 $N$ 和分离度 $R$ 来作定性的描述。测定 $N$ 的方法可以用小分子物质作出色谱图，从图上求得流出体积 $V_e$ 和峰宽 $W$，以下式计算 $N$ 值：$N = (4V_e/W)^2$，$N$ 值越大，意味着柱子的效率越高。"1"、"2"代表分子量不同的两种标准样品，$V_{e,1}$、$V_{e,2}$、$W_1$、$W_2$ 为其淋出体积和峰宽，分离度 $R$ 的计算为 $R = \dfrac{2(V_{e,2} - V_{e,1})}{W_1 + W_2}$，若 $R \geqslant 1$，则完全分离。

上面阐述的 GFC 分离机理只有在流速很低，溶剂黏度很小，没有吸附，扩散处于平衡的特殊条件下成立，否则会得出不合理的结果。

实验测定样品 GFC 谱图，所得各个级份的分子量测定，有直接法和间接法。直接法是指 GFC 仪和黏度计或光散射仪联用；而最常用的间接法则用一系列分子量已知的单分散的（分子量比较均一）标准样品，求得其各自的淋出体积 $V_e$，作出 $\lg M$ 对 $V_e$ 校正曲线，其关系式：

$$\lg M = A - BV_e \tag{1}$$

式中 A、B 为常数，与仪器参数、填料和实验温度、流速、溶剂等操作条件有关，$B$ 是曲线斜率，是柱子性能的重要参数，$B$ 值越小，柱子的分辨率越高。

当 $\lg M > \lg M_a$ 时，曲线与纵轴平行，表明此时的流出体积（$V_0$）和样品的分子量无关，$V_0$ 即为柱中填料的粒间体积，$M_a$ 就是这种填料的排阻极限。当 $\lg M < \lg M_a$ 时，$V_e$ 对 $M$ 的依赖变得非常迟钝，没有实用价值。在 $\lg M_a$ 和 $\lg M_d$ 之间为一直线，即式（1）表达的校正曲线（图 1）。

上述订定的校准曲线只能用于与标准物质化学结构相同的高聚物，若待分析样品的结构不同于标准物质，需用普适校准线。

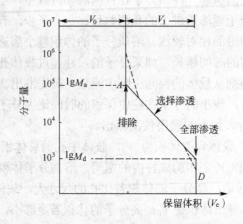

图 1　GFC 的分离范围

## 四、仪器与试剂

1. 仪器

Agilent-1100 高效液相色谱仪、示差折光检测器、TSKG3000PW 和 TSKG5000PW 凝胶色谱柱地等。

2. 试剂

不同分子量葡聚糖标样、壳聚糖、$\alpha$-淀粉酶、乙酸、乙酸钠等。

## 五、实验步骤

1. 壳聚糖的酶法降解

称取 4g 壳聚糖于三口烧瓶中，加入 200mL 1% 的乙酸溶液，完全溶解后，加入 0.4g $\alpha$-淀粉酶，于 50℃ 水浴中进行降解反应。从反应开始，每隔 2h 取 5mL 反应液，加热使酶失活，过滤除去变性酶，取 10μL 滤液进行高效液相色谱分析，测定降解产物分子量及其分布。以反应时间为横坐标，降解产物重均分子量为纵坐标，绘制降解进程曲线。

2. 分子量及分子量分布测定

样品及系列标准多糖分别经高效液相凝胶过滤色谱分析。色谱条件：Agilent1100 高效液相色谱系统，TSKG3000PW 和 G5000PW 两根凝胶色谱柱串联，流动相为 0.2mol/L CH$_3$COOH+0.1mol/L CH$_3$COONa 缓冲液。流速为 1.0mL/min。示差折光检测器。柱温 30℃。标准品为不同分子量的葡聚糖：T–1($M_w$=1270)，T–2($M_w$=5220)，T–3($M_w$=11600)，T–4($M_w$=50000)，T–5($M_w$=123600)，T–6($M_w$=196300)。标准品用流动相配制成浓度为 1mg/mL 的溶液，进样量为 50μL。根据安捷伦 GPC 软件绘制 lg$M_w$–$V$ 标准曲线及计算样品分子量及分布。

## 六、思考题

1. 根据壳聚糖的降解进程曲线，判断$\alpha$-淀粉酶酶促反应的特点，属于内切还是外切方式？能否利用$\alpha$- 淀粉酶降解壳聚糖制备壳寡糖？

2. 具有相同分子量的样品支化的和线性的分子哪个先流出色谱柱？

### [参考文献]

1. 施良和. 凝胶色谱法，北京：科学出版社，1980
2. 虞志光. 高聚物分子量及其分布的测定，上海：上海科技出版社，1984

## 附：数据处理

1. 利用安捷伦 GPC 软件建立标准曲线

（1）切换到或开启 Agilent 化学工作站并进入数据分析画面"Data Analysis"。

（2）从 DATA\GPC 子目录调入标准葡聚糖 T-1 的数据文件。

（3）通过 GPC|GPC-Settings...检查并修改 GPC 设置。

（4）从 GPC 菜单选择"Calculate GPC-Results"，GPC-Addon 软件将打开并已经设置好基线，缺省的 default.cal 校正曲线用于产生分子量数据。

（5）单击 Window|Calibration 并在 GPC-Addon 软件屏幕菜单栏使用 File| New 产生新的校正文件。

（6）激活 elugram window，在色谱峰 x-轴下右键单击并选择 find maximum，输入标准葡聚糖 T-1 的相应摩尔质量并选择添加到校正表"Add to calibration"。

（7）对于标准葡聚糖 T-2、T-3、T-4、T-5、T-6 重复上述步骤。

（8）当所有 6 个校正标准都已经添加到校正表中后，激活校正窗口，使用"linear"来拟合数据并从菜单中选择 File | Save As 以"pjt"作为文件名(使用 HPCHEM\GPC\目录来存储校正文件)。

2. 分析实际样品

（1）切换到或开启化学工作站并进入数据分析画面"Data Analysis"。

（2）调入实际分析样品的数据文件。

（3）通过 GPC|GPC-Settings...检查并修改 GPC 设置，选择标准曲线。

（4）从 GPC 菜单选择"Calculate GPC-Results"，GPC-Addon 软件将打开并已经设置好基线，使用新得到的校正曲线对数据进行计算，打印预览结果会显示在计算机屏幕上。

（张文清，夏玮编写）

# 生物柴油的制备及性能检测

## 一、实验背景

　　大中城市的餐饮业等会产生大量的含油泔水，排放到环境中造成污染，一个可取的办法是分离回收加以利用。本实验利用废弃食用油做原料制备生物柴油，并检测几项重要性能。

## 二、实验目的

1. 学习生物柴油的制备方法。
2. 学习气相色谱-质谱联用仪的原理及使用。
3. 学习生物柴油的过氧化值及酸价的测定。

## 三、实验原理

### 1. 生物柴油的制备

生物资源是可再生资源，可以经过适当控制进行重复生产获得，而生物柴油可以作为矿物油的替代或补充，显示了较强应用潜力。生物柴油是生物来源的脂肪通过与甲醇进行酯交换反应，或水解后的脂肪酸通过与甲酯进行酯化反应获得的脂肪酸甲酯混合物或乙酯混合物。酯化反应也是常用的降低脂肪酸等含有羧基的难挥发物质沸点的方法，本实验将脂肪酸水解，用甲醇对脂肪酸进行酯化制备生物柴油。

酯交换

$$R_1-C(=O)-O-CH_2,\ R_2-C(=O)-O-CH,\ R_3-C(=O)-O-CH_2 \ +3HO-CH_3 \xrightarrow{催化剂} R_1-C(=O)-O-CH_3,\ R_2-C(=O)-O-CH_3,\ R_3-C(=O)-O-CH_3 \ + HO-CH_2,\ HO-CH,\ HO-CH_2$$

水解或皂化

$$R_1-C(=O)-O-CH_2,\ R_2-C(=O)-O-CH,\ R_3-C(=O)-O-CH_2 \ +3H_2O \xrightarrow{酸或碱} R_1-C(=O)-O-H(Na),\ R_2-C(=O)-O-H(Na),\ R_3-C(=O)-H(Na) \ + HO-CH_2,\ HO-CH,\ HO-CH_2$$

酯化

$$R-C(=O)-OH + HOCH_3 \xrightarrow{催化剂} R-C(=O)-OCH_3$$

## 2. 气质联用仪流程

酯化样品经气相色谱分离成单一组分，先后进入质谱仪的离子源，经离子化成为分子离子及碎片离子后，进入质量分析器分离成不同质荷比 $m/z$ 的离子后进入质量检测器，测定质荷比及强度。仪器记录不同时间时质荷比与强度的关系的三维结果。GC-MS 的结构示意图如图 1 所示。

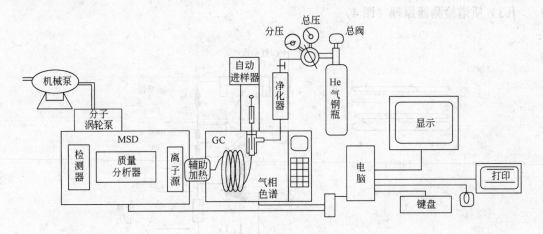

图 1　GC-MS 结构示意图

（1）质谱中的离子化方式

① 电子轰击（EI）　30 eV 能量以上的电子轰击有机物质，使有机物失去一个电子成正一价的分子离子 $M^+$，分子离子有过剩的能量将碎解成其他离子、自由基及其他中性分子。碎片离子能给出分子结构信息，70 eV 的电子轰击是通常的能量，电离效率约为 0.01%，有大量的化学物质在该条件下获得的质谱图，已制成参考图谱库可供参考。

② 其他离子化方式　化学电离（CI），快原子轰击（FAB），场电离与场解析（FI、FD），电喷雾离子化（ESI）。

（2）质量分析原理

① 磁质谱（Magnetic Sector）　图 2 中离子被加速后 $zeV = \dfrac{1}{2}mv^2$，在磁场中运动后 $zeVB = \dfrac{mv^2}{r}$，可得 $m/z = \dfrac{r^2B^2e}{2V}$，恒定 $B$、$V$ 则 $m/z$ 与 $r^2$ 成正比，固定任意两个变量，其余变量与 $m/z$ 均有确定的关系。

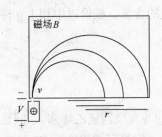

图 2　质量分析示意图

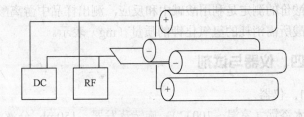

图 3　四极杆示意图

② 四极杆质谱（QUADRUPOLE） 直流电压与射频电压大小相等，离子在四极杆中振动，RF 频率一定时只有特定质量的离子能通过四极杆，改变 RF 频率可让不同质量的离子通过四极杆，RF 频率与检测到的离子的质量有关（图 3）。

③ 其他质量分析器 离子阱质谱（ION TRAP），飞行时间质谱（TOF），傅立叶变换质谱（FT）。

（3）质谱检测器原理（图 4）

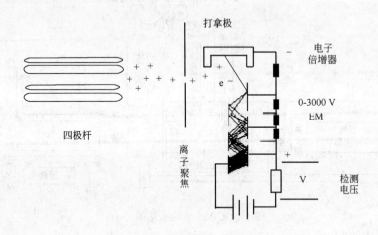

图 4 质谱检测器示意图

3. 生物柴油的过氧化值及酸价的测定

生物柴油是由油脂中的脂肪酸与小分子醇构成的脂肪酸酯，来自植物和动物的脂肪酸相当部分为不饱和脂肪酸，在加工和储存中可能会发生自动氧化，特别是在有光照、氧气及部分金属离子作敏化剂时，自动氧化更是易于发生。

脂肪酸氧化的初级产物是氢过氧化物 ROOH，因此，通过测定产物中过氧化物的量，可以评价生物柴油的氧化程度。另一方面，脂肪氧化的初级氧化产物 ROOH 可进一步分解，产生小分子的醛、酮、酸等，因此酸价也是评价生物柴油变质程度的一个重要指标，同时，酸价也可衡量在生产和制备过程中残余酸的含量。实验通过测定过氧化值和酸价，了解评价生物柴油质量的部分方法。

过氧化值的测定采用碘量法，在酸性条件下，样品中的过氧化物与过量的 KI 反应生成 $I_2$，用 $Na_2S_2O_3$ 滴定生成的 $I_2$，求出每千克样品中所含过氧化物的物质的量（毫摩尔），即为过氧化值(POV)。

酸价的测定是利用酸碱中和反应，测出样品中游离酸的含量。酸价以中和 1 g 样品中游离酸所需消耗的氢氧化钾的质量（mg）表示。

## 四、仪器与试剂

1. 仪器

水浴锅（室温～100℃）、旋转蒸发器、150mL 分液漏斗（聚四氟乙烯塞）、回流反应器、漩涡混合器（2000 rpm）、10mL 具塞刻度试管、滴管、定量可调移液枪 1.0mL、双泵空气泵、GC-MS 仪、进样注射器、干燥的碘量瓶、三角瓶、电子分析天平、微量碱式滴定管（5mL 或 10mL）等。

2．试剂

植物油、甲醇、KOH、乙醚或乙酸乙酯、盐酸、硫酸、自制并配制好的 0.01g/mL 样品溶液、制备的生物柴油 7g、$Na_2S_2O_3$、氯仿、冰乙酸、碘化钾、淀粉、乙醇等。

## 五、实验步骤

1．生物柴油的制备

（1）两步法制备样品

① 水解　称取样品 10.00g，加入 3.0 mol/L KOH 甲醇水（$V/V$，2∶1）溶液 30.0mL，80℃水浴中回流水解 30min。

② 提取　上述水解液中加入水 40mL，并用 6.0mol/L HCl 中和其中的碱，并使溶液呈酸性，pH 小于 2.0，转入 150mL 分液漏斗中，加入 20.0mL、10.0mL 和 10.0mL 乙醚萃取 3 次，每次再振荡 5min 充分混匀，静置分层后，放出下层水相，上层有机相移出，合并于干净的烧瓶中，在通风橱中用旋转蒸发器除去有机溶剂。

③ 酯化　上述残留物中，加入 2.0mol/L 硫酸的甲醇溶液 20～40mL，补加甲醇至总体积 40.0mL，充分混匀，置于 50～70℃水浴中加热，回流酯化 1～3 h（见表1），冷却后转入分液漏斗中，加入 40.0mL 水，分别加入 20.0 mL、10.0mL 和 10.0mL 乙醚萃取 3 次，合并萃取液，旋转蒸发除去有机溶剂，残留物作为制备的柴油，分别进行 GC-MS 测定及酸价等的测定。

**表1　酯化实验条件**

| 序　号 | 温度/℃ | 酸度/mL 2.0 mol/L 硫酸甲醇液 | 时间/h | 峰面积和 $C_{14}$～$C_{18}$ | 比峰面积 $C_{14}$～$C_{18}$/$ClC_{16}$ | 备　注 |
|---|---|---|---|---|---|---|
| 1 | | 20 | 2 | | | |
| 2 | 50 | 30 | 1 | | | |
| 3 | | 40 | 3 | | | |
| 4 | | 20 | 3 | | | |
| 5 | 60 | 30 | 3 | | | |
| 6 | | 40 | 3 | | | |
| 7 | | 20 | 3 | | | |
| 8 | 70 | 30 | 3 | | | |
| 9 | | 40 | 2 | | | |
| $K_{50℃}$ | | $K_1$ mol/L | | $K_{1 h}$ | | |
| $K_{60℃}$ | | $K_{1.5}$ mol/L | | $K_{2 h}$ | | |
| $K_{70℃}$ | | $K_2$ mol/L | | $K_{3 h}$ | | |

注：$K$ 为某因素水平下的检测指标之和

（2）一步法制备样品

称取样品 10.00g，加入 2.0mol/L 硫酸的甲醇溶液 20～40mL，补加甲醇至总体积 40.0mL，充分混匀，置于 50～70℃水浴中加热，回流酯交换 1～3h（见表2）。冷却后转入分液漏斗中，加入 40.0mL 水，分别加入 20.0mL、10.0mL 和 10.0mL 乙醚萃取 3 次，合并旋转蒸发除去有机溶剂，残留物作为制备的柴油，分别进行 GC-MS 测定及酸价等的测定。

**表 2　酯交换实验条件**

| 序　号 | 温度/℃ | 酸度/mL 2.0 mol/L 硫酸甲醇液 | 时间/h | 峰面积和 $C_{14}\sim C_{18}$ | 比峰面积 $C_{14}\sim C_{18}/ClC_{16}$ | 备　注 |
|---|---|---|---|---|---|---|
| 10 | | 20 | 2 | | | |
| 11 | 50 | 30 | 1 | | | |
| 12 | | 40 | 3 | | | |
| 13 | | 20 | 3 | | | |
| 14 | 60 | 30 | 2 | | | |
| 15 | | 40 | 1 | | | |
| 16 | | 20 | 1 | | | |
| 17 | 70 | 30 | 3 | | | |
| 18 | | 40 | 2 | | | |
| $K_{50℃}$ | | $K_{1M}$ | | $K_{1h}$ | | |
| $K_{60℃}$ | | $K_{1.5M}$ | | $K_{2h}$ | | |
| $K_{70℃}$ | | $K_{2M}$ | | $K_{3h}$ | | |

（3）其他实验条件

0.5mL $C_{12}$ 酸的甲醇溶液，加入 1.50mL（2.0mol/L）硫酸的甲醇溶液，分别 50℃、60℃、70℃酯化 3h，50℃加入脱水剂（无水 $Na_2SO_4$，$CaCl_2$，硅胶，$CuSO_4$，无水 $MgSO_4$ 等）酯化 3h。加水 4mL 后，分别加入 1.0mL、0.5mL 和 0.5mL 乙醚萃取 3 次，合并蒸发除去有机溶剂，残留物作为制备的柴油，分别进行 GC-MS 测定，以 $C_{12}$ 酸甲酯与 $ClC_{16}$ 峰面积之比为指标，比较温度及脱水剂的影响。

（4）GC-MS 测定

准确称取制备的样品 0.010g，加入 1.00mL 甲醇后，漩涡混合器上充分混匀，转入自动进样用的样品瓶中，旋紧盖子。将样品瓶置于对应组号位置，等待进样分析。

从 GC-MS 色谱图中识别 $ClC_{16}$ 及 $C_{14}\sim C_{18}$ 脂肪酸甲酯，积分出各峰的面积。

根据测定结果分别填写表 1 和表 2 中的测定指标，共享测定的结果，计算影响因素中各水平的平方和，绘出趋势图，确定或预测最佳的酯化或酯交换条件。

2. 生物柴油的 GC-MS 测定

（1）开机

逆时针打开氢气瓶总阀到底，顺时针调节分压阀使分压表显示 0.4 MPa，打开截止阀通入载气，打开稳压电源器上的稳压开关，当电源稳压指示 220 V 且下网络集线器通电情况下，启动计算机 PC，依次打开气相色谱 GC 电源，打开质谱检测器 MSD 电源。

（2）仪器条件设置

当仪器完成自检后，电脑上运行仪器控制软件"Instrument"，进入工作站的仪器控制界面。

点击气相色谱参数编辑 ，设置进样器 Injector 进样体积 0.2 μL，进样润洗次数 3，泵次数排气泡 3，进样后溶剂 A 清洗次数 4；设置进样口分流进样，温度 250 摄氏度，分流比 10∶1；柱条件为恒流模式，流量 1 mL/min；柱箱起始温度 120 摄氏度，保持 3 min，以 8 摄氏度/min 升至 240 摄氏度，并维持 10 min，后运行 260 摄氏度 10 min；辅助部件 260 摄氏度。最后点击"Apply"确认并实施。

点击质谱检测和扫描参数编辑 ，设置溶剂延迟 3 min，扫描方式获得数据，窗口 1 显示总离子色谱；窗口 2 显示质谱；扫描参数中设扫描范围 10～310 amu，阈值 150 及采样率 2；区域中设置离子源温度 230 摄氏度和四极杆温度 150 摄氏度；选择测定时调谐文件"STUNE200711.U"（质量分析及检测控制）。保存方法，将方法命名后保存至小组文件夹中 。

编辑序列"Edit Sequence" ，设置样品瓶号，方法文件路径，数据文件名和存盘路径；保存序列，将序列命名后保存至小组文件夹中。

（3）仪器运行

检查仪器条件是否达到分析要求，柱流量，各部件温度及真空度 $<5\times10^{-5}$ 等；检查自己的样品是否在自动进样器的样品架上，序列中指定的样品瓶位置，清洗溶剂是否在指定的溶剂瓶中，溶剂量是否达到要求；快捷界面上单击 或 Sequence 中单击"Run Sequence"运行自动进样程序和样品分析方法。调节监测窗口 1 和窗口 2 大小，分别监测总离子色谱和实时采集的质谱。测定结束后，数据文件自动存盘。

（4）结果处理及分析

测定完成后，进行数据处理、分析和打印。

通过视图"View"进入数据处理程序"Data process"或运行电脑桌面上的气质联用数据处理程序"Data process"，调入自己测定的数据文件。对总离子色谱进行分析。① 放大，按住左键光标在欲放大的区域进行拖动，放开左键后，则选定区域被放大；② 缩小，在放大区双击左键，即退回一步或缩小一步；③ 扣除背景，在拟作色谱背景的时间段，按住鼠标右键拖动后，并在 Chromatogram 中发扣除背景（BSB）命令，总离子色谱则以选定区域平均为背景加以扣除，得到扣除背景以 BSB 为扩展名的色谱图；④ 获得选定离子的质量色谱图，从色谱目录中选取提取离子色谱图，设定保留时间范围、离子质量及质量变化范围，确定后即显示相应质量色谱图；⑤ 获得质谱图，鼠标的光标在目标时间或目标峰处双击右键，即显示选定保留时间的质谱图；⑥ 平均质谱，按住鼠标右键使光标在目标时间段拖动，放开右键，选定时间段的质谱的平均质谱即显示出来；⑦ 质谱相加或相减，先后获得两张质谱或两张平均质谱，在 Spectrum 中发相加"Add"或相减"Subtract"命令，得到先获得的质谱加上或减去后获得的质谱的质谱结果；⑧ 获得的质谱或平均质谱或加减质谱与参考图谱库的比较，选择搜索图谱库"Nist 05"，在得到的质谱图上双击鼠标右键，即显示在参考图谱库中搜索到的相近图谱列表及最相似图谱，根据提示得到被分析物的类别信息或化合物定性信息。

（5）打印输出

总离子色谱图，脂肪酸甲酯基峰的离子色谱图，含量最多的二个成分质谱图；分析质谱图中质荷比对应的碎片。

对总离子色谱进行积分，显示积分结果，记录 $ClC_{16}$ 及 $C_{14}\sim C_{16}$ 各峰的积分面积。

（6）关机

关机需按程序进行，各部件温度低于 100 摄氏度时，且质谱检测器中通入氦气后才能关机。

在仪器控制状态下，选择仪器中 GC 参数编辑，预先将进样口 INLETS 温度，柱箱 OVEN 温度及辅助 AUX 温度设置到 50 摄氏度。

在视图"VIEW"中选择调谐和真空控制"TUNE AND VACCUM CONTROL"，从真空"VACCUM"中单击通气"VENT"，仪器进入关机程序，当离子源和四极杆温度均低于 100 摄氏度，以及分子涡轮泵转速低于 50%时（约需 40 min），仪器提示关机，此时，关闭 GC，关闭 MSD 电源，关闭载气截止阀，逆时针旋松分压阀，顺时针关闭总阀。根据需要再关闭 PC，关闭稳压电源。

3．生物柴油的过氧化值及酸价的测定

（1）试剂的配制

① 0.010mol/L $Na_2S_2O_3$　用标定的 0.10 mol/L $Na_2S_2O_3$ 稀释 10 倍而成(参考用 $K_2Cr_2O_7$，$KClO_3$ 或 $KBrO_3$ 标定 $Na_2S_2O_3$ 的方法)。

② 氯仿-冰乙酸混合液　取氯仿 40mL 加冰乙酸 60mL，混匀。

③ 10%碘化钾溶液　取碘化钾 10g，加水至 100mL，贮于棕色瓶中，如发现溶液变黄，应重新配制或加入淀粉指示剂用 $Na_2S_2O_3$ 滴定至蓝色刚好褪去。

④ 0.5%淀粉指示剂　500mg 淀粉加少量冷水调匀，再加一定量沸水(最后体积约为 100mL)。

⑤ 0.1mol/L 氢氧化钾（或氢氧化钠）标准溶液　参考碱的标定方法。

⑥ 中性乙醚-乙醇(2∶1)混合溶剂　临用前用 0.1mol/L 碱液滴定至中性（酚酞变成微红）。

⑦ 1%酚酞乙醇溶液。

（2）操作步骤

① 生物柴油存放　样品制备一星期后测定过氧化值和酸价。

② 过氧化值的测定　称取样品 $W_1$ 2g（准确至 0.01g）置于干燥的 250mL 碘量瓶中，加入 20mL 氯仿-冰乙酸混合液，轻轻摇动使其溶解，加入 1mL 10%碘化钾溶液，立即加塞，混匀，置暗处放置 5min。取出立即加水 50mL，充分混匀，用 0.01mol/L $Na_2S_2O_3$ 滴定至水层呈淡黄色，加入 1 mL 淀粉指示剂，溶液变蓝，剧烈振荡，继续慢慢滴定至蓝色刚好消失，记下消耗体积 $V_1$（毫升）。

③ 酸价的测定　称取样品 $W_2$ 4g（准确至 0.01g）于 250mL 的锥形瓶中，加入中性乙醚-乙醇混合液 50mL，小心旋转摇动锥形瓶使试样溶解，加 1～2 滴酚酞指示剂，用 0.1mol/L 标准碱液滴定至出现微红色，并在 30s 不消失，记下消耗碱液体积 $V_2$ (毫升)。

④ 结果计算

a. 过氧化值（POV）

$$POV = \frac{c_{Na_2S_2O_3} \times V_1 \times 1000}{W_1} \text{ (mmol/Kg)}$$

式中　$c_{Na_2S_2O_3}$——$Na_2S_2O_3$ 的摩尔浓度，mol/L；

$V_1$——消耗 $Na_2S_2O_3$ 的体积，mL；

$W_1$——测定过氧化值时称取样品的质量，g。

b. 酸价

$$酸价 = \frac{c_{NaOH} \times V_2 \times 56.1}{W_2} \text{ (mg KOH/g)}$$

式中  $c_{NaOH}$——碱的摩尔浓度，mol/L；

$V_2$——消耗碱的体积，mL；

56.1——氢氧化钾的摩尔质量，g/mol；

$W_2$——测定酸价时称取样品的质量，g。

## 六、结果与讨论

1. 生物柴油的制备讨论

根据 GC-MS 测定的结果，以所有脂肪酸甲酯峰面积和与内标氯代十六烷峰面积之比为指标，绘制检测指标与各影响因素的不同水平的关系图-趋势图，也可进行方差分析找出主要影响因素。

① 两步法　说明各因素影响酯化完全程度的趋势。

② 酯交换　说明各因素影响酯交换完全程度的趋势。

③ 其他　根据实验结果，说明实验条件的好坏。

2. 生物柴油的 GC-MS 测定讨论

① 识别色谱中的内标物及主要脂肪酸甲酯，质谱图中列出相应结构，说明生物柴油的成分。

② 积分求出内标物及主要脂肪酸甲酯的峰面积。

③ 分析饱和脂肪酸甲酯的重要质谱碎片，如 $m/z74$ 等的形成方式。

④ 讨论饱和脂肪酸甲酯与不饱和脂肪酸甲酯的质谱异同。

⑤ 讨论不饱和脂肪酸保留时间差异的原因。

3. 生物柴油的过氧化值及酸价的测定讨论

① 生物柴油需要复合哪些指标，各国有哪些指标接近，哪些指标不同？

② 测定磷有什么意义？如何测定？

③ 测定生物柴油对铜的腐蚀有什么意义？如何测定？

④ 设计测定油脂和生物柴油的燃烧热。说明方法原理和过程，一般用氧弹法测定固体的燃烧热，对液体如何测定？

## 七、思考题

1. 生物柴油的制备思考题

① 根据实验结果说明如何提高生物柴油的产率？

② 生物柴油的原料有哪些？如何利用？

③ 还有其他什么方法制备生物柴油？简要说明过程和原理。

2. 生物柴油的 GC-MS 测定思考题

① 总离子色谱（TIC）和选择离子色谱(EIC)有何不同？

② 选择离子 $m/z74$ 的色谱图为什么形状与 TIC 不一样，各峰的比例不一样，氯代十六烷的峰消失了？

③ 根据不饱和脂肪酸的不稳定性(在空气中容易被氧化)，如何提高其稳定性？如何贮存？

3. 生物柴油的过氧化值及酸价的测定思考题

① 如何测定生物柴油中的总甘油和游离甘油含量？

② 为什么要使用中性乙醚-乙醇(2：1)混合溶剂？

③ 使用 10％碘化钾溶液，发现溶液变黄，为什么应重新配制或加入淀粉指示剂用 $Na_2S_2O_3$ 滴定至蓝色刚好褪去？

## [参考文献]

1. 胡秋龙, 刘灿明, 吴苏喜等. 粮食科技与经济, 2006, (1): 47.
2. 鞠庆华, 曾昌凤, 郭卫军. 化工进展, 2004, 23 (10): 1053.
3. 王瑞红, 李淑芬, 马鸿宾. 精细石油化工进展, 2007, 8 (2): 39.
4. 苏克曼, 潘铁英, 张玉兰编著. 波谱解析法. 上海: 华东理工大学出版社, 2002.
5. 宁永成编著. 有机化合物结构鉴定与有机波谱学. 第 2 版. 北京: 科学出版社, 2000.
6. 安捷仑技术公司仪器, 仪器使用手册、软件使用手册.
7. 司利增, 边耀璋, 张春化. 小型内燃机与摩托车, 2006, 35 (2): 31.
8. 高之清. 分析化学, 2000, 28 (4): 518.
9. 石油产品标准化技术归口单位. 液化石油气铜片腐蚀试验法(SH/T 0232—1992). 石油和石油产品试验方法行业标准, 北京: 中国标准出版社, 1994, 13.

（杨世忠编写）

# 压敏微胶囊与相关材料的制备技术研究

## 一、实验背景

微胶囊技术是一种利用天然或合成材料包覆固体、液体或气体的技术。由于微胶囊具有许多独特的性能现已广泛应用于医药、农药、化妆品、服装和造纸等领域。

## 二、实验目的

1. 学习原位聚合制备压敏微胶囊技术。
2. 学习由缩合反应制备羟甲基三聚氰胺多官能团预聚物。
3. 学习苯乙烯和马来酸酐共聚制备水溶性大分子聚电解质。
4. 学习变压器油的除味脱色精制。

## 三、实验原理

原位聚合法是在乳化剂的中心物质的内侧或外侧提供用于成膜的活性单体或预聚物和催化剂，使其在中心物质表面发生缩聚反应形成微胶囊。

1. 原位聚合制备压敏微胶囊

压敏微胶囊利用化学及压力转移的方式使微胶囊包裹的电子供给型无色染料与电子受容型显色剂反应，从而完成对手写稿和计算机打印稿的多层复制，无碳复写纸的诞生是微胶囊技术最为成功的应用典范。

2. 羟甲基三聚氰胺多官能团预聚物

由缩合反应制备部分醚化的羟甲基三聚氰胺多官能团预聚物，在酸性条件下吸收氢离子形成的带正电荷的活性预聚物向芯材表面负电场区富集，并发生交联反应，生成不溶于水相的热固型聚合物，沉积在芯材表面形成壁膜，具有无味、无毒、成膜强度高等特性，是目前应用最广的囊壁材料。

3. 水溶性大分子聚电解质

水溶性大分子聚电解质由苯乙烯和马来酸酐共聚而成，乙烯基单体在引发剂诱导下进行自由基共聚合反应，生成阴离子聚电解质。其分子结构上具有疏水性主链和分布于主链两侧的亲水基团（羧基）和疏水基团（苯基）。当聚电解质和芯材在水相中混合并高速搅拌时，聚电解质会在芯材表面作定向排列。由于连续相是水相，分散相是油相，从而形成羧基向外和芳基向内的吸附层。聚电解质自发地在芯材表面吸附的推动力是化学位的差异，强负电场的形成一是可防止芯材油滴的凝并，起到稳定粒径的作用；二是对带正电荷的活性预聚物产生富集作用，有利于壁材的成形反应，从而形成完整坚固的胶囊壁。

4．废变压器油的除味脱色精制

变压器油是一种发电设备的重要绝缘介质，充入变压器中起绝缘、散热的作用，其质量好坏直接影响供电设备的安全经济运行。所以电力系统对绝缘油的质量有严格的规定和要求，在运行中要定期进行检查和置换。废变压器油的回收利用，对于降低压敏微胶囊的生产成本，提高无碳复写纸的市场竞争力具有重要的经济价值和社会意义。

无色染料结晶紫内酯（CVL）溶解在合适的溶剂油中制备芯材，作为良好的溶剂，必须具备如下要求：

① 染料的溶解度大；

② 溶液易微胶囊化且稳定性好；

③ 能增强染料与显色剂之间的反应；

④ 流动性好且微胶囊破裂后传输完全；

⑤ 成像清晰、纯正、耐久；

⑥ 气味小、环保且价廉。

一般溶剂选择沸点高于 200℃的芳香族或脂肪族物质，如二异丙基萘、二苯甲烷及同系物，废变压器油除味脱色精制后可代替溶剂油使用。

本实验在溶有大分子 SMA 聚电解质的水乳化体系中加入蜜胺树脂预聚物，采用均质器或高速搅拌机分散乳化溶解有无色染料（CVL）的胶囊油并调节 pH 值，加热后即在油滴表面发生缩聚反应形成微胶囊。

## 四、仪器与试剂

1．仪器

显微镜、pH 测试仪、烘箱、黏度计、均质器、电子天平、水浴锅、抽滤装置、搅拌装置、100mL 和 250mL 三口烧瓶、球形和直形冷凝管、250mL 分液漏斗、10mL 和 50mL 量筒、100℃和 300℃温度计、蒸馏头和接引管、50mL 和 100mL 圆底烧瓶、50mL 和 250mL 烧杯、100mL 试剂瓶两个、布氏漏斗、平衡滴液漏斗、试管等。

2．试剂

三聚氰胺、尿素、甲醛、多聚甲醛、甲醇、硫酸、氢氧化钠、苯乙烯、马来酸酐、甲苯、过氧化苯甲酰、醋酸钠、活性白土、活性炭、乳化剂 TX-10、结晶紫内酯、甲酸、溶剂油等。

## 五、实验步骤

1．三聚氰胺预聚体的合成

（1）合成工艺

在装有搅拌和回流冷凝管的三口烧瓶中加入计量的甲醛和甲醇，水浴加热到 40℃，测pH 值为 6.4，滴加 25%NaOH 溶液调 pH 至 9.3，升温到 58℃加入三聚氰胺和尿素，反应液变乳白，升温到 82℃回流 20min。

加入甲醇，降温到 65℃，滴加 20%硫酸溶液调 pH 值为 6.7，升温到 70℃取样测宽容度，每隔 5min 测一次，宽容度到达后立即加 25%NaOH 溶液，调 pH 至 10.3，蒸馏甲醇水溶液至 90℃，收集馏分。然后减压蒸馏至固含量达标，得产物。

（2）主要研究内容

① 酸碱性对反应速率的影响。

② 羟甲基含量对预聚物成膜性能的影响。

③ 预聚物的固含量与储存稳定性的关系。

④ 采用固体甲醛替代的影响。

⑤ 如何降低甲醛味。

（3）实验注意事项

① 反应体系的温度和 pH 值对产物结构影响很大，必须严格控制。

② 甲醇水溶液经分馏精制后可重新利用。

③ 宽容度测试：取 5 mL 20%醋酸钠溶液，滴入反应物，观察是否有混浊物出现。

2．苯乙烯和马来酸酐共聚物的合成

（1）合成工艺

在装有搅拌器、温度计、回流冷凝管和滴液漏斗的多口烧瓶中加入马来酸酐和甲苯，60℃搅拌加热待马来酸酐溶解后，滴加苯乙烯与引发剂过氧化苯甲酰（BPO）的甲苯溶液，升温至 90℃反应 30min 后，溶液中开始出现白色沉淀物质。待苯乙烯与 BPO 溶液滴加完后继续反应 30min，结束反应。进行半酯化改性，冷却后洗涤过滤干燥，计算转化率。

（2）主要研究内容

① 反应条件对产物分子量的影响。

② 溶液聚合法与沉淀聚合法优缺点比较。

③ 酯化或胺化改性工艺研究。

④ 交替共聚物与无规共聚物对性能的影响。

（3）实验注意事项

① 甲苯溶剂可回收利用。

② 产物干燥温度必须低于熔点。

3．废变压器油的除味脱色

（1）精制工艺

在装有搅拌器、温度计、回流冷凝管和滴液漏斗的多口烧瓶中加入适量的废变压器油，滴加浓硫酸，搅拌加热至沉淀物析出。冷却后过滤，除去不溶物，然后用 NaOH 中和，活性白土吸附，活性炭脱色，洗涤过滤后得产物。测染料的溶解度和发色性。

（2）主要研究内容

① 除味脱色的优化工艺。

② 溶剂油的结构对发色性能的影响。

③ 环保型溶剂的开发与应用。

4．微胶囊制备工艺研究

（1）制备工艺

① 水相配制　称取聚电解质 SMA 加入去离子水中，加入乳化剂 TX-10，搅拌加热，滴加 NaOH 溶液至 SMA 完全溶解。

② 油相配制　称取精制变压器油加热溶解无色染料 CVL 配制成适当浓度的溶剂油。

③ 分散乳化　将 SMA 溶液倒入均质器或高速搅拌机，边搅拌边加入 CVL 溶剂油，高速分散 5～10 min，得白色均一溶液。

④ 调节酸度　用甲酸溶液调节乳化体系的 pH 值为 6.0。

⑤ 造壁　将三聚氰胺预聚物加入上述乳化体系中，搅拌分散均匀后缓慢升温至 50～80℃，通过滴加甲酸溶液调节 pH 值至弱酸性来控制反应速度，保温 2～4 h 后造壁完成。用 NaOH 水溶液调节 pH 值为 8，出料得白色黏稠物，在显微镜下观测其形貌和粒径。

（2）微胶囊性质测定

① 气密性测试。

② 包容量测试。

③ 涂布测试。

（3）主要研究内容

① 微胶囊制备工艺优化。

② 壁材的用量对包容量的影响。

③ 影响微胶囊粒径分布的因素。

④ 剪切速率对胶囊粒径的影响。

## 六、思考题

1. 原位聚合与界面聚合有何区别？

2. 缩聚反应与加聚反应有何区别？

3. 压敏微胶囊与热敏微胶囊有何差别？

4. 控制产物分子量的常用方法有哪些？

5. 常用囊壁成形材料有哪些？

**[参考文献]**

1. 王正清. 上海造纸. 2007. 38（4）：21.

2. 梁治齐. 微胶囊技术及其应用. 北京：中国轻工业出版社，1999.

3. 曹守香，唐建国，王瑶. 中国材料科技与设备，2006（3）：112.

4. 董主平，封麟先，杨士林等. 高分子通报，1998（2）：46.

5. 董主平，封麟先，杨士林等. 高分子通报，1998（3）：51.

（王正清编写）

# 发光稀土配合物 Eu(Phen)₂·(NO₃)₃ 的制备与性能测试

## 一、实验背景

稀土指位于周期表中 IIIB 族的 21 号元素钪(Sc)、39 号元素钇(Y)和 57 号至 71 号镧系元素镧(La)、铈(Ce)、镨(Pr)、钕(Nd)、钷(Pm)、钐(Sm)、铕(Eu)、钆(Gd)、铽(Tb)、镝(Dy)、钬(Ho)、铒(Er)、铥(Tm)、镱(Yb)和镥(Lu)共 17 种元素。常用符号 RE 表示。我国盛产稀土元素，储量居世界之首。近年来，稀土元素的产量也位世界前列。在我国，发展稀土的应用具有很大的资源优势。

在稀土化学中，稀土配合物占有非常重要的地位，而稀土配合物以其独特的荧光特性广泛应用于发光与显示领域。关于稀土配合物发光性能的研究是化学、物理学及生物学学科的交叉领域之一，具有重要的理论研究意义及应用研究价值。由于稀土离子本身的独特结构和性质，使得稀土离子在与配体配合后，所发出的荧光兼有稀土离子发光强度高、颜色纯正和有机发光化合物所需激发能量低、荧光效率高和易溶于有机材料的优点。为人们探索新的发光能源、发光材料提供了新思路。本实验合成一种简单的稀土配合物并观察其发光现象，从而获得一些有关稀土配合物的制备及发光性质的初步知识。

## 二、实验目的

1. 学习 Eu(Phen)₂·(NO₃)₃ 的制备原理和方法。
2. 观察配合物的发光现象。
3. 了解 Eu(III)配合物发光的基本原理。

## 三、实验原理

1. 发光配合物 Eu(phen)₂·(NO₃)₃ 的制备原理

稀土离子为典型的硬酸，根据软硬酸碱理论中硬-硬相亲原则，它们易与含氧或氮等配位原子的硬碱配位体络合。能与稀土离子形成配合物的典型配位体有 $H_2O$、acac⁻(乙酰丙酮负离子)、$Ph_3PO$(三苯基氧化膦)、$Me_2SO$(二甲亚砜)、EDTA(乙二胺四乙酸)、dipy (2,2'-联吡啶)、phen (1, 10-邻菲咯啉)以及阴离子配位体如 F⁻、Cl⁻、Br⁻、NCS⁻和 NO₃⁻等。

在 RE(III)-氮的配合物中，胺能跟 RE(III)形成稳定的配合物，常见的为多胺配合物。典型的多胺配位体有二配位基的 2,2'-联吡啶、1,10-邻菲咯啉和三配位基的三联吡啶等。由这些配位体形成的配合物的实例有[La(bipy)₂(NO₃)₃](十配位)、[Ln(terpy)₃](ClO₄)₃(九配位)

及 [Ln(phen)$_4$](ClO$_4$)$_3$(八配位)等。

稀土配合物的合成可采用的方法有：

（1）稀土盐(REX$_3$)在溶剂(S)中与配体(L)直接反应或氧化物与酸直接反应

$$REX_3 + nL + mS \longrightarrow REX_3 \cdot nL \cdot mS$$

$$ReX_3 + nL \longrightarrow REX_3 \cdot nL$$

$$RE_2O_3 + 2H_nL \longrightarrow 2H_{n-3}REL + 3H_2O$$

（2）交换反应

利用配位能力强的配体 L' 或整合剂 Ch' 取代配位能力弱的配体 L、X 或整合剂 Ch。

$$REX_3 + M_nL \longrightarrow REL^{-(n-3)} + M_nX^{n-3}$$

$$REX_3 \cdot nL + mL' \longrightarrow REX_3 \cdot mL' + nL$$

也可利用稀土离子取代铵、碱金属或碱土金属离子。

$$MCh^{2-} + RE^{3+} \longrightarrow RECh + M^+$$

其中 $M^+$=Li$^+$、Na$^+$、K$^+$、NH$_4^+$等。

（3）模板反应

配体原料在与金属形成配合物的过程中形成配体，如稀土酞菁配合体的合成。

稀土的硝酸盐、硫氰酸盐、醋酸盐或氯化物与邻菲咯啉按方法（1）作用时，都可得到 RE : phen=1 : 2 的化合物。

本实验中，起始原料 Eu$_2$O$_3$ 与 HNO$_3$ 反应完全蒸干后得到 Eu(NO$_3$)$_3$ · $n$H$_2$O($n$=5 或 6)后，使其在乙醇溶剂中与配体 phen 直接反应，生成产物。反应方程式为：

$$Eu(NO_3)_3 \cdot nH_2O + 2phen \longrightarrow Eu(phen)_2 \cdot (NO_3)_3 + nH_2O$$

产物为白色，紫外灯下发出红色荧光。

2. 配合物 Eu(phen)$_2$ · (NO$_3$)$_3$ 的发光机理

发光是物体内部以某种方式吸收能量，然后转化为光辐射的过程。对于本实验所合成的发光配合物 Eu(phen)$_2$ · (NO$_3$)$_3$，我们可以简要地以图 1 来解释能量的吸收、传递和发光过程。

首先，配位体 phen 有效地吸收紫外光的能量，电子从其基态跃迁到其激发态(过程 1)；由于以配位键与phen相连的三价稀土铕离子 Eu(Ⅲ)的激发态与 phen 的激发态能量相匹配，处于激发态的 phen 通过非辐射跃迁的方式将能量传递给 Eu(Ⅲ)激发态(过程 2)；最后电子从 Eu(Ⅲ)激发态回到基态，将能量以光子的形式放出(过程 3)，这就是我们看到的发光。在整个过程中，配体 phen 能有效地吸收能量并有效地将能量传递给中心 Eu (Ⅲ)，这对于增强 Eu(Ⅲ)的发光是十分重要的，人们把发光配合物中配位体的这种作用比喻为"天线效应"。

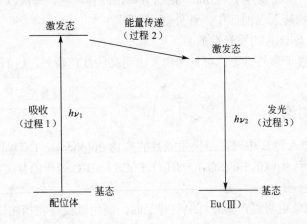

图 1　发光配合物 $Eu(phen)_2 \cdot (NO_3)_3$ 的能量变化示意图

## 四、仪器和试剂

### 1. 仪器

电子天平、蒸发皿、烧杯(50mL、10mL)、恒温水浴锅、小漏斗、表面皿、玻璃棒、抽滤瓶、布氏漏斗、红外灯、紫外灯等。

### 2. 试剂

固体 $Eu_2O_3$ (99.99%)、1,10-邻菲咯啉(phen)(A.R.)、$HNO_3$(体积比 1∶1)、无水乙醇(A. R.)等。

## 五、实验步骤

### 1. $Eu(phen)_2 \cdot (NO_3)_3$ 的制备

（1）固体 $Eu_2O_3$ 的溶解

在 50mL 烧杯中称取 0.0088g（0.025mmol）$Eu_2O_3$，在搅拌下，加入稍过量的 $HNO_3$ 溶液(体积比 1∶1)使其溶解。为加快溶解速度，可在 60～70℃水浴上加热。得到澄清透明溶液。若加热后仍有少许不溶物，则过滤除去。

（2）$Eu(NO_3)_3 \cdot nH_2O$ 溶液的制备

将溶液转移至蒸发皿中，水浴加热，将溶液蒸发至干(约需 2h)，得固体 $Eu(NO_3)_3 \cdot nH_2O$ ($n=5$ 或 6)。将固体置于紫外灯下观察硝酸铕发出的微弱红光。加入 3mL 无水乙醇使固体溶解，得反应液 A。

以上两步均需在通风橱中进行。

（3）phen 溶液的制备

在 10mL 烧杯中称取 0.0198g（0.01mmol）phen，加入 3～5mL 无水乙醇使其溶解。若

有不溶物则过滤除去，并用 1～2mL 无水乙醇淋洗滤纸，得反应液 B。

（4）产物 Eu(phen)$_2$·(NO$_3$)$_3$ 的制备

在搅拌下，将 A 慢慢加入到 B 中，有白色沉淀生成，此沉淀即为产物 Eu(phen)$_2$·(NO$_3$)$_3$。为使反应充分进行。继续搅拌 1～2min。抽滤分离出固体产物。每次以 1mL 无水乙醇洗涤产物两次后，将产物转入表面皿中，红外灯下烘干。

2．Eu(phen)$_2$·(NO$_3$)$_3$ 的发光性质

将干燥的产物置于紫外灯下，可见产物发出明亮的红色荧光，进而在荧光光谱仪上测定产物的荧光光谱。

## 六、结果与讨论

1．反应液 A 加入到 B 中时，很快生成目的产物 Eu(phen)$_2$·(NO$_3$)$_3$，说明此类形成配合物的反应容易进行。类似的 Eu$_2$(SO$_4$)$_3$·8H$_2$O、EuCl$_3$·6H$_2$O 等铕的盐类均可以直接与 phen 反应得到相应的配合物。

2．为使发光现象更明显，紫外灯照射样品时，需用纸板等物挡住日光对样品的照射。

3．配合物的荧光光谱

室温下，固体配合物的荧光光谱示于图 2。在配合物的激发光谱(曲线 a)中，在紫外区出现了一个宽峰，其最大波长位于约 310nm 处。这个激发峰是配体 phen 的 π→π* 跃迁产生的。以激发峰波长所对应的能量激发样品，所得发射光谱为图中的曲线 b。在监测范围内，配合物的发射光谱中出现的是三价稀土铕离子的特征发射峰，即 592 nm($^5D_0 \rightarrow ^7F_1$)、615 nm($^5D_0 \rightarrow ^7F_2$)、640 nm($^5D_0 \rightarrow ^7F_3$)（极弱）、680 nm($^5D_0 \rightarrow ^7F_4$)，这说明配体 phen 吸收能量后，将能量有效地传递给了中心 Eu$^{3+}$。

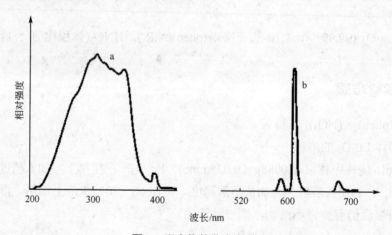

图 2　配合物的荧光光谱

光源：Xe 灯；$T$：室温
a—激发光谱　$\lambda_{em} = 616$nm
b—发射光谱　$\lambda_{ex} = 310$nm

配合物以 615nm 发射($^5D_0 \rightarrow ^7F_2$ 跃迁)为主，该波长光为红光，因此配合物发红光。由配合物的发光现象和荧光光谱可见，将含有共轭体系的配体 phen 引入 Eu$^{3+}$的配位壳层后，配体 phen 通过 π→π* 跃迁有效地吸收紫外光，并有效地将能量传递给中心 Eu$^{3+}$，使 Eu$^{3+}$

的发光大大增强。配体 phen 在配合物的发光过程中很好地起到了能量吸收并传递的"天线"作用。

## 七、思考题

1. 简述稀土元素的发光原理？
2. 溶解 Eu$_2$O$_3$ 时，为什么不宜加入过多的 HNO$_3$ 溶液？
3. 实验中有哪些操作是用以保证产物纯度的？
4. 为什么要将铕的硝酸盐溶液蒸干？
5. 本实验中为什么要使用非水溶剂？

## [参考文献]

1. 梁春军，李文连，虞家琪等. 发光学报，1996，17（4）：382.
2. 赵娜，马瑞霞，徐丽娟等. 河北师范大学学报（自然科学版），2008，32（2）：209.

（无机化学教研组编写）

# 快速水相合成发绿到近红外强荧光的 CdTe 纳米晶体

## 一、实验背景

荧光量子点（QDs）由于其独特的随尺寸可调的光、电性能以及在诸如太阳能电池、发光二极管和荧光标识等领域具有潜在的广泛应用价值而引起研究者的广泛兴趣，其作为生物荧光标识已进入了商业开发阶段。合成高质量荧光量子点的方法主要有两种：有机相合成（金属有机热注射法）和水相合成。虽然有机相合成得到的量子点（尤其是 CdSe 和 CdTe）具有较高的量子产率和窄的荧光发射峰，但这种方法同时具有成本高，非环境友好，且实验条件苛刻等缺点，且由于其憎水性不能直接进行生物应用。相比于有机相合成，水相合成具有重复性高、低毒、廉价和产品水溶性好，且具有良好的生物兼容性等优点。

自从 1993 年报道在水相中巯基包裹制备 CdTe QDs 开始，研究者们进行了很多工作合成了荧光性质稳定且发射光波长覆盖整个可见光范围的巯基包裹的 CdTe QDs，并对 pH 值和光照的影响以及一系列反应条件进行了研究。但是，用传统方法合成水溶性 CdTe QDs，量子产率通常较低，尤其在近红外区域量子产率几乎为零。而且传统水相合成（常压）CdTe QDs 通常需要较长时间（若干小时至若干天）才能达到所需发射波长。基于这个难题，高温水热法和微波法被用于加快 CdTe QDs，的反应速率，但是，水热法和微波法由于依赖特殊设备不能实现对量子点荧光性能的实时监控和不便放大生产等缺点。因此，开发一种常压下水相快速制备高荧光性能的 CdTe QDs 显得十分迫切和必要。

## 二、实验目的

1. 利用一种新途径快速、方便地合成高荧光性能的水溶性 CdTe QDs，荧光发射波长范围在 530～800nm，荧光量子产率：20%～45%。

2. 掌握功能性纳米材料的一般合成及表征方法，对纳米材料独特的随尺寸变化的物理和化学性能有初步的了解。

## 三、实验原理

与传统的水相合成方法相比，快速生长方法主要不同之处在于：① 更高的 pH 值；② 更低的 Te/Cd 摩尔比；③ 更低的配/Cd 摩尔比。其中导致快速生长的因素主要是高 pH 值和低的 Te/Cd 摩尔比。

由于巯基（—HS）和金属原子 Cd 具有很强的配位能力，当 $CdCl_2$ 和 R—SH 混合时，$Cd^{2+}$ 和巯基试剂 R—SH 通过 S 和 Cd 形成配位键而形成 $Cd(SR)^+$ 或 $Cd(SR)_2$ 螯合物，当 $n(R—SH):n(Cd) < 1.5$ 时，体系中主要生成 $(Cd—SR)^+$，当体系中的 $n(R—SH):n(Cd) > 1.5$ 时，

体系中主要生成 Cd(SR)$_2$。pH 值小于 7 时(即酸性环境下),这些配合物在水中溶解度很低,因此会形成沉淀。随着 NaOH 的加入,pH 值升高,配合物的溶解度大大增强,这时 Cd(SR)$^+$ 或 Cd(SR)$_2$ 都以分子态存在。当向体系中加入新制备的 NaHTe 时,Cd(SR)$^+$ 或 Cd(SR)$_2$ 就会与 Te 原子结合形成 Cd$_{17}$Te$_4$(SR)$_{26}$ 或 Cd$_{32}$Te$_{14}$(SR)$_{36}$ 螯合物,螯合物进一步分解产生 CdTe 核,CdTe 核随着反应时间的增长而生长,从而形成 CdTe 纳米晶体。体系的 pH 值越高,螯合物分解越快,因此 CdTe 生长得越快。Te/Cd 越低,成核越少,生长越快。

$$RSH + {}^-OH \longrightarrow {}^-SR + H_2O \quad (1)$$
$$Cd^{2+} + {}^-SR \longrightarrow (Cd—SR)^+ \quad (2)$$
$$(Cd—SR)^+ + {}^-SR \longrightarrow Cd(SR)_2 \quad (3)$$
$$Cd(SR)_2 + NaHTe \longrightarrow Cd_{17}Te_4(SR)_{26} / Cd_{32}Te_{14}(SR)_{36}$$

## 四、仪器和试剂

1. 仪器

紫外-可见吸收光谱仪、荧光光谱仪、双排管、水泵、磁搅拌器、加热装置、50 mL 或 100 mL 三颈瓶、冷凝管等。

2. 试剂

碲粉、硼氢化钠、CdCl$_2$、巯基丙酸、蒸馏水、NaOH 等。

## 五、实验步骤

1. Te 源 NaHTe 的制备

向 25mL 内颈烧瓶中加入 50.8mg(0.4mmol)Te 粉和 37.8mg(1.0mmol)NaBH$_4$,加入 10mL 去离子水,抽真空,通氮气,重复三次后升温至 80℃,搅拌下反应 30 min,至溶液变为深红色后降温,N$_2$ 保护下室温保存备用。

2. 合成 CdTe 纳米晶体

向 100mL 三颈瓶中加入 40mL 去离子水,并加入 0.2 mmol CdCl$_2$ 和 0.34mmol 巯基丙酸,用 NaOH 溶液调节 pH 至 11.9,然后将体系抽真空,通氮气,重复三次后用注射器注入新制备的 NaHTe 溶液(0.02mmol),N$_2$ 保护下升温至 100 ℃进行冷凝回流。在 5 min、10 min、15 min、30 min、1 h、1.5 h、2 h、3 h 时取样监测荧光发射峰和紫外吸收峰。图（a）、（b）分别表示不同时间下的荧光发射及吸收光谱。(c)、(d) 为日光灯下及紫外灯下量子点溶液的照片。

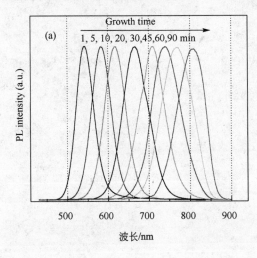
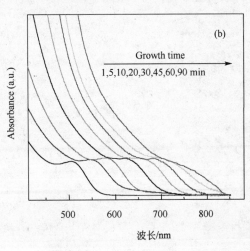

图 1　CdTe 的吸收和发射光谱

## 六、思考题

1. MPA 在反应体系中起什么作用？
2. 为什么荧光波长会随着时间变化而产生红移？

## [参考文献]

Zou L, Cu Zh Y, Zhong X H, et al. Journal of materials Chemistry, 2008, 18.2807.

（钟新华编写）

# ZnS 纳米材料的可控合成、组装及光电性能研究

## 一、研究背景

ZnS 是具有直接宽带隙的半导体材料。体材料 ZnS 半导体，在 300K 时，其禁带宽度 $E_g = 3.647\text{eV}$，相应的紫外吸收带边为 340nm；0K 时，体材料的吸收边蓝移至 325nm。随着粒子尺寸的减小，由于其显著的量子尺寸效应、表面效应，ZnS 纳米材料呈现出与其体材料截然不同的特异性质，对其光化学、电学及非线性光学性质等具有重要影响。

ZnS 具有两种常见的晶体结构，即低温相的闪锌矿(sphalerite)和高温相的纤锌矿结构(wurtzite)。在闪锌矿结构的 ZnS 中，$S^{2-}$形成立方密堆积，$Zn^{2+}$占有 1/2 的四面体空隙，同样，每四个四面体公用一个顶点。不同点在于二层四面体的相互取向。

ZnS 晶体是一种重要的半导体材料，显示出许多特异的光电性能，在光致发光、电致发光、磷光体、传感器、红外窗口材料和光催化等许多领域有着广泛的用途。

ZnS 的电致发光和光致发光效率较高，是目前多色荧光粉的重要基质材料。ZnS 作为荧光基质材料，最早是法国化学家 Sidot 于 1866 年发现的，至今已有 100 多年的历史。此后从上世纪二十年代至四十年代中，ZnS 材料的研究一直受到很大重视。ZnS 掺杂的主要激活离子是 Cu、Mn、Ag、Au 等。其中 $ZnS:Cu^+$发光颜色为绿色，发射中心的波长为 520nm；$ZnS:Mn^{2+}$发光颜色为橙色，发射中心的波长为 585nm。ZnS 用于电致发光器件的发光层，并且对于蓝光区域内的发光二极管和激光光致发光有很大的应用价值。

ZnS 晶体是一种重要的红外透过材料，在中红外和远红外区域光学性能良好，在精确制导武器上使用的长波红外材料中，热压多晶 ZnS 晶体是首选的材料。特别是近 10 年来，随着红外技术在军事领域的应用和发展，ZnS 晶体发挥着越来越重要的作用，成为国防上不可缺少的关键材料。在火箭、导弹、人造卫星、宇宙飞船和高功率红外激光器等的应用中，需要有耐高温、耐热冲击、高强度、大尺寸的红外光学材料，ZnS 多晶材料以其优良的性能价格优势脱颖而出，成为该领域中应用最广泛的红外光学材料之一。

同时，由于其具有的非线性光学性质、发光性质、量子尺寸效应及其他重要的物理化学性质等，ZnS 基纳米材料已展示了广阔的应用前景，如广泛应用于各种发光装置、激光与红外探测器件、红外窗口与非线性光学材料、光化学催化剂和光敏传感器等领域。随着粒子尺寸的减小，由于量子尺寸效应，ZnS 纳米材料呈现出与体相材料截然不同的特异性质，如光吸收和荧光发射显著增强并发生蓝移，光学三阶非线性响应速度显著提高等，可望成为制造新一代固态电子、光电子器件的材料。

最近，还有研究人员成功地将水溶性的 ZnS 纳米晶应用于生物大分子的测定和分析，暗示着 ZnS 纳米材料在分析化学和生物化学领域中广阔的应用前景。

ZnS 的性能极大地依赖于其颗粒的大小、形貌及分布等，因此制备具有一定形态、粒度及其分布的 ZnS 纳米微粒具有特别重要的意义。目前，已开发出许多制备 ZnS 的方法，大致可分为三种类型：固相法、液相法和气相法。固相法是将固体反应物研细后直接混合，在研磨等机械作用下发生化学反应，进而制得纳米颗粒，具有工艺简单、产率高和颗粒粒子稳定性好等优点。气相法主要是气相沉积法、喷雾热分解法和磁电溅射法等，此类方法生成的颗粒呈球状、分布均匀且不易团聚，但成本较高。液相法制备纳米材料是分子或离子在溶液状态下通过化学反应聚集为纳米颗粒的过程，条件温和，操作简单，是目前实验室和工业上广泛采用的制备纳米材料的方法。但如何实现 ZnS 纳米材料可控合成以及人工操作 ZnS 纳米体系的组装仍是一个极大的挑战！探索简便易行的合成路线具有重要的科学价值和实际意义。

本实验旨在以 ZnS 作为研究对象，从分子设计角度出发，结合配位化学、表面活性剂化学、超分子化学及溶胶-凝胶化学，采用可控、缓释合成的化学思想，通过合理设计合成过程中的各参数，结合现代分析表征手段(TEM，SEM，XRD，IR，TG，UV-vis 等)，监控 ZnS 纳米材料在晶化过程中，各反应参数对晶体成核和生长过程的影响，揭示控制相、形貌及尺寸的规律，最终实现 ZnS 纳米材料的可控化合成。

## 二、实验目的

1. 了解 ZnS 纳米晶的结构特点、性能及用途。
2. 了解并掌握缓释合成 ZnS 纳米晶体的原理和方法。
3. 了解纳米材料的常用表征手段：XRD，TEM，UV-vis 等。
4. 了解利用光催化法处理印染废水的原理和方法。

## 三、实验原理

传统的直接沉淀法制备 ZnS 粒子的反应过程可用以下方程进行描述：

$$Zn^{2+} + S^{2-} \longrightarrow ZnS$$

对于由 $Zn^{2+}$ 和 $S^{2-}$ 直接生成 ZnS 的快速沉淀过程，ZnS 的生成瞬间即可完成，其成核速率与生长速率均很快，这种方法合成的 ZnS 会因为初始阶段混合的不均匀性而使产物粒子尺寸分布较宽。为了避免上述现象，近来人们提出了以硫代乙酰胺（TAA）为硫源，利用均匀沉淀法来制备 ZnS 纳米粒子。具体涉及的反应式如下：

$$CH_3CSNH_2 \longrightarrow CH_3CN + 2H^+ + S^{2-}$$
$$S^{2-} + M^{2+} ( M=Zn, Cd, Cu) \longrightarrow MS$$

从上述反应过程可以看出，均匀沉淀法原理是在一定条件下制得含有所需反应物的稳定前体溶液，通过迅速改变溶液的酸度和温度来促使颗粒大量生成，由于在这个过程中反应物可以实现分子尺寸的均匀混合；同时 TAA 释放硫源是缓慢进行的，使得反应过程变得可控，从而避免了由于沉淀剂的直接加入造成沉淀剂瞬时局部过浓现象，克服了传统液相直接沉淀法制备 ZnS 纳米材料的不足。

如果能找到一个合适的络合物，它能够与溶液中的 $Zn^{2+}$ 络合形成相对稳定的络合物前驱体；由于该络合前驱体具有适当的稳定性，就可实现反应物反应前分子尺度的均匀混合。同时，通过改变外界条件，来实现 $Zn^{2+}$ 的缓慢释放，以达到与 TAA 做硫源的相同效果。

乙二胺四乙酸(EDTA)分子中具有六个可与金属离子形成配位键的原子，它的两个氨基氮和四个羧基氧原子都有孤对电子，能与金属离子形成配位键，因此 EDTA 能与许多金属离子形成稳定的络合物。当 EDTA 溶解于酸度很高的溶液中时，它的两个羧基可再接受 $H^+$ 而形成 $H_6Y^{2+}$，这样 EDTA 相当于六元酸。由于多数金属离子的配位数不超过 6，所以 EDTA 与金属离子形成 $1:1$ 的络合物，只有极少数金属离子如锆、钼例外。因此，EDTA 与 $Zn^{2+}$ 就不存在分步络合现象。通过合理地控制外界条件，EDTA 能够通过与 $Zn^{2+}$ 之间的络合作用，实现 $Zn^{2+}$ 的可控释放。

大量的研究表明，晶粒尺寸减小到一定程度后，光能隙蓝移，对应于更高的氧化-还原电位，因而有更强的氧化-还原能力；另外晶粒尺寸减小后光生载流子迁移到晶粒表面的时间大大缩短，有效地减少了光生电子和光生空穴的体相复合。因此制备纳米 ZnS 纳米颗粒有望能够极大地提高光催化活性。

近年来，荧光性半导体纳米晶和纳米团簇制备引起了人们的注意，因为这类荧光性的纳米结构材料可望在生物传感和临床检验等领域有着潜在的应用价值。作为一个合适的生物标贴，应该具有较高的荧光效率、生物相容性以及能够与生物分子发生作用的表面基团。从光催化角度，水溶性的表面也是可取的，因为亲水性的表面有利于半导体光催化剂与水溶性染料发生充分的接触，从而提高其光催化效率。

印染废水排放量大，成分复杂，对人体和环境的危害较大，印染废水的处理已成为世界各国治理水环境方面亟待解决的一大难题。目前常用的吸附法、生化法和混凝沉降法等均难以使印染废水的处理达到令人满意的结果。光催化处理印染废水是一种极有前途的处理方法。

## 四、仪器与试剂

1. 仪器

磁力搅拌器、XRD、TEM、UV-vis 光谱仪等。

2. 试剂

$Na_2S$、$Zn(Ac)_2$、EDTA、$NH_3 \cdot H_2O$、碱性紫 5BN 染料等。

## 五、实验步骤

1. ZnS 纳米晶的合成

将 $Zn(Ac)_2$ 配成浓度为 0.2mol/L 的溶液，在一定温度和剧烈搅拌下，加入一定量的稳定剂 EDTA，用 $NH_3 \cdot H_2O$ 调节体系达到设定 pH 值；然后将预先配制好的 0.2mol/L $Na_2S$ 溶液倒入上述体系中反应。

将反应产物进行离心分离，用去离子水洗涤沉淀。置于 110℃ 干燥，即得 ZnS 纳米晶。不加 EDTA，其他条件同上，制得常规 ZnS，称之为块体 ZnS。

2. ZnS 纳米晶光催化活性考察

将各种水溶性的染料（碱性紫 5BN 染料）在室温条件下溶解配制成 50mg/L 溶液，取 250mL 上述溶液与 20mg 纳米 ZnS 粉体混合均匀，并迅速转移至光催化反应器内（反应器有效体积 250mL），开启 500W 紫外光源（主波段λ365nm），每隔 15min 取样测试，于 5000r/min 离心分离后，取上层清液进行紫外-可见光谱监测，用脱色率来反应整个降解过程有机染料的脱色效果，脱色率用下式表示：

$$脱色率=（1-A/A_0）\times 100\%$$

其中 $A_0$，$A$ 分别为处理前后染料溶液在最大吸收峰处的吸收值。

## 六、结果与讨论

通过改变反应条件，考察溶液 pH 值、浓度、温度和 $Zn^{2+}$/EDTA 的配比对产物产率、ZnS 粒径及光学性能的影响。

（1）物相分析　用多晶 X 射线衍射法（XRD）确定产物的物相。

（2）ZnS 粒径分析　用 TEM 测定 ZnS 的粒径及形貌。

（3）光学性能分析　用 UV-vis 测定光学性能及光催化活性。

## 七、思考题

1. 试从 ZnS 的结构特点解释它为什么会具有优异的光学活性。

2. ZnS 纳米晶具有哪些制备方法，各有何优缺点？

3. 缓释合成 ZnS 纳米晶的原理是什么？除了 EDTA，还可选择什么作络合剂？

4. 举例说明 ZnS 纳米晶有哪些用途？

### [参考文献]

1. 钱逸泰. 结晶化学导论. 中国科技大学出版社，1999: 263.

2. 李玉斌，徐运生. 人工晶体学报，2003，32: 508.

3. 汪乐余，赵长庆. 光谱学与光谱分析，2004, 24: 98.

4. Calandra P, Longo A, Liveri V T. J Phys Chem: B, 2003,(107): 25.

5. Jiang Y, Meng X, Li J. Adv Mater, 2003,(15): 1195.

6. Wang Y, Zhang L, Liang C. Chem Phys Lett, 2002, (357): 314.

7. 李军平. 中国科学院研究生院博士学位论文，2005,25.

（无机化学教研组编写）

# 水热法制备纳米 SnO₂ 微粉与性能测试

## 一、实验背景

纳米粒子(nanosized particles)通常是指粒径大约为 1～100 nm 的超微颗粒。物质处于纳米尺度状态时，其许多性质既不同于原子和分子，又不同于大块体相物质，构成物质的一种"新状态"——介观态(mesoscopic state)。处于介观态的纳米粒子，其中电子的运动受到颗粒边界的束缚而被限制在纳米尺度内，当粒子的尺寸可以与其中电子（或空穴）的 de Broglie 波长相比时，电子运动呈现显著的波粒二象性，此时材料的光、电和磁性质出现许多新的特征和效应。SnO₂ 是一种半导体氧化物，它在传感器、催化剂和透明导电薄膜等方面具有广泛用途。纳米 SnO₂ 具有很大的比表面积，是一种很好的气敏与湿敏材料。制备超细 SnO₂ 微粉的方法很多，有 Sol-Gel 法、化学沉淀法、激光分解法和水热法等。水热法制备纳米氧化物微粉有许多优点，如产物直接为晶态，无需经过焙烧晶化过程，因而可以减少用其他方法难以避免的颗粒团聚，同时粒度比较均匀，形态比较规则。因此，水热法是制备纳米氧化物微粉较好的方法之一。

本实验以水热法制备纳米 SnO₂ 微粉，介绍水热反应的基本原理，研究不同水热反应条件对产物微晶形成、晶粒大小及形态的影响。

## 二、实验目的

1. 了解水热法制备纳米氧化物的实验原理及方法。
2. 了解制备纳米 SnO₂ 微粉的工艺条件。
3. 了解使用透射电镜检查超细微粉的粒径和使用 X 射线衍射法确定产物的物相。

## 三、实验原理

水热法是指在温度超过 100℃ 和相应压力（高于常压）条件下利用水溶液（广义地说，溶剂介质不一定是水）中物质间的化学反应合成化合物的方法。

在水热条件（相对高的温度和压力）下，水的反应活性提高，其蒸气压上升、离子积增大，而密度、表面张力及黏度下降，体系的氧化还原电势发生变化，总之，物质在水热条件下的热力学性质均不同于常态，为合成某些特定化合物提供了可能。水热合成法的主要特点有：①水热条件下，由于反应物和溶剂活性的提高，有利于某些特殊中间态及特殊物相的形成，因此可能合成具有某些特殊结构的新化合物；②水热条件下有利于某些晶体的生长，可获得纯度高、取向规则、形态完美及非平衡态缺陷尽可能少的晶体材料；③产物粒度较易于控制，分布集中，采用适当措施可尽量减少团聚；④通过改变水热反应条件，可能形成具有不同晶体结构和结晶形态的产物，也有利于低价、中间价态与特殊价态化合物的生成。基于以上特点，水热合成在材料领域已有广泛应用，水热合成化学也日益受到化学与材料科学界的重视。同时水热法本身也在不断发展，以有机溶剂为介质的"溶剂热法"为非氧化物纳米材料的制备提供了新的可能途径。

## 四、仪器与试剂

### 1. 仪器

100mL 不锈钢压力釜（具有聚四氟乙烯衬里）、管式电炉套及温控仪器装置、电动搅拌器、抽滤水泵、pH 计等。

### 2. 试剂

$SnCl_4 \cdot 5H_2O$ (A. R.)，KOH（A. R.）、乙酸（A. R.），乙酸铵（A. R.）、无水乙醇（A. R.）、95% 乙醇（A. R.）等。

## 五、实验步骤

### 1. 原料液的配制

用蒸馏水配制 1.0mol/L 的 $SnCl_4$ 溶液，10mol/L 的 KOH 溶液。

每次取 50mL(1.0mol/L)$SnCl_4$ 溶液于 100mL 烧杯中，在电磁搅拌下逐滴加入 10 mol/L 的 KOH 溶液，调节反应液的 pH 至所要求值（例如 1.45）制得的原料液待用。观察记录反应液状态随 pH 的变化。

### 2. 反应条件的选择

水热反应的条件，如反应物浓度、温度、反应介质的 pH 和反应时间等对反应产物的物相、形态、粒子尺寸及其分布和产率均有重要影响。

水热反应制备纳米晶 $SnO_2$ 的反应机理

第一步是 $SnCl_4$ 的水解：

$$SnCl_4 + 4H_2O = Sn(OH)_4(s) + 4HCl$$

形成无定形的 $Sn(OH)_4$ 沉淀，紧接着发生 $Sn(OH)_4$ 的脱水缩合和晶化作用，形成 $SnO_2$ 纳米微晶。

$$nSn(OH)_4 = nSnO_2 + 2nH_2O$$

（1）反应温度

反应温度低时，$SnCl_4$ 水解、脱水缩合和晶化作用慢。温度升高将促进 $SnCl_4$ 的水解和 $Sn(OH)_4$ 的脱水缩合，同时重结晶作用增强，使产物晶体结构更完整，但也导致 $SnO_2$ 微晶长大。本实验反应温度以 120～160℃ 为宜。

（2）反应介质的酸度

当反应介质的酸度较高时，$SnCl_4$ 的水解受到抑制，中间物 $Sn(OH)_4$ 生成相对较少，脱水缩合后，形成的 $SnO_2$ 晶核数量较少，大量 $Sn^{4+}$ 残留在反应液中。这一方面有利于 $SnO_2$ 微晶的生长，同时也容易造成粒子间的聚结，导致产生硬团聚，这是制备纳米粒子时应尽量避免的。

当反应介质的酸度较低时，$SnCl_4$ 水解完全，大量很小的 $Sn(OH)_4$ 质点同时形成。在水热条件下，经脱水缩合和晶化，形成大量 $SnO_2$ 纳米微晶。此时，由于溶液中残留的 $Sn^{4+}$

数量已很少，生成的 SnO$_2$ 微晶较难继续生长。因此产物具有较小的平均颗粒尺寸，粒子间的硬团聚现象也相应减少。本实验反应介质的酸度控制为 pH=1.45。

（3）反应物的浓度

单独考查反应物浓度的影响时，反应物浓度愈高，产物 SnO$_2$ 的产率愈低。这主要是由于当 SnCl$_4$ 浓度增大时，溶液的酸度也增大，Sn$^{4+}$ 的水解受到抑制的缘故。

当介质的 pH=1.45 时，反应物的黏度较大，因此反应物浓度不宜过大，否则搅拌难于进行。一般用[SnCl$_4$]=1mol/L 为宜。

3．水热反应

将配制好的原料液倾入具有聚四氟乙烯衬里的不锈钢压力釜内，用管式电炉套加热压力釜。用控温装置控制压力釜的温度，使水热反应在所要求的温度下进行一定时间（～2h）。为保证反应的均匀性，水热反应应在搅拌下进行。反应结束，停止加热，待压力釜冷却至室温时，开启压力釜，取出反应产物。

4．反应产物的后处理

将反应产物静止沉降，移去上层清液后过滤。过滤时应用致密的细孔滤纸，尽量减少穿滤。用大约 100mL 10%乙酸铵的混合液洗涤沉淀物 4～5 次（防止沉淀物胶溶穿滤），洗去沉淀物中的 Cl$^-$ 和 K$^+$，最后用 95%乙醇洗涤两次，于 80℃干燥，然后研细。

## 六、结果与讨论

1．物相分析

用多晶 X 射线衍射法（XRD）确定产物的物相。在 JCPDS 卡片中集中查出 SnO$_2$ 的多晶标准衍射卡片，将样品的 $d$ 值和相对强度与标准卡片上的数据相对照，确定产物是否为 SnO$_2$。

2．粒子大小分析

由多晶 X 射线衍射峰的半高宽，用 Schererr 公式：

$$D_{hkl} = \frac{K\lambda}{\beta \cos \theta_{hkl}}$$

计算样品在 $hkl$ 方向上的平均晶粒尺寸。其中 $\beta$ 为扣除仪器因子后 $hkl$ 衍射的半高宽（弧度）。$K$ 为常数，通常取 0.9。$\theta_{hkl}$ 为 $hkl$ 衍射峰的衍射角。$\lambda$ 为 X 射线的波长。

3．用透射电子显微镜（TEM）直接观察样品粒子的尺寸与形貌

4．比表面积测定

用 BET 法测定样品的比表面积，并计算样品的平均等效粒径。

## 七、思考题

1．比较同一样品由 XRD、TEM 和 BET 法测定的粒子大小，并对各自测量结果的物理含义作分析比较。

2．水热法作为一非常规无机合成方法具有哪些特点？

3．用水热法制备纳米氧化物时，对物质本身有哪些基本要求?试从化学热力学角度进

行定性分析。

4. 水热法制备纳米氧化物过程中，哪些因素影响产物的粒子大小及其分布？

## [参考文献]

1. 浙江大学等主编. 综合化学实验. 北京：高等教育出版社，2001，318.

（无机化学教研组编写）

# 实验二十七

# 纳米 $\alpha$-$Fe_2O_3$ 微粒的液相合成及表征

## 一、实验背景

氧化铁不仅在催化剂、建筑材料、磁记录材料、宠物饲料添加剂及冶金等领域具有广泛的实际应用价值，同时，氧化铁微粒制备及性质研究还具有重要的理论研究价值，常作为金属氧化物胶体与界面性质研究的模型体系。目前，全球氧化铁的消耗量不断增加，其中 70%是合成氧化铁，30%来自天然氧化铁。科技的不断发展对铁氧化物的品质、制备工艺和规模提出了越来越高的要求，探索适合时代要求和生产规模的铁氧化物制备新途径，特别是无污染、低能耗、高产率的制备新途径，是许多科研工作的目标。

## 二、实验目的

1. 了解纳米材料的初步知识。
2. 了解液相法制备无机金属氧化物纳米粒子的原理和方法。
3. 了解 X 射线衍射、红外光谱及电子显微镜等纳米材料的结构及形态表征方法。

## 三、实验原理

氢氧化铁凝胶是制备铁系氧化物常用的前驱物之一，在不同实验条件下可转化为 $\alpha$-FeOOH 和 $\alpha$-$Fe_2O_3$ 等。本实验采用三价铁盐溶液和氢氧化钠溶液制备氢氧化铁凝胶，并研究氢氧化铁凝胶在常压下的液相转化过程，通过改变反应条件制备不同粒径的 $\alpha$-$Fe_2O_3$ 纳米粒子。

$$Fe^{3+} + 3OH^- \rightarrow Fe(OH)_3$$
$$2Fe(OH)_3 \xrightarrow{\triangle} \alpha\text{-}Fe_2O_3 + 3H_2O$$

利用红外光谱（IR）、X 射线衍射（XRD）和透射电子显微镜（TEM）或扫描电子显微镜（SEM）、激光粒度分布仪等对产物进行表征。

## 四、仪器与试剂

1. 仪器

酸度计、普通磁搅拌、带磁搅拌的加热套、真空泵、红外光谱仪、X 射线衍射仪、激光电位及粒度分布仪、透射电镜或扫描电镜等。

2. 试剂

$FeCl_3 \cdot 6H_2O$、NaOH、浓 HCl、浓 $H_2SO_4$、浓 $H_3PO_4$、$K_2Cr_2O_7$、$HgCl_2$、$SnCl_2 \cdot 2H_2O$、二苯胺磺酸钠、无水乙醇等。

## 五、实验步骤

1. 储备液配制及浓度标定

2.0mol/L FeCl$_3$ 溶液，6.0mol/L NaOH 溶液，用 K$_2$Cr$_2$O$_7$ 标液标定 FeCl$_3$ 溶液的浓度。

2. 前驱物的制备

用移液管准确量取计算量的 FeCl$_3$ 溶液，加入适量去离子水，在磁力搅拌下，首先以 NaOH 溶液调节体系的 pH 至预定范围（pH=4～10），充分搅拌约 10min，以稀 NaOH 溶液调节 pH 至预定值并定容。

3. 沸腾回流转化

将制得的反应前驱物 Fe(OH)$_3$ 凝胶移入锥形瓶中，在磁力搅拌下沸腾回流（回流时间与初始 pH 有关）。反应完全后，产物经抽滤去离子水洗涤数次，用少量无水乙醇洗涤，滤饼于远红外箱中，在 70～80℃烘干或室温下自然风干。

4. 同步骤 2 制备反应前驱物，达到预定 pH 后加入少量 Fe(Ⅱ)溶液（$n_{Fe^{2+}}/n_{Fe^{3+}}=0.02$），再以稀 NaOH 溶液调节 pH 至预定值并定容。将反应体系转移至适当容器进行沸腾回流，观察转化时间与步骤 3 有何不同，转化产物的处理同步骤 3。

## 六、结果与讨论

1. 取少量制备的产品与 KBr 混合，研碎后压片，用红外光谱仪测定样品的 IR 光谱，扫描范围 400～4000cm$^{-1}$。将所得谱图与标准谱图对照，对产物做物相及纯度鉴定。

2. 取适量制备的产品，在 X 射线衍射仪上测定产物的 XRD 谱图。将所得谱图与标准谱图对照，对产物做物相鉴定。

3. 取少量制备的样品，加入适量的无水乙醇，超声分散，在激光电位及粒度分布仪上测定产物的平均粒径及粒度分布范围。

4. 对产物做 TEM 或 SEM 表征，观测产物的粒径和形貌。

## 七、思考题

1. 列举 3 种以上纳米材料常用的表征方法。

2. 列举纳米材料常见的合成方法。

3. 影响产物纯度的关键因素有哪些？

## [参考文献]

1. 周秋玲，李春忠，顾锋等. 功能材料，2008，39（9）：1522.

2. Jiao F, Harrison A, Jumas J C, et al. J Am. Chem. Soc., 2006, 128(16)：5468.

3. Wang S B, Min Y L, Yu S H. J Phys. Chem. C, 2007, 111：3551.

4. 欧阳鸿武，孟小杰，黄誓成等. 粉末冶金材料科学与工程，2008，13（6）：315.

5. Liu H, Wei Y, Sun Y H. J Mol Catal A：Chem, 2005, 226(1)：135.

6. 刘辉，李平，胡进勇等. 人工晶体学报，2006，35(6)：1283.

7. 刘辉，魏雨. 大学化学，2008，23（4）：63.

（无机化学教研组编写）

## 《 实验二十八 》

# 导电 ZAO 纳米粉体的合成及表征

## 一、实验背景

氧化锌是一种应用范围极广的半导体光电材料,其直接带隙为 3.37 eV,激子束缚能高达 60 meV。掺铝氧化锌(zinc aluminium oxide,简称 ZAO)是氧化锌与氧化铝形成的置换型固溶体,不仅紫外线吸收性能好、化学稳定性高,而且具有颜色浅、可见光透过率高及导电性好等特性,可以广泛应用在抗静电涂料、橡胶和塑料等领域,有取代导电性好但价格昂贵的 ITO(In₂O₃:Sn)材料的趋势。目前,有关纳米 ZAO 的研究主要集中在薄膜的制备及相关性能的研究上,关于粉体材料的制备研究报道却很少,其合成方法也仅局限于共沉淀法。ZAO 膜材料由于自身结构的限制,无法像粉体材料那样作为功能性填料使用,制约了它在诸多领域的应用,ZAO 粉体材料可以与膜材料实现应用上的互补。因此,关于 ZAO 导电粉体的制备、性质及应用的系统研究,便成了一个极具理论研究价值和实际意义的课题。本实验源于抗静电行业对浅色导电材料的迫切需求而提出,在注重纳米功能材料高效合成的同时,更加强调产物的实际应用,是一个理论研究与实际应用相结合的实验。

## 二、实验目的

1. 学习纳米功能材料的设计、合成与实际应用。
2. 学习文献检索、纳米功能材料的表征。

## 三、实验原理

将 $Zn(NO_3)_2 \cdot 6H_2O$、$Al_2(SO_4)_3 \cdot 18H_2O$、无水碳酸钠、十六烷基三甲基溴化铵(CTAB)和去离子水按一定的比例加入反应器,在超声器作用下,得到白色前驱物 $Zn_5(CO_3)_2 \cdot (OH)_6$,研细后置于马弗炉中,600 ℃条件下焙烧,即得到白色产物 ZAO 粉体。

## 四、仪器与试剂

### 1. 仪器

Tristar 3000 型比表面积测试仪(BET)、热重-差示扫描量热联用仪器(升温速率 20 ℃/min)、X 射线粉末衍射(XRD)仪进行晶相分析、透射电子显微镜(TEM,操作电压 200 kV)、扫描电子显微镜(SEM)、Thermo Nicolet Nexus 傅立叶变换红外光谱仪(FT-IR)、紫外-可见光度计、四探针电阻测试仪等。

### 2. 试剂

$Zn(NO_3)_2 \cdot 6H_2O$、$Al_2(SO_4)_3 \cdot 18H_2O$、无水碳酸钠、十六烷基三甲基溴化铵(CTAB)

均为 A. R.，去离子水等。

## 五、实验步骤

### 1. 纳米 ZAO 粉体的制备

按照 $n(Al_2O_3):n(ZnO)=1:100$ 称取 150.0g (0.5mol)Zn(NO_3)_2·6H_2O 和 3.3g (0.005 mol) Al_2(SO_4)_3·18H_2O，将其加入 500mL 水中，得到溶液 A。称取 50.0g（0.47mol）无水碳酸钠加入到 500mL 去离子水中，得到溶液 B。

将盛有 200mL 去离子水和 1.0g(0.003mol)模板剂(CTAB)的反应器置于超声器的室温水浴槽中，在超声器工作的状态下，同时滴加上述 A、B 两种溶液至反应器皿中，并不断搅拌，通过调整两种溶液的滴加速率来保持体系的 pH 为 7 左右，滴加溶液所用时间约为 30min。

滴加结束后，体系静置 10min，以使反应完全，然后抽滤。用去离子水清洗沉淀数次后，将其放入 90℃的烘箱中干燥 3h，得到白色前驱物 $Zn_5(CO_3)_2·(OH)_6$，研细后置于马弗炉中，600℃条件下焙烧 2h，冷却至室温，即得到白色产物 ZAO 粉体。

### 2. 纳米 ZAO 粉体的表征

用 Tristar 3000 型比表面积测试仪(BET)进行产物比表面积测定；用 Mettler Toledo TGA/SDTA851 热重-差示扫描量热联用仪器进行前驱物的热分析（升温速率 20 ℃/min）；用日本理学 Rigaku D/MAX-ⅡB 型 X 射线粉末衍射(XRD)仪进行晶相分析（铜靶，$\lambda=0.15406$ nm，管电流为 20 mA，管电压为 40 kV）；用日立 H-800 型透射电子显微镜（TEM，操作电压 200 kV）对产物进行形貌研究；用 Thermo Nicolet Nexus 傅立叶变换红外光谱仪（FT-IR）对产物和前驱物进行红外光谱分析；用强士 UV2450 对产物紫外-可见光吸收性能进行研究；用弘大 DT9205 型万用表测定产物的电阻。

上述各步需分别做好实验记录。

## 六、思考题

1. 如何提高 ZAO 的导电性？其电阻率是否可以无限制地被减小？为什么？
2. 还有哪些方法可用于导电 ZAO 纳米粉体的制备？

### [参考文献]

1. 许丽，邵忠宝，王凰等. 化学与生物工程，2006，23（9）：15.
2. 陆峰，徐成海，孙超等. 东北大学学报（自然科学版），2003，24（1）：54.
3. 张士成，李春和，李星国. 物理化学学报，2004，20（专刊）：902.

（无机化学教研组编写）

# 实验二十九

# PLA 的 LB 膜性质及其 AFM 研究

## 一、实验背景

在气/液界面上，不溶性两亲分子可形成具有定向排列的二维单分子膜。当两亲分子的面积较小时，它们还可以形成具有一定形貌的微区。这些微区形貌均可以用光学显微镜进行在线观测。目前，常用的光学显微镜包括：荧光显微镜、椭圆偏光显微镜和布儒斯特(Brewster)角显微镜等。因此，在单分子膜的压缩过程中，如将膜天平与上述三种显微镜的其中之一联用，即可观察到微区的形成、生长及形变等动态变化过程。由于分子的定向排列在化学、生物传感器、非线性光学元件和分子级的电子器件等方面具有广阔的应用前景。最近人们对表面活性剂在两维体系中的有序排列和相转变过程产生了极大的兴趣。不少研究者考察了单分子膜的相转变、微区结构内的分子取向以及离子浓度对二维相行为的影响。

用膜天平测定极性有机物（两亲分子）的物理化学特性，可以动态地研究各种极性有机物质（蛋白质、脂质、高聚物等）的单分子层表面膜，记录膜的分子表面积（$A$）与表面张力（$\sigma$）或表面压力（$\pi$）之间的函数关系。生物膜脂质双层结构假说以及肺内可能存在一种表面活性物质，就是应用膜天平技术得到证实的。近年来，膜天平在生物医学领域的应用日趋广泛，特别是在分析肺表面活性物质与新生儿呼吸窘迫综合征、成人呼吸窘迫综合征及其他肺部疾患的关系方面，取得了令人瞩目的成果。膜天平是研究表面活性物质表面特性必可不少的测试手段。此外膜天平测量技术在生物膜、脂质体、集成光学、非线性物理、光电学、稀释活性源、LB 膜及超分子构型等领域都有广泛的用途。本实验应用膜天平测量技术测定不溶物的表面压（$\pi$），了解不溶性单分子膜的各种状态，进而测求分子截面积及其 LB 膜的表面形貌。

近年来纳米技术的高速发展，使得关于聚合物在界面上排列的研究越来越受到关注，科学家们希望通过对这些纳米级分子排列的控制，制备各种模板，从而达到随心所欲建立多种纳米级分子结构的目的。特别是在生物材料和生物传感器的开发研制中，蛋白质或其他生物可降解高分子被广泛应用。本实验选用生物可降解高分子聚乳酸，其不同分子量的物质通过一定比例混合配成溶液，制备吸附膜，用 AFM 扫描观察其表面形貌。

AFM 自 1986 年发明以来，其用途和功能被源源不断地开发出来。它主要应用于表面形貌的观察，在化学、生物及医学等科研领域中发挥了极大的作用，为人们探索纳米世界提供了一个良好的工具。AFM 不但可以在大气中使用，也可用于溶液中界面的观察，如有附加的装置还可以在恒温、恒湿或充有特殊气体的环境中使用。除了表面形貌，AFM 还可以获取一些别的例如相图和摩擦力等信息。AFM 既可用于导电样品，也可以用于非导电样品，而且样品制备简单，因而更加扩大了 AFM 的应用范围，特别是应用于生物样品，可以进行溶液中的动态研究。

## 二、实验目的

1. 学习查阅文献，了解测定表面压的方法。测定室温下二次重蒸水的表面张力。
2. 设计利用膜天平（垂直吊片法）测定不溶性单分子膜的 $\pi$-A 等温线的实验步骤。
3. 测量不溶物的表面压力（$\pi$），了解不溶性单分子膜的各种状态。
4. 作出 $\pi$-A 曲线，并求分子截面积。
5. 掌握 LB 膜转移方法。
6. 了解 AFM 在科学研究中的应用领域、作用原理及操作方法。

## 三、实验原理

### 1. 不溶性单分子膜

不溶或难溶于水的两亲有机物（具有亲水性和亲油性）溶于有机溶剂中后，将此有机溶液滴加于干净的水面上，待有机溶剂完全挥发后，两亲有机物可在水面上自动铺展而形成单分子膜。由于不溶性分子可在水面上自由运动，对浮片碰撞而产生的二维压力，作用于单位长度上的力即为表面压，以 $\pi$ 表示。在干净的水面上滴加一滴不溶物，有机溶剂不断地挥发，同时不溶物将向四周扩散，直到均匀为止。在扩散过程中，如果在水面上有非常薄且长度为 $l$ 的浮片，由于不溶物在水面上的运动，对单位长度的浮片施加的推动力 $\pi$，使其移动的距离为 $\mathrm{d}x$，因此对浮片所做的功为 $\pi l \mathrm{d}x$。浮片移动 $\mathrm{d}x$ 后，不溶物的膜面积增加为 $l\mathrm{d}x$，所以系统的 Gibbs 能减少了 $(\sigma_0-\sigma)\,l\mathrm{d}x$，即体系所做的功。

$$\pi l\mathrm{d}x = (\sigma_0 - \sigma)l\mathrm{d}x \tag{1}$$

$$\pi = \sigma_0 - \sigma \tag{2}$$

这就是膜天平的工作原理。上式中，$\sigma_0$ 为纯水的表面张力，$\sigma$ 为加入不溶物后的表面张力。

在水面上铺展有一定量的不溶物后，改变水表面的面积（即压缩或扩展水表面，可改变膜中每个分子所占的面积）可使得 $\pi$ 也发生相应的变化。在分子面积发生变化的过程中同时测得表面压的改变即可得到不溶物的 $\pi$-A 关系曲线。典型的 $\pi$-A 关系曲线如图1所示。

与三维空间的固、液和气态类似，二维不溶性单分子膜也是以不同的物理状态存在。单分子膜大致包括气态膜、液态扩展膜、凝聚态膜及转变膜。

当每个不溶物分子占据的面积很大时，其 $\pi$ 很小。此时不溶物分子具有二维气态的性质，其 $\pi$-A 关系可用 $\pi A = kT$ 关系表示，此种状态的膜称为气态膜。图1中水平

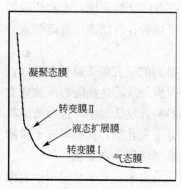

图1 典型的 $\pi$-A 曲线示意图

段（转变膜 I 段）表示随着分子面积 $A$ 的减小，其 $\pi$ 几乎不变，是一个两相区：代表气、液两相平衡的状态。它即是气液平衡转变膜。当分子面积降低到一定值时，$\pi$ 随 $A$ 的降低而增加，如图中的液态扩展膜段。这种膜本质上是液态，但压缩系数比正常的液体大得多，因此将其称为液态扩展膜。如将液态扩展膜继续压缩，其可逐渐转变为凝聚膜，如图中的

转变膜Ⅱ段（它的性质与水平段不同，因此将它们用转变膜Ⅰ和转变膜Ⅱ区别开来）。这种转变不是瞬间即可完成的，而是有一个中间过渡态，这就是转变膜；继续压缩转变膜，$\pi$-$A$ 关系逐渐变为直线，这种膜的压缩系数很小，就像凝聚态那样，故称之为凝聚态膜。此时，两亲分子近似直立于水面而紧密排列。另外，需要指出的是，有的文献将凝聚态膜分为液态凝聚膜和固态膜。

将直线部分外延至 $\pi=0$ 处，即可求得每个不溶物分子在水面上的截面积。需要说明的是，图 1 中的坐标并不成比例，目的是把所有的特征都包含进去。实验证明，并非任何不溶物都可以得出图 1 中所示的所有状态。二维单分子膜的 $\pi$-$A$ 关系曲线的类型是由不溶物分子结构决定的，同时还受温度、极性基团的离子化、温度、面积的变化速率以及基质的 pH 等因素的影响。

如果已知不溶性单分子膜所占的总面积和它的物质的量，即可方便地计算出每个分子的截面积，计算公式如下：

$$A = \frac{A_0}{nL} \tag{3}$$

式中，$A_0$ 为单分子膜的总面积；$n$ 为不溶物的物质的量，$L$ 为阿伏伽德罗(Avogadro)常数。

2. 原子力显微镜基本原理

所谓原子力显微镜（AFM）就是利用原子间的作用力来达到观察目的的显微镜。AFM 的基本原理与扫描隧道显微镜 STM 类似，在 AFM 中，利用对力敏感的易弯曲的悬臂上的针尖对样品表面作扫描。针尖与样品表面的相互作用力使得悬臂产生微小的弯曲，检测这种弯曲的信号并用作反馈，运用计算机通过电子控制系统的处理转化为图像信息。通过保持的恒定，可以获得恒定力状态下样品的形貌图像（图 2）。

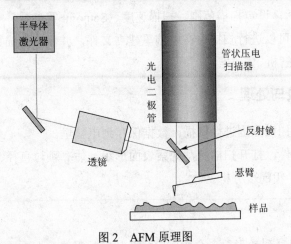

图 2　AFM 原理图

按照针尖和样品的作用力不同，AFM 可以分为轻敲模式、接触模式和非接触模式。本实验是在大气中使用轻敲模式来完成的。

## 四、仪器与试剂

1. 仪器

Nima612D 型 LB 拉膜仪、100 mL 容量瓶、50μL 微量注射器、AJ-Ⅲ 型原子力显微镜

（AFM）、电子天平等。

2．试剂

氯仿、聚乳酸（PLA）、二次重蒸水等。

## 五、实验步骤

1．配制 PLA 的有机溶液（约 0.5mmol/L PLA 的氯仿溶液）时。称量要十分小心，且操作速度要快，以防止氯仿挥发。

2．了解 Nima612D 型 LB 拉膜仪的操作方法。

3．向 LB 槽中注满二次重蒸水，水面稍高于槽边且不溢出；每次测量注水高度要一致。由于影响 $\pi$-$A$ 曲线的因素很多，其中温度对其影响较大，因此实验需保证下相温度恒定。

4．在压膜过程中，实验环境对表面张力有一定的影响，因此在实验前要考查环境对水面的影响。首先测定干净水表面的表面张力随压缩比的变化，并保存结果。

5．用微量注射器向液面逐滴加入氯仿溶液，待氯仿完全挥发后，测量表面张力并压缩表面，保存结果。

6．用竖直提拉的方法在云母基片上转移 LB 膜。然后用 AFM 表征其表面形貌。

7．启动电脑，打开激光电源，点开软件。调节镭射光点至探针的头部。调低样品台，轻轻地抬起扫描头部，把样品放上去。

8．打开共振峰，慢慢地下调针尖，直到共振峰的形状发生变化时停止，然后进行自动进针。进针完成后，设定扫描范围、扫描速度、Setpoint 等参数。

9．设定完毕就可以进行扫描，在电脑里建立文件，并保存扫描数据图。利用解析软件进行 off-line 图像解析。

## 六、数据记录与处理

1．选择适当的扫描范围进行扫描，数据保存到电脑里。

2．点击解析软件，打开扫描图，观察表面形貌，估算颗粒直径、水平距离等，并且进行立体效果处理、粗糙度分析。

## 七、思考题

从 AFM 图上观察到的形貌来分析实际样品的颗粒形状和大小。讨论膜制备条件和过程对颗粒形貌的影响。

## 八、进一步调查讨论

通过查找文献资料，进一步学习 AFM 和扫描电子显微镜 SEM 的工作原理，讨论 AFM 与 SEM 在原理及其功能上的区别和优缺点。

**[参考文献]**

1. A W Adamson, A P Gast, Physical Chemistry of surfaces. 6th. New York：John Wiley & Sons, 1997.
2. G L J Gaines, Insoluble Monolayers at Liquid-Gas Interfaces, New York：Wiley-Interscience, 1966.
3. J H Clint. Surfactant aggregation：New York：Blackie & Son Ltd, 1992.
4. S Ni, W Yin, Ferguson-McPherson M K, et al. Langmuir, 2006, 22：5969.

（陈启斌编写）

# SiO₂微球的合成及其原子力显微镜 AFM 表征

## 一、实验背景

纳米材料和技术被称为是 21 世纪"最有前途的材料"和"决定性的技术"。当物质到纳米尺度以后，物质的性能就会发生突变，出现特殊性能，这种特殊性能构成的材料，即为纳米材料。比如，一个导电、导热的铜、银导体做成纳米尺度以后，它就失去原来的性质，表现出既不导电、也不导热。信息、生物技术、能源、环境、先进制造技术和国防的高速发展都将对材料提出新的需求，元件的小型化、智能化、高集成、高密度存储和超快传输等对材料的尺寸要求越来越小；航空航天、新型军事装备及先进制造技术等对材料性能的要求越来越高。

SiO₂ 纳米颗粒为无定型的白色粉末，是一种无毒、无味、无污染的非金属材料。它不仅有较好的生物相容性，制备时容易控制其颗粒的粒径大小和分布，而且由于它特殊的表面性质，可以允许无机金属、有机高分子如具有生物活性、生物相容性的分子在其颗粒表面覆盖、包裹，因而在人工皮肤、组织工程支架等生物材料中使用相当广泛。本实验可以了解关于纳米材料的知识，掌握纳米材料制备和表征的基本方法，以便将来更好更快地适应越来越发展的纳米材料学科。

## 二、实验目的

1. 学习查询文献，了解关于纳米材料的知识，掌握硅胶微球的合成方法。
2. 了解原子力显微镜 AFM 和动态光散射仪的工作原理，学习样品的准备和仪器的操作，用于微球的表征，进行表面形貌的观察。

## 三、实验原理

1. 合成 SiO₂ 微球颗粒原理

（1）Stober 法

Stober 法是在酯-醇-水-碱体系中形成 SiO₂ 微球。正硅酸乙酯水解形成单硅酸和醇，然后硅酸之间或者硅酸和正硅酸乙酯之间发生缩合反应，生成 Si-O-Si 键。其中，氨不仅是正硅酸乙酯水解的催化剂，还是 SiO₂ 颗粒的形貌调控剂。反应式如下：

$$Si(OC_2H_5)_4 + H_2O \longrightarrow Si(OH)_4 + C_2H_5OH \tag{1}$$

$$\text{HO}-\underset{\underset{\text{OH}}{|}}{\overset{\overset{\text{OH}}{|}}{\text{Si}}}-\text{OH} + \text{HO}-\underset{\underset{\text{OH}}{|}}{\overset{\overset{\text{OH}}{|}}{\text{Si}}}-\text{OH} \longrightarrow \text{HO}-\underset{\underset{\text{OH}}{|}}{\overset{\overset{\text{OH}}{|}}{\text{Si}}}-\text{O}-\underset{\underset{\text{OH}}{|}}{\overset{\overset{\text{OH}}{|}}{\text{Si}}}-\text{OH} + \text{H}_2\text{O} \qquad (2)$$

$$\text{HO}-\underset{\underset{\text{OH}}{|}}{\overset{\overset{\text{OH}}{|}}{\text{Si}}}-\text{OH} + \text{C}_2\text{H}_5\text{O}-\underset{\underset{\text{OC}_2\text{H}_5}{|}}{\overset{\overset{\text{OC}_2\text{H}_5}{|}}{\text{Si}}}-\text{OC}_2\text{H}_5 \longrightarrow \text{HO}-\underset{\underset{\text{OH}}{|}}{\overset{\overset{\text{OH}}{|}}{\text{Si}}}-\text{O}-\underset{\underset{\text{OH}}{|}}{\overset{\overset{\text{OH}}{|}}{\text{Si}}}-\text{OH} + \text{C}_2\text{H}_5\text{OH} \qquad (3)$$

$$n(\text{Si}-\text{O}-\text{Si}) \longrightarrow (-\text{Si}-\text{O}-\text{Si}-)_n \qquad (4)$$

（2）改进的 Stober 法

在 Stober 法反应体系中加入透明质酸 HA。HA 在乙醇中形成溶胶聚集体，然后以此聚集体为核心，氧化硅包裹在外面形成颗粒。

2．AFM 基本原理

见本书实验二十九。

## 四、仪器与试剂

1．仪器

AJ-Ⅲ 型原子力显微镜及原子力显微镜探针、Nano-zs 型动态光散射仪、电子天平、匀胶机、离心机、磁力搅拌器机、恒温水浴槽等。

2．试剂

正硅酸乙酯（TEOS, 27%）A. R.级、无水乙醇 99.5%、25%氢氧化铵等。

## 五、实验步骤

1．Stober 法合成 SiO₂ 微球

将 1.5mL TEOS 溶解于 10 mL 无水乙醇得到 A 液，再将 3 mL 浓氨水溶解于 15mL 无水乙醇得到 B 液，在 40℃恒温和搅拌条件下，将 A 液缓慢滴加到 B 液中（约 10 分钟滴完）；滴加完毕后继续搅拌反应 22h，此为合成后的初始液体。然后将该液体离心洗涤（15 分钟），最后得到的沉淀加无水乙醇分散保存。将上述制得的 SiO₂ 颗粒用无水乙醇配成胶体溶液，并制成膜用 AFM 扫描。

2．改进的 Stober 法制备 SiO₂-HA 纳米颗粒

将 0.04g HA 溶解在 1.5mL 氢氧化铵（25%）中，然后与 30mL 的无水乙醇混合在 50mL 的锥形瓶中，磁力搅拌；加入 0.75 mL TEOS，每过 2 h 添加一次，在 10 h 内加完；4 h 后获得白色胶状物的纳米硅。将上述制得的 HA-SiO₂ 颗粒用无水乙醇配制胶体溶液，并制成膜用 AFM 扫描。

3．制膜方法

将反应制得的胶体溶液或分离后液体滴加在云母片上，再把利用匀胶机获得的样品存放于干燥皿中，4～5 小时后进行 AFM 扫描。

4．原子力显微镜扫描

（1）将初合成的悬浊液体直接制膜扫描；

（2）将初合成的悬浊液体离心分离后，取沉淀物制膜扫描。

5．SiO$_2$ 微球粒径测量

将离心分离后的沉淀物再次分散到蒸馏水中，控制浓度在 5%～10%左右，利用动态光散射仪，测量 SiO$_2$ 微球粒径。

## 六、数据记录与处理

1．选择适当的扫描范围进行扫描，数据保存到电脑里。

2．点击解析软件，打开扫描图，观察表面形貌，估算颗粒直径，水平距离等，并进行立体效果处理，粗糙度分析。

3．测量 SiO$_2$ 微球的粒径，与利用 AFM 在界面上获得的粒径数据作比较。

# 附：实验结果

1．AFM 结果（附图 1～附图 4）

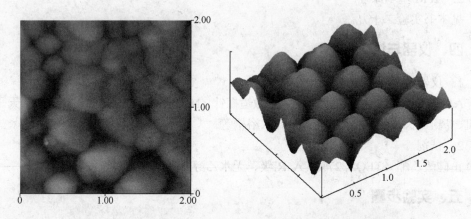

附图 1　Stober 法制备 SiO$_2$ 的 AFM 平面图和 AFM 立体平面图

附图 1 为 stober 法制备 SiO$_2$ 初合成的悬浊液体直接制模扫描的
AFM 平面图和立体图，颗粒直径为 200～500nm，大小不均一。

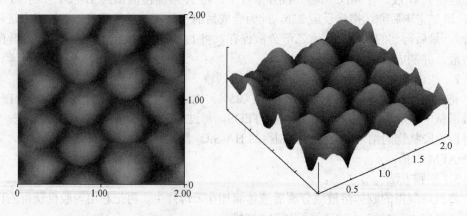

附图 2　Stober 法制备 SiO$_2$ 的沉淀物 AFM 平面图和 AFM 立体平面图

附图 2 为 stober 法制备 SiO$_2$ 的悬浊液离心分离后沉淀物的 AFM
平面图和立体图，可以看到比较均一的颗粒，约 450～500nm 左右。

附图 3  Stober 法制备 SiO₂ 的上清液制得膜的 AFM 平面图

获得了较均一的小颗粒，直径约为 200～300nm

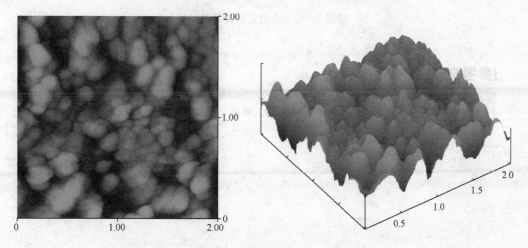

附图 4  加入 HA 制备 SiO₂ 的 AFM 平面图和 AFM 立体图

附图 4 为加入 HA 制备 SiO₂ 颗粒的 AFM 平面图，可以看到以 HA 为核心
聚集成的 SiO₂ 颗粒，形状和大小都发生了变化，未得到形状单一的颗粒，
但是颗粒的直径大为减小，约 80～100nm，可称为纳米级颗粒。

## 2. 粒径结果（附图 5）

以上所制得样品离心分离后，取沉淀物用水稀释分散，利用动态光散射仪测量 SiO₂
微球粒径，附图 5 为加入 HA 后得到的 SiO₂ 颗粒的粒径结果，其粒径平均值为 467 nm，
结果重现性极好。该粒径结果与附图 4 结果相符合。

## 七、思考题

简述纳米材料的种类和应用。

**Results**

| | | | Diam/nm | Volume % | Width/nm |
|---|---|---|---|---|---|
| Z-Average (d.nm): | 467 | Peak 1: | 515 | 100.0 | 121 |
| PdI: | 0.013 | Peak 2: | 0.00 | 0.0 | 0.00 |
| Intercept: | 0.966 | Peak 3: | 0.00 | 0.0 | 0.00 |

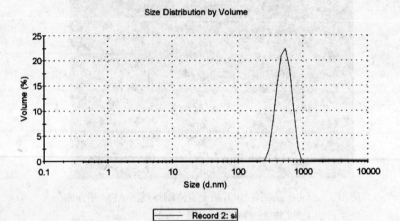

附图5　动态光散射仪测量的粒径

## [参考文献]

1. 方俊，王秀峰，程冰等. 无机盐工业，2007，39（3）：37.
2. Y Wan, S H Yu. J Phys Chem：C，2008，112：3641.

（徐首红编写）

# 相对介电常数和分子电偶极矩的测定

## 一、实验背景

分子电偶极矩对于研究分子的对称性、几何异构体的空间结构等物质微观结构具有重要意义。通常根据实验测得的电偶极矩推断分子构型。例如实验测得 $CO_2$ 的电偶极矩为零，为非极性分子，可以断言 $CO_2$ 分子中的正负电荷中心重合，由此推断 $CO_2$ 分子为直线形。

本实验利用物质的重要宏观特性——相对介电常数 $\varepsilon$ 和作为物质光学性质的折射率 $n$ 之间的关系 $\varepsilon_r = n^2$，通过测量物质相对介电常数、折射率和密度，近似推算分子电偶极矩。

## 二、实验目的

用溶液法测定乙酸乙酯的相对介电常数、密度和折射率，并由此计算其电偶极矩，掌握测定液体电容的基本原理和技术。

## 三、实验原理

1. 分子的电偶极矩与摩尔极化度的关系

分子中正、负电荷中心有重合和不重合两种情况，前者称为非极性分子，后者称为极性分子。可以用电偶极矩 $\mu$ 表示分子极性的大小，其定义为

$$\mu = q \cdot r \tag{1}$$

式中，$q$ 为正、负电荷中心所带电量；$r$ 为正、负电荷中心间的距离。在 SI 单位制中，电偶极矩的单位为 $C \cdot m$（库·米）。过去常以 D(德拜)作为电偶极矩单位。两者关系是：$1D = 3.3356 \times 10^{-30} C \cdot m$。

当外电场不存在时，无论分子是否有极性，对于大量分子的体系，由于分子的热运动，分子的平均电偶极矩总为零。

电场作用下，无论分子是否有极性，都可被电场极化。一般极化分为电子极化、原子极化和定向极化三种。极化的程度可用摩尔极化度 $P$ 表示。

在静电场或低频交变电场中，摩尔极化度即为这三者之和：

$$P_{低频} = P_{电子} + P_{原子} + P_{定向} \tag{2}$$

由于 $P_{原子}$ 的值约只为 $P_{电子}$ 的 5%~10%，与总摩尔极化度相比较，$P_{原子}$ 只占很小一部分，在做粗略测定时可以忽略不计，故 $P_{低频} \approx P_{电子} + P_{定向}$。

在高频交变电场中，由于极性分子的转向运动和原子的极化均跟不上电场频率的变化，$P_{定向} = 0$，所以 $P_{高频} = P_{电子}$。由此可得：

$$P_{低频} - P_{高频} \approx P_{定向} \tag{3}$$

由玻尔兹曼分布可以证明：

$$P_{定向} = \frac{1}{4\pi\varepsilon_0} \cdot \frac{4}{3}\pi L \frac{r^2}{3kT} = \frac{1}{9} L \frac{\mu^2}{\varepsilon_0 kT} \tag{4}$$

式中，$\varepsilon_0$ 为真空介电常数 $(8.854 \times 10^{-12}\,\text{F} \cdot \text{m}^{-1})$；$L$ 为阿伏加德罗常数$(6.022 \times 10^{23}\,\text{mol}^{-1})$；$\mu$ 为分子的永久电偶极矩；$k$ 为玻尔兹曼常数$(1.3806 \times 10^{-23}\,\text{J} \cdot \text{K}^{-1})$；$T$ 为热力学温度。

2. 低频与高频交变电场下摩尔极化度的测定

根据克劳修斯-莫索第-德拜(Clausius-Mosotti-Debye)方程，对分子间没有相互作用的体系，可得到物质的摩尔极化度与相对介电常数的关系为：

$$P_{低频} = \frac{\varepsilon_r - 1}{\varepsilon_r + 2} \cdot \frac{M}{\rho} \tag{5}$$

式中，$\varepsilon_r$ 为相对介电常数；$M$ 为摩尔质量；$\rho$ 为密度。

在实验测定中，为避免在气态下进行实验的困难，常以非极性液体为溶剂的无限稀溶液中极性溶质的摩尔极化度 $P_B^\infty$ 表示式(5)中的 $P_{低频}$。此时，溶液的相对介电常数 $\varepsilon_r$、密度 $\rho$ 与溶质摩尔分数 $x_B$ 的关系可近似地用直线方程表达：

$$\varepsilon_r = \varepsilon_{r,A}\left(1 + k_1 x_B\right) \tag{6}$$

$$\rho = \rho_A\left(1 + k_2 x_B\right) \tag{7}$$

再考虑到在稀溶液中有关物理量的加和性，可导得

$$P_{低频}\ P_B^\infty = \lim_{x_B \to 0} P_B = \frac{3k_1\varepsilon_{r,A}}{(\varepsilon_{r,A}+2)^2} \cdot \frac{M_A}{\rho_A} + \frac{\varepsilon_{r,A}-1}{\varepsilon_{r,A}+2} \cdot \frac{M_B - k_2 M_A}{\rho_A} \tag{8}$$

式中，$\varepsilon_{r,A}$、$\rho_A$、$M_A$ 分别为溶剂的介电常数、密度和摩尔质量；$M_B$ 为溶质的摩尔质量；$k_1$ 和 $k_2$ 是与系统有关的常数。

根据光的电磁理论可以证明，在同一频率的高频交变电场下，各向同性的透明物质的相对介电常数 $\varepsilon_r$ 与折射率 $n$ 有如下的关系：$\varepsilon_r = n^2$。前已述及，高频区的摩尔极化度即为电子的极化度。用摩尔折射度 $R_B$ 表示 $P_{高频}$，根据式(5)可得

$$P_{高频} = R_B = \frac{n^2 - 1}{n^2 + 2} \cdot \frac{M}{\rho} \tag{9}$$

利用在稀溶液中 $n$ 与 $x_B$ 之间的直线关系，即

$$n = n_A\left(1 + k_3 x_B\right) \tag{10}$$

可得

$$P_{高频} = R_B^\infty = \lim_{x_B \to 0} R_B = \frac{n_A^2 - 1}{n_A^2 + 2} \cdot \frac{M_B - k_2 M_A}{\rho_A} + \frac{6 n_A^2 M_A k_3}{(n_A^2 + 2)^2 \rho_A} \tag{11}$$

上述三式中，$R_B^\infty$ 为无限稀溶液中溶质的摩尔折射度；$n_A$ 为溶剂的折射率；$k_3$ 为与系统有关的常数。

3. 电偶极矩的计算

由式(3)、式(4)、式(8)、式(11)可得

$$P_{定向} = P_B^\infty - R_B^\infty = \frac{1}{9}L\frac{\mu^2}{\varepsilon_0 kT} \tag{12}$$

所以

$$\mu = \sqrt{\frac{9\varepsilon_0 kT}{L}(P_B^\infty - R_B^\infty)\ T}$$

即

$$\mu = 42.7 \times 10^{-30}\sqrt{(P_B^\infty - R_B^\infty)T} \tag{13}$$

上式根号内的极化度 $P_B^\infty$、$R_B^\infty$ 与温度 $T$ 分别为以 $m^3 \cdot mol^{-1}$ 和 K 为单位的纯数。

由此可见，只要通过相对介电常数、密度、折射率等物质宏观性质的测定即可求得微观性质摩尔极化度 $P_B^\infty$ 和摩尔折射度 $R_B^\infty$ 以及分子的电偶极矩 $\mu$。

4．相对介电常数的测定

物质的相对介电常数 $\varepsilon_r$ 定义为同一电容器中用该物质为电介质时的电容 C 和其中为真空时的电容 $C_0$ 的比值：

$$\varepsilon_r = C/C_0 \tag{14}$$

当我们用电容仪测定该物质的电容时，实际上还包括仪器线路的分布电容 $C_d$。为此需用已知相对介电常数 $\varepsilon_{r,标}$ 的标准物质来测定 $C_d$。

当电容池充以标准物质时测得的电容 $C_{标}'$，应为其真实电容 $C_{标}$ 与分布电容 $C_d$ 之和：

$$C_{标}' = C_{标} + C_d \tag{15}$$

同理，测得电容池中不放样品时空气的电容 $C_{空}'$ 应为

$$C_{空}' = C_{空} + C_d \tag{16}$$

将上两式相减，可得

$$C_{标}' - C_{空}' = C_{标} - C_{空} \tag{17}$$

由于 $C_{空} \approx C_0$，由式(14)得

$$\varepsilon_{r,标} = \frac{C_{标}}{C_{空}} \tag{18}$$

联立此两式，可解得

$$C_{空} = \frac{C_{标}' - C_{空}'}{\varepsilon_{r,标} - 1} \tag{19}$$

代入式(16)，即可求得 $C_d$。然后将待测溶液充入电容池，测得电容 $C'$，则其真实电容 $C = C' - C_d$。据此求得待测溶液的相对介电常数 $\varepsilon_r = \dfrac{C' - C_d}{C_{空}}$。

5．溶液密度的测定

本实验采用单 U 形振动管式液体密度计测量溶液密度。其主要结构示意图见图 1。

单 U 形振动管由石英玻璃制成，通过胶粘剂固定在槽体支座孔内，拾振器由紧贴在单 U 形振动管根部的 4 片应变片组成，激振器则由贴在 U 形管弯曲处的导磁片和固定在传感器槽体支座上的电磁线圈组成。振动管的位移振动信号由拾振器拾取，经信号处理电路放大处理后，再送到激振器的电磁线圈，维持振动管稳定的持续振动。测量时，系统的激振信号来自振动管，经过一系列处理后再对振动管进行驱动。

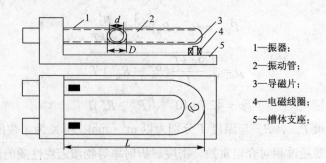

1—振器；
2—振动管；
3—导磁片；
4—电磁线圈；
5—槽体支座；

图 1　单 U 形振动管式液体密度计主要结构示意图

当振动管内有被测液体时，被测液体将随着振动管一起振动，使振动系统的总质量发生变化，从而改变了系统的固有振动频率，经适当校准，被测液体密度 $\rho$ 与自激振动频率 $f$ 之间将有确定的对应关系，即：

$$\rho = k_0 + k_1 \frac{1}{f} + k_2 \left(\frac{1}{f}\right)^2 \tag{20}$$

式中，$k_0$、$k_1$、$k_2$ 为密度传感器常数

因此，通过测定振动管的自激振动频率，即可确定待测液体的密度值。

## 四、试剂与仪器

### 1. 仪器

阿贝折射仪、PCM-1A 型精密电容测量仪、DMA4500 单 U 型振动管式液体密度计、电吹风、干燥器、电容池、25mL 容量瓶等。

### 2. 试剂

乙酸乙酯 $CH_3COOC_2H_5$ (A.R.)、环己烷 $C_6H_{12}$ (A.R.) 等。

## 五、实验步骤

### 1. 溶液的配制

用称重法配制 $CH_3COOC_2H_5$ 的摩尔分数分别为 0.04，0.08，0.12、0.16 左右的 $CH_3COOC_2H_5$-$C_6H_{12}$ 溶液各 20mL，分别放入四个容量瓶中。为了防止溶液挥发以及吸收水蒸气而改变组成，溶液配好后迅速盖上瓶塞，并放在干燥器中备用。

### 2. 折射率的测定

用阿贝折射仪测定 25℃下溶剂环己烷 $C_6H_{12}$ 及各溶液的折射率，每个样品重复测定 3 次，取其平均值。

### 3. 相对介电常数的测定

本实验采用 PCM-1A 型精密电容测量仪测定介电常数,以 $C_6H_{12}$ 为标准物质,其相对介电常数与温度的关系如下：

$$\varepsilon_{r,环} = 2.052 - 1.55 \times 10^{-3} t / ℃ \tag{21}$$

精密电容测量仪用超级恒温槽控温在 25℃下测定 $C'_环$（即 $C'_标$）和 $C'_空$。然后测定溶液电容。每次测得 $C'$ 后需复测 $C'_空$。每次溶液测定数据相差应小于 0.01 pF。

4．溶液密度的测定

① 打开 DMA4500 密度计电源，经自动测试及启动程序（约 2 min）后，液晶测量视窗依次显示日期与时间、密度值、比重值、测量槽温度及测量状态。

② 用注射器汲取约 1.5mL 样品，卸下针头，从加样口将样品缓缓推入到密度计测量槽中，直到液滴由另一端喷管排出。通过观察窗口仔细观察测量槽。注意：其中绝对不能有气泡，样品应完全充满测量槽，否则应重新加样。

③ 按测量窗口中"Start"所对应软键▲，密度计开始自动测量。听到提示音乐时，测量结束，样品密度以及比重值会在测量视窗不停闪烁，记录密度数值以及单位，按测量窗口中"Esc"所对应软键▲退出。

④ 用溶剂专用注射器分次取共约 10mL 溶剂从加样口加入测量槽进行清洗，然后在加样口插上吹气管，按"Pump"键开启泵吹风干燥，约 10 min 干燥完毕，即可进行下一样品的测量。

## 六、数据处理

1．将各实验测定值列表。

2．计算各溶液中 $CH_3COOC_2H_5$ 的摩尔分数。

3．计算 $C_6H_{12}$ 及各溶液的密度 $\rho$，作 $\rho$-$x_B$ 图，由直线斜率根据式(7)求得 $k_2$ 值。

4．作 $n$-$x_B$ 图，由直线斜率根据式(10)求得 $k_3$ 值。

5．由 $C'_环$、$C'_空$ 和 $\varepsilon_环$，根据式(19)和式(16)算出 $C_0$ 和 $C_d$。

6．由各溶液的电容测定值 $C'$，算出各溶液的电容 $C$，根据式(14)求得各溶液的相对介电常数 $\varepsilon_r$。

7．作 $\varepsilon$-$x_B$ 图，由直线斜率根据式(6)求得 $k_1$ 值。

8．据式(8)算出 $P_B^\infty$。

9．据式(11)算出 $R_B^\infty$。

10．据式(13)算出乙酸乙酯分子的永久电偶极矩 $\mu$。

## 七、思考题

1．何谓分子摩尔极化度？它与分子电偶极矩之间存在什么关系？如何由极化度求算分子的电偶极矩？

2．测定电容时，为什么要先测已知相对介电常数的标准物质的电容？

3．本实验测定的折射率、密度与相对介电常数中，何者引起实验结果的误差最大？如何改进？

4．为何本实验配制的溶液的摩尔分数 $x_B$ 要小于 0.2？

## 八、实验注意事项

1．水是强极性物质，它的电偶极矩相当大（约 1.84D）。若被测溶液中含有微量的水，将对实验结果产生相当大的影响。为此，应将试剂预先脱水处理，并注意干燥保存。溶液配制过程中，应尽量防止溶质和溶剂吸收水蒸气，溶液配好后必须迅速盖上瓶塞，并放在干燥器中。

2. 为了尽量满足溶液无限稀的条件，所配溶液的 $x_B$ 一般应小于 0.2。

3. 密度计使用前必须用以知密度的标准溶液标定，使用完毕一定要用专用溶剂反复清洗后吹干。

## 【参考文献】

1. 金丽萍，邬时清，陈大勇. 物理化学实验. 上海：华东理工大学出版社, 2005.
2. 徐光宪，黄祥云. 物质结构. 第2版. 北京：高等教育出版社, 1987.
3. 赵林治，杨书亭. 结构化学实习实验指导. 开封：河南大学出版社, 1992.
4. 项一非，李树家. 中级物理化学实验. 北京：高等教育出版社, 1998.
5. 孙承谔. 偶极矩的测量. 化学通报. 1957，（5）.
6. 复旦大学蔡显鄂等. 物理化学实验. 第2版. 北京：高等教育出版社, 1993.

（金丽萍编写）

# 极化曲线法研究金属铁的电化学腐蚀行为

## 一、实验背景

金属腐蚀现象在日常生活中随处可见。例如自来水管、自行车产生的红锈，钢结构建筑物的腐蚀损坏等。金属被腐蚀后严重影响使用性能，其危害性不仅仅是金属本身的损失，更严重的是金属结构的破坏。例如汽车、飞船及高档精密仪器其制造费用远远高于金属本身的价值。据估计全世界每年因腐蚀而不能使用的金属制品相当于金属年产量的 1/4 到 1/3。如能充分利用腐蚀与防腐蚀知识加以保护，可大大减少由于金属腐蚀所造成的重大经济损失。

本实验采用极化曲线外推法研究最常用的金属——铁在模拟酸雨、各种水环境、NaCl溶液及各类酸中的电化学腐蚀行为，获取铁在各种实验条件下的自腐蚀电位、自腐蚀电流及自腐蚀速度等方面的信息，借此了解金属在某一介质中的稳定性，评价金属的耐腐蚀能力以及各种防护手段的保护效率，初步探索金属铁的电化学腐蚀机理。

## 二、实验目的

1. 学会应用动电位扫描技术测量金属极化曲线，了解极化曲线的物理意义，加深对金属极化过程的认识与理解。

2. 掌握用 origin 绘图软件获得 Tafel 方程和 Tafel 直线的方法，进而测求自腐蚀电流 $I_{corr}$、腐蚀电位 $E_{corr}$ 及自腐蚀速率。

3. 比较金属在各类介质中的耐腐蚀能力，考察水环境对金属自腐蚀能力的影响，探索金属的电化学腐蚀机理。

## 三、基本原理

金属表面由于外界介质的化学或电化学作用而造成的变质或损坏的现象或过程称之为腐蚀，是日常生活中极为普遍的现象。依据其腐蚀机理分为两类——化学腐蚀和电化学腐蚀。介质中被还原物质的粒子在与金属表面碰撞时取得金属原子的价电子而被还原，与失去电子的被氧化金属"就地"形成腐蚀产物覆盖在金属表面的过程称为化学腐蚀。当金属（或合金）与电解质溶液接触，在金属/电解质界面发生阳极溶解过程（氧化）和阴极还原过程。由于电解质起离子导体作用，金属本身又是电子导体，由此构成一个自发电池，导致金属阳极不断溶解的过程称为电化学腐蚀。电化学腐蚀是最常见的腐蚀，金属腐蚀中的绝大部分均属于电化学腐蚀。如在自然条件下（如海水、土壤、地下水、潮湿大气、酸雨等）对金属的腐蚀通常是电化学腐蚀。

金属的电化学腐蚀速率与金属本身的化学性质有关，同时也受制于电解质溶液的性质，例如电解质溶液的导电能力、介质酸度、电解质中阴离子的特性等。另外，腐蚀产物在金属表面的附着状态有时也是一个不可忽视的因素。

在电化学腐蚀过程中，氧化与还原反应是同时又分别进行，这种情况类似于将化学能转变为电能的原电池。在此过程中，金属本身起着将原电池的正负极短路的作用。因此，一个电化学腐蚀体系，可以看作是一个短路的原电池，其阳极反应使金属材料被腐蚀，同时由于金属所起的短路作用体系不能输出电能，所进行氧化还原反应的化学能全部以热能的形式失散。这种导致金属材料损坏的短路原电池称为腐蚀电池。

例如，Fe 在酸性溶液中会不断溶解，同时产生 $H_2$。

$$Fe-2e^- \longrightarrow Fe^{2+}$$

$$2H^+ + 2e^- \longrightarrow H_2$$

Fe 电极与 $H_2$ 电极及电解质溶液构成了腐蚀电池。其腐蚀反应为：

$$Fe + 2H^+ \longrightarrow Fe^{2+} + H_2$$

当电极不与外电路接通时，其阳极反应速率与阴极反应速率相等，此时 Fe 溶解的阳极电流 $I_{Fe}$ 与 $H_2$ 的析出阴极电流 $I_H$ 在数值上大小相等方向相反，其净电流相等。即：

$$I_{净} = I_{Fe} + I_H = 0$$

令

$$I_{corr} = I_{Fe} = -I_H$$

$I_{corr}$ 值的大小反映了 Fe 在酸性溶液中的腐蚀速率，所以称为自腐蚀电流。其对应的电位称为自腐蚀电位 $E_{corr}$。

在这里 $E_{corr}$ 不是平衡电位。虽然阳极反应所放出的电子全部被阴极还原所消耗，在电极与溶液界面上无净电荷存在，电荷是平衡的。但电极反应不断向一个方向进行，$I_{corr} \neq 0$，电极处于极化状态，腐蚀产物不断生成，这种状态称为稳态极化，同时它又是热力学的不稳定态。

本实验应用 CHI660B 电化学工作站，采用动电位扫描技术测量金属极化曲线，进而测求自腐蚀电流 $I_{corr}$、腐蚀电位 $E_{corr}$ 及自腐蚀速率。

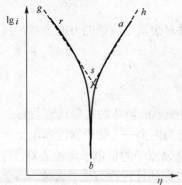

图 1　金属在酸性溶液中的极化曲线进而计算自腐蚀速率 $v$。

图 1 为金属在酸性溶液中的极化曲线，图中 $rb$ 为阴极极化曲线，当对电极阴极进行极化时，阳极反应被抑制，此时阴极反应加速，电化学过程以 $H_2$ 析出为主。当对电极的阳极进行极化时，即得如图 $ab$ 的阳极极化曲线。此时阴极反应被抑制，阳极反应加速，电化学过程以 Fe 溶解为主。在一定的范围内，阳极极化和阴极极化过程以活化极化为主，因此，电极的超电势与电流密度之间的关系符合 Tafel 方程，通过 origin 绘图软件，可直接获得 Tafel 方程和 Tafel 直线 $hs$ 和 $gs$，由直线的交点对应的纵坐标求得自腐蚀电流密度，自腐蚀电位，

$$v = 3600 M i_{corr}/nF \tag{1}$$

式中，$i_{corr}$ 为腐蚀电流密度，$A \cdot m^{-2}$；$M$ 为被腐蚀金属摩尔质量，$g \cdot mol^{-1}$；$F$ 为法拉第常数，$C \cdot mol^{-1}$；$n$ 为 1 摩尔金属腐蚀失去的电子数；$v$ 为自腐蚀速率，$g \cdot m^{-2} \cdot h^{-1}$。

金属极化曲线的测定装置见图 2。

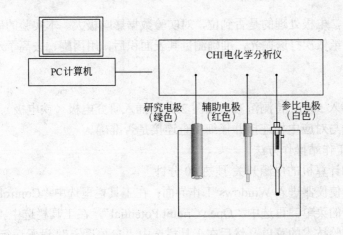

图 2　金属极化曲线测定装置

## 四、仪器与试剂

1. 仪器

CHI660B 电化学工作站（上海辰华仪器公司）、计算机、pHS-3C 型精密 pH 计、复合电极、DDS-307 型电导率仪、电导电极、饱和硫酸亚汞电极、铂电极、磁力搅拌器、移液管（10 mL、20 mL、25 mL）、250 mL 容量瓶等。

2. 试剂

氯化钠（A.R.）、0.05 mol/L 硫酸、0.1 mol/L 硝酸、pH=6.86 的混合磷酸盐缓冲溶液、pH=9.18 的硼砂缓冲溶液、0.01 mol/L 氯化钾标准溶液、自来水、去离子水、学校青春河水等。

## 五、实验步骤

1. 电解质溶液配置

（1）氯化钠溶液

分别配制 3%、5%、20%氯化钠溶液各 250 mL。

（2）模拟酸雨溶液：

采用实验室提供的 0.05 mol/L 硫酸、0.1 mol/L 硝酸分别配制 pH=2、pH=4、pH=6 的模拟酸雨各 250 mL（所取硫酸与硝酸溶液的体积比为 4 : 1）

（3）pH=2、pH=3 的硫酸溶液

采用实验室提供的 0.05 mol/L 硫酸分别配制 pH=2、pH=3 的硫酸溶液 250 mL。

（4）pH=3 的硝酸溶液

采用实验室提供的 0.1 mol/L 硝酸配制 pH=3 的硝酸溶液 250 mL。

2. 各种电解质溶液的 pH 值和电导率测定

分别测定去离子水、自来水、青春河水、pH=2、4、6 模拟酸雨溶液的 pH 值和电导率（测量方法见参考文献 [2]P325～327）。

3. 电极处理

在电化学实验中，电极处理的是否到位，对实验数据影响极大。本实验的研究电极要用粗、中、细三种砂纸依次打磨抛光，准确测量其表面积后，用丙酮、去离子水洗净，擦干备用。

4. 电解池安装

洗净电解池，移入 50mL 待测溶液，按图 2 分别插入研究电极（铁电极）、参比电极和辅助电极，将导线与对应电极连接并仔细检查连接是否准确。

5. CHI 电化学工作站操作方法

（1）打开仪器和计算机的电源开关,预热 10 分钟

（2）通过计算机使仪器进入 Windows 工作界面；在工具栏里选中"Control"，此时屏幕上显示一系列命令的菜单，再选中"Open Cricuit Potential"，在工具栏选中"T"，此时屏幕上显示一系列实验技术的菜单，然后在工具栏选中"参数设定",设置运行时间（run time）为 400 s，点击运行，记录下开路电位值。

（3）选中"Tafel";然后在工具栏选中"参数设定"（在"T"的右边），此时屏幕上显示一系列需设定的对话框：

Init $\quad E$ (V) $\quad = -1.5$

Final $\quad E$ (V) $\quad =0.0$

Sensitivity 设在自动，其它各项可用仪器默认值。

参数设定完毕,点击工具栏中的运行键,此时仪器开始运行，数秒后显示当时的工作状况和电流随电势的变化曲线。

扫描结束后点击工具栏中的"Graphics"，再点击"Graph Option"，在对话框中分别输入电极面积和所用的参比电极及必要的注解,然后在"Graph Option"中点击"Present Data Plot"显示完整结果后存盘。

6. 重复步骤 2、3、4，分别测量

（1）铁电极在不同浓度 NaCl 溶液中的极化曲线。

（2）铁电极在 pH=2、4、6 模拟酸雨溶液中的极化曲线。

（3）铁电极在 pH=6 的模拟酸雨溶液中三次扫描极化曲线。

（4）铁电极在 pH=3 的硫酸和硝酸溶液中的极化曲线。

（5）铁电极在去离子水、自来水、青春河水中的极化曲线。

## 六、数据处理与结果讨论

1. 将数据转入 origin 软件，绘制阴极极化与阳极极化 Tafel 直线，外推到其交点即可获得自腐蚀电流密度和自腐蚀电位，并按式（1）计算自腐蚀速率。

2. 将实验测得的各电解质溶液的电导率、pH、自腐蚀电流密度、自腐蚀电位和自腐蚀速率等数据整理列表，分析研究各测量值之间的关系。

3. 采用电化学工作站自带的图形叠加功能，分别将实验所得各种浓度 NaCl 溶液极

化曲线复制在一张图上，讨论 Cl⁻ 对金属铁腐蚀行为的影响，并分析其原因。

4. 同上方法将 pH=2、4、6 模拟酸雨溶液极化曲线复制在一张图上，研究电解质溶液 pH 对金属铁腐蚀行为的影响。

5. 将 pH=6 模拟酸雨溶液中三次扫描极化曲线复制在一张图上，研究电位扫描次数对 Fe 极化曲线的影响。分析自腐蚀电流密度随扫描次数增加而发生变化的原因。

6. 将 pH=2 和 pH=3 的硫酸溶液、pH=3 的硝酸溶液以及模拟酸雨溶液的极化曲线叠加，比较酸根离子对极化曲线的影响。

7. 把在去离子水、自来水、青春河水、pH=2 的硫酸和模拟酸雨溶液中测得的极化曲线复制在一张图上，分析介质电导率、pH 与金属自腐蚀速率之间的关联性。认识水环境对金属电化学腐蚀的影响。

## 七、思考题

1. 简述三电极系统测量极化曲线的工作原理。
2. 为什么金属铁的自腐蚀速率随电解质溶液电导率的增大而增大？
3. 试比较同一测量系统三次扫描所得极化曲线的差异以及自腐蚀电位随扫描次数的变化规律。

## 八、实验注意事项

1. 在本实验中，研究电极的处理是否到位，对实验数据影响极大。每次测量前必须按要求处理好电极。
2. 实验完毕，必须用去离子水反复淋洗所有电极并擦干后妥善保存。

【参考文献】

1. 胡英主编. 物理化学. 第 4 版. 北京：高等教育出版社，1999.
2. 金丽萍，邬时清，陈大勇. 物理化学实验. 上海：华东理工大学出版社，2005.
3. 张祖训，汪尔康. 电化学原理和方法. 北京：科学出版社，2000.
4. 冯仰捷，邹文樵. 应用物理化学实验. 北京：高等教育出版社，1990.
5. 刘永辉. 电化学测试技术. 北京：北京航空学院出版社，1987.
6. 李荻. 电化学原理. 北京：北京航空航天大学出版社，1999.

（金丽萍编写）

# 洗衣粉中表面活性剂的分析

## 一、实验背景

表面活性剂是一类非常重要的化工产品，它的应用几乎渗透到所有技术经济部门。世界上表面活性剂总产量的约 20％用于洗涤剂工业，它是洗涤剂中的主要活性成分之一，它的种类、含量直接影响洗涤剂的质量和成本。本实验通过洗衣粉中表面活性剂的分析，使学生初步了解表面活性剂的分离、分析方法。

## 二、实验目的

1. 学习液-固萃取法从固体试样中提取表面活性剂。
2. 学习表面活性剂的离子型鉴定方法。
3. 学习用红外光谱法和核磁共振法测定表面活性剂的结构。

## 三、实验原理

1. 表面活性剂的提取

洗衣粉除了以表面活性剂为主要成分外，还配加有三聚磷酸钠、纯碱、羧甲基纤维素等无机和有机助剂以增强去污能力，防止织物的再污染等。因此要将表面活性剂从洗衣粉中提取出来。通常采用的方法是液-固萃取法。可用索氏萃取器（Soxhlet's extactor）连续萃取，也可用回流方法萃取。萃取剂可视具体情况选用 95％的乙醇、95％的异丙醇、丙酮、氯仿或石油醚等。

2. 表面活性剂的离子型鉴定

表面活性剂的品种繁多，但按其在水中的离子形态可分为离子型表面活性剂和非离子型表面活性剂两大类。前者又可以分为阴离子型、阳离子型和两性型三种。利用表面活性剂的离子型鉴别方法可快速、简便地确定试样的离子类型。

表面活性剂的离子型鉴别方法很多，其中最常用的是酸性亚甲基蓝试验。蓝色染料亚甲基蓝溶于水，不溶于氯仿，它能与阴离子表面活性剂反应形成可溶于氯仿的蓝色络合物，从而使蓝色从水相转移到氯仿相。该方法可以鉴定除皂类以外的其它广谱阴离子表面活性剂。非离子型表面活性剂不能使蓝色转移，但会使水相发生乳化；阳离子表面活性剂虽然也不能使蓝色从水相转移到氯仿相，但可利用阴、阳离子表面活性剂的相互作用，间接进行鉴定。

3. 波谱分析法鉴定表面活性剂的结构

红外光谱、紫外光谱、核磁共振谱和质谱是有机化合物结构分析的主要工具。在表面活性剂的鉴定中，红外吸收光谱的作用尤为重要。这是因为表面活性剂中的主要官能团均在红外光谱中产生特征吸收，据此可以确定其类型，进一步借助于红外标准谱图可以确定其结构。

表面活性剂的疏水基团通常有一个长链的烷基，该烷基的碳数不是单一的，而是具有一定分布的同系物。该烷基的碳数多少和分布状况影响表面活性剂的性能。用红外光谱很难获得这方面的信息，而核磁共振谱测定比较有效。因为核磁共振氢谱中积分曲线高度比代表了分子中不同类型的氢原子数目之比，所以可用来测定表面活性剂疏水基团中碳链的平均长度。

## 四、仪器与试剂

1．仪器

100 mL 烧瓶 2 个、25 mL 烧杯 2 个、5 mL 带塞小试管 2 支、冷凝管、蒸馏头、接受管、研钵、天平、红外光谱仪、核磁共振谱仪等。

2．试剂

95%乙醇、无水乙醇、四氯化碳、四甲基硅烷、亚甲基蓝试剂、氯仿、均为分析纯，阴、阳离子和非离子表面活性剂等。

## 五、实验步骤

1．表面活性剂的提取

（1）取一定量的洗衣粉试样于研钵中研细。然后称取 2.0g 置于 100mL 圆底烧瓶中，加入 95%乙醇 30mL。水浴加热回流 15min。

（2）撤去水浴。冷却后取下圆底烧瓶，静置几分钟，待上层液体澄清后，将上层清液转移至 100mL 烧瓶中（小心倾倒或用滴管吸出）。

（3）重新加入 95%乙醇 20mL，重复上述回流提取和分离操作，合并两次提取液。

（4）在合并的提取液中放入几粒沸石，搭装好蒸馏装置。用水浴加热，将提取液中的乙醇蒸出，直至圆底烧瓶中残余 1～2mL 液体为止。

（5）将烧瓶中的残余液体定量转移到干燥并已称量过的 25mL 的烧杯中。

（6）将小烧杯置于红外灯下，烘去溶剂。称量并计算表面活性剂的百分含量。

2．表面活性剂的离子型鉴定

（1）已知试样的鉴定

① 阴离子表面活性剂的鉴定　吸取亚甲基蓝溶液和氯仿各约 1mL，置于具塞试管中，剧烈振荡，静置分层，氯仿层为无色。将浓度约 1%的阴离子表面活性剂试样逐滴加入其中，每加一滴即剧烈振荡试管，静置分层，观察并记录现象，直至水相层无色，氯仿层呈深蓝色。

② 阳离子表面活性剂的鉴定　在上述试验的试管中，逐滴加入阳离子表面活性剂（浓度约 1%），每加一滴即剧烈振荡试管，静置分层，观察并记录两相的颜色变化，直至氯仿层的蓝色重新全部转移到水相。

③ 非离子表面活性剂的鉴定　另取一具塞试管，依次加入亚甲基蓝溶液和氯仿各约 1mL，剧烈振荡，静置分层，氯仿层无色。将浓度约 1%的非离子表面活性剂试样逐滴加

入其中，每加一滴即剧烈振荡试管，静置分层，观察并记录两相颜色和状态的变化。

（2）未知试样的鉴定

取从洗衣粉中提取的表面活性剂少许，溶于 2～3mL 蒸馏水中，按上述方法鉴定其离子类型。

取适量（约 10 mg）洗衣粉溶于 5mL 蒸馏水中作为试样，重复上述操作，观察和记录现象。以考察洗衣粉中的其它助剂对此鉴定是否有干扰。

3．表面活性剂的结构鉴定

（1）红外光谱测定

参照红外光谱仪的操作规程打开和调试仪器。用液膜法制样测定表面活性剂的红外光谱。在谱图上标出主要吸收峰的归属。

制样方法：用几滴无水乙醇将小烧杯中的试样（提取物）溶解，将试样的浓溶液滴在打磨透明的溴化钾盐片上，置于红外灯下烘去乙醇。

（2）核磁共振氢谱的测定

参照核磁共振仪的操作规程调试好仪器，并测定表面活性剂的 $^1$H NMR 谱。

样品配制方法：在烘去溶剂的试样（提取物）中加入约 1mL 四氯化碳，搅拌使其充分溶解。小心将溶液转移到核磁样品管中，溶液高度约为 30mm，然后滴加 2～3 滴 TMS（四甲基硅烷）的四氯化碳溶液。盖好盖子，振荡，使其混合均匀。

## 六、实验数据处理与解析

（1）表面活性剂含量的计算

按下列公式计算洗衣粉中表面活性剂的大致含量：

洗衣粉中表面活性剂的含量= $(m_1-m_2)/Q×100\%$

式中，Q 为称取的洗衣粉的量，g；$m_1$ 为空烧杯的质量，g，$m_2$ 为装有表面活性剂的烧杯质量，g。

（2）红外光谱和核磁共振氢谱信息及归属

红外吸收峰的归属

| 峰号 | 峰位置/cm$^{-1}$ | 峰强度[①] | 对应官能团 |
| --- | --- | --- | --- |
| 1 | | | |
| 2 | | | |
| 3 | | | |
| 4 | | | |
| 5 | | | |

① 峰强度可用符号表示：s 一强，m 一中强，w 一弱。

核磁共振谱信息

| 峰号 | 化学位移 | 积分线高度 | 质子数 | 偶合裂分 | 结构信息 |
| --- | --- | --- | --- | --- | --- |
| 1 | | | | | |
| 2 | | | | | |
| 3 | | | | | |
| 4 | | | | | |
| 5 | | | | | |

（3）表面活性剂的结构鉴定

根据已确定的离子类型以及红外、核磁谱图提供的信息，通过查阅资料推测其可能结构，然后查阅红外标准谱图验证。

## 七、思考题

1. 为什么用回流法进行液-固萃取时，烧瓶内可不加沸石？蒸馏时是否也可以不加沸石？

2. 本实验是否可用索氏萃取器提取洗衣粉中的表面活性剂？试将回流法与其作一比较。

3. 本实验中，红外光谱制样时为什么要用无水乙醇作溶剂？用 95% 的乙醇行不行？

4. 在核磁共振氢谱的测定中，加入四甲基硅烷（TMS）的作用是什么？

## 附：有关常见表面活性剂的红外特征吸收

表面活性剂由疏水基和亲水基两大部分组成，它们的类型和结构决定表面活性剂的性质。

大部分表面活性剂的疏水基是碳氢基团，主要有以下三类：

（1）脂肪族碳氢链（饱和或不饱和），通常是 $C_{12} \sim C_{24}$。

（2）芳香族烃基（单环或多环）。

（3）烷基芳烃基（如烷基苯类）。

亲水基的种类很多，主要由它们决定表面活性剂的种类，附表1、附表2分别列出了表面活性剂中常见的亲水基团及其在红外光谱中的特征吸收带。

**附表 1　表面活性剂中常见的亲水基团**

| 亲水基的类型 | 亲 水 基 团 |
|---|---|
| 阴离子型 | 羧酸盐—$COO^- M^+$，磺酸盐—$SO_3^- M^+$，硫酸酯盐—$OSO_3^- M^+$，磷酸酯盐—$PO_3^{2-} M^{2+}$，乙醇胺类<br>*M 主要是 $Na^+$，$K^+$，$NH_4^+$ |
| 阳离子型 | 伯、仲、叔胺盐，季铵盐 $R_n H_{4-n} A$（$n$:1~4）<br>吡啶盐 |
| 两性型 | 氨基酸，甜菜碱 |
| 非离子型 | 聚乙二醇（或称聚氧乙烯醚）—$(C_2H_4O)_n H$<br>多元醇（如甘油，丙二醇，山梨糖醇，氨基醇等） |

**附表 2　表面活性剂中常见亲水基团的红外吸收带**

| 基　团 | 振 动 形 式 | 吸收带/$cm^{-1}$ |
|---|---|---|
| —$COO^-$ | $v^{as}$ | 1610~1540　b.s |
| | $v^s$ | 1470~1370　b.m-s |
| —$SO_3^-$ | $v^{as}$ | 1190~1180　b.v.s |
| | $v^s$ | 1060~1030　b.m-s |
| —$OSO_3^-$ | $v^{as}$ | 1270~1220　b.v.s |
| | $v^s$ | 1100~1060　b.m-s |
| —$OPO_3^-$ | $v_{P=O}$ | 1250~1220　b.s |
| | $v_{P-O-C}$ | 1060~1030　b.v.s |

| 基　团 | 振　动　形　式 | 吸收带/cm$^{-1}$ |
|---|---|---|
| 伯胺 | $\nu_{N-H}$ | 2940～2700　b.s |
| | $\delta_{N-H}$ | 1610～1560　sh.s |
| 仲胺 | $\nu_{N-H}$ | 2940～2700　b.s |
| | $\delta_{N-H}$ | 1610～1500　sh.m-w |
| —$(C_2H_4O)_n$ | $\nu_{C-O}$ | 1150～1190　b.s |
| 多元醇 | $\nu_{OH}$ | 3450～3300　b.m-s |

注：符号说明 $\nu^{as}$—不对称伸缩振动；$\nu^{s}$—对称伸缩振动；$\delta$—弯曲振动；

吸收峰形状，强度：b—宽，sh—尖锐，v.s—非常强，s—强，m—中等，w—弱。

（胡坪编写）

## 奶制品及饮料中防腐剂山梨酸和苯甲酸的 HPLC 测定

### 一、实验背景

食品防腐剂是用于防止食品因微生物引起的变质，提高食品保存性能，延长食品保质期而使用的食品添加剂。常用的食品防腐剂有苯甲酸及其钠盐、山梨酸及其钾盐等。苯甲酸的毒性比山梨酸强，但因苯甲酸及其钠盐价格低廉，仍作为主要防腐剂使用，主要用于碳酸饮料和果汁。长期过量摄入防腐剂会对人体造成一定损害，因此需要控制食品中防腐剂的添加量。本实验采用高效液相色谱法（HPLC）测定奶制品及饮料中山梨酸和苯甲酸的含量。

### 二、目的要求

1. 熟悉高效液相色谱仪的各组成部分及应用。
2. 了解高效液相色谱法在食品分析中的应用。
3. 学习外标法定量的操作步骤。

### 三、实验原理

样品前处理是分析检测过程的关键环节，检测结果的重复性、准确性，方法的灵敏度，分析速度主要取决于样品前处理过程。奶制品中存在大量的蛋白质，这些大分子蛋白质会堵塞和污染色谱柱，使分析工作不能正常进行，并影响分析结果。因此，必须对奶制品进行前处理，以完全除去样品中的蛋白质。本实验在奶制品中山梨酸的测定过程中，加入氢氧化钠碱化后，进行超声、加热，使苯甲酸和山梨酸以酸根的形式游离出来，降低其与蛋白质的结合作用，以提高被测组分的回收率。然后采用亚铁氰化钾溶液和醋酸锌作为沉淀剂，将奶制品中的蛋白质沉淀下来，净化样品。

本实验采用反相液相色谱法对奶制品及饮料进行分析，由于山梨酸和苯甲酸为弱酸性化合物，因此以缓冲溶液为流动相，并采用紫外检测器进行检测。以山梨酸和苯甲酸混合标准溶液的色谱峰面积对其浓度绘制工作曲线，再根据样品中的山梨酸或苯甲酸的峰面积，由工作曲线计算出样品中防腐剂的浓度。

### 四、仪器与试剂

1. 仪器

HP1200 高效液相色谱仪（安捷伦）、紫外检测器、ODS 色谱柱（150mm×4.6mm）、50μL

微量注射器、10mL、100mL 容量瓶、超声波清洗机、抽滤装置、0.45μm 水系微孔滤膜等。

2. 试剂

液态奶、饮料各若干，甲醇（HPLC 级）、苯甲酸、山梨酸、磷酸二氢钠、十水合磷酸氢二钠均为分析纯。

稀氨水（1:1）：氨水加水等体积混合；

亚铁氰化钾溶液：称取 10.6g 亚铁氰化钾，加水并定容至 100mL；

醋酸锌溶液：称取 21.9g 二水合醋酸锌，加水溶解后，再加入 32mL 冰醋酸，以水定容至 100mL；

0.1mol/L 氢氧化钠溶液：称取 4.0g 氢氧化钠以水定容至 1000mL。

## 五、实验步骤

1. 标准溶液的制备

苯甲酸标准储备液：精密称取苯甲酸 0.10g，以甲醇溶解并转移到 100mL 容量瓶中，定容。

山梨酸标准储备液：精密称取山梨酸 0.10g，以甲醇溶解并转移到 100mL 容量瓶中，定容。

2. 奶制品样品制备

称取 20.0g 液态奶于 50mL 容量瓶中，加入 10mL 0.1mol/L 氢氧化钠溶液，混匀，超声 20min 取出，70℃（±5℃）水浴加热 10min，冷却至室温后，分别加入 5mL 亚铁氰化钾溶液和醋酸锌溶液，用力摇匀，静置 30min，使其沉淀。加入甲醇 5mL，混匀，用水定容至 50mL，混匀后放置 1h，取上清液过 0.45μm 滤膜，进行 HPLC 分析。

3. 饮料样品制备

取饮料 5mL 于 25mL 容量瓶中，加水定容至刻度线，过 0.45μm 滤膜，进行 HPLC 分析。

4. 标准溶液的配制

苯甲酸、山梨酸标准混合液：量取标准储备液各 10mL 加入到 50mL 容量瓶中，以水定容至刻度，此溶液浓度为 200 mg/L。

分别量取苯甲酸、山梨酸标准混合液 0.5mL、1.00mL、2.00 mL、5.00 mL、10.00mL 于 5 个 25.00 mL 的容量瓶中，用水稀释至刻度，摇匀。

5. 流动相的配制

分别称取 1.0g 磷酸二氢钠和 1.0g 十水合磷酸氢二钠，加水 400mL 溶解，配制成磷酸盐缓冲液。加入 70mL 甲醇，混匀，以 0.45μm 水系滤膜过滤后，超声脱气 15～20min。

6. 仪器运行

按操作规程开机，使仪器处于工作状态，用 15% 的甲醇水溶液平衡色谱柱，再更换上实验用流动相。参考色谱条件如下。

流动相：磷酸盐缓冲液-甲醇（体积比 85:15），等度洗脱；

流速：0.6mL/min；

柱温：室温；

进样量：10 μL；

检测波长：227nm。

7．标准曲线的绘制

基线走稳后，分别进苯甲酸和山梨酸标准储备溶液各 1μL（也可将标准储备液用水稀释 5 倍后进样 5μL），以确定各峰的保留时间。

分别注入不同浓度的混合标准溶液 10μL，记录各峰的保留时间和峰面积。

8．样品分析

吸取处理后的样品 10μL 进样，与苯甲酸和山梨酸的标准色谱图对照以确认奶制品或饮料中苯甲酸和山梨酸的出峰位置。若分离不完全，可适当调节流动相比例或流速。记录保留时间及峰面积。

9．关机

实验完毕，用 15%的甲醇水溶液清洗管路及色谱柱，再用 100% 甲醇清洗，关机。

## 六、数据记录与结果分析

1．记录实验条件和相关参数

2．将实验数据列于下表中

| | | 标 1 | 标 2 | 标 3 | 标 4 | 标 5 | 待测液 |
|---|---|---|---|---|---|---|---|
| 山梨酸 | 保留时间/min | | | | | | |
| | 峰面积/mAu・s | | | | | | |
| | 浓度/(mg/L) | | | | | | |
| 苯甲酸 | 保留时间/min | | | | | | |
| | 峰面积/mAu・s | | | | | | |
| | 浓度/(mg/L) | | | | | | |

3．绘制标准曲线

4．计算奶制品及饮料中防腐剂的含量

## 七、思考题

1．流动相中加入磷酸盐的目的是什么？

2．常用的色谱定量方法有哪几种？外标法定量有什么优缺点？

# 附：高效液相色谱仪有关知识

1．高效液相色谱的结构流程

高效液相色谱仪是实现液相色谱分析的仪器设备，有整机式和组合式两类，其中组合式由于搭配灵活方便，功能多样而成为液相色谱仪发展的主流。目前，国内外的高效液相色谱仪商品有多种型号，但其基本结构流程是一致的，如附图 1 所示。

在贮液器中贮存有流动相，它由高压泵输送，流经进样器、色谱柱、检测器、最后进入废液瓶。当试样由进样器注入后，被流动相携带至色谱柱进行分离，分离后各组分依次经检测器检测，产生的电信号在记录仪上以色谱图形式被记录，或由积分仪或色谱工作站记录和处理数据。

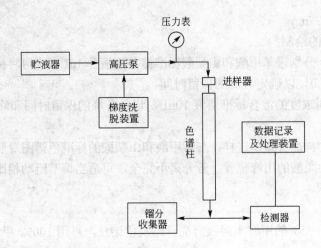

附图 1　高效液相色谱典型结构流程图

### 2．高效液相色谱仪主要部件

高效液相色谱仪主要部件有高压泵、梯度洗脱装置、进样器、色谱柱、检测器和数据记录及处理装置等，现分别介绍如下。

（1）高压泵

目前高效液相色谱用的固定相颗粒直径多为 3～5μm，柱前压力高达 $1×10^4～4×10^4$kPa，因此需用高压泵输送流动相。高压泵应耐压、耐腐蚀，且流量可连续调节、稳定，压力平衡、无脉冲或紊流等现象，常用的高压泵有恒流泵和恒压泵两类。

目前较广泛使用的恒流泵为往复泵，其结构如附图 2 所示。步进马达带动偏心轮 1 转动，使活塞杆进行前后往复的运动。当活塞杆推入缸体时，溶剂出口的单向阀打开，同时，溶剂进口的单向阀关闭，这时就输出少量（约 0.1mL）的流体。反之，当活塞杆从缸体向外拉时，溶剂入口的单向阀打开，出口的单向阀同时关闭，一定量的流动相就由贮液器吸入缸体中。这种泵可方便地通过改变柱塞进入缸体中距离的大小（即冲程大小）或往复的频率来调节流量。另外，由于死体积小（约 0.1mL），更换溶剂方便，很适用于梯度洗提。不足之处是输出有脉冲波动。为了减少输出脉冲，可采用输出流量相互补偿的具有两个泵头的双头泵，也可使用脉冲阻尼器。

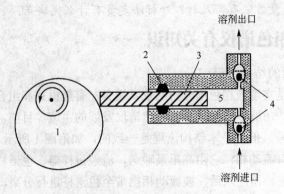

附图 2　往复式柱塞泵

1—偏心轮；2—密封垫圈；3—活塞杆；4—单向阀；5—液缸

恒压泵又称气动放大泵,其结构如附图 3 所示,其中 $A_1$ 和 $A_2$ 分别为气缸和液缸的截面积,若 $p_1$ 和 $p_2$ 分别为 $A_1$ 和 $A_2$ 上所受的压力,则有:

$$p_1/p_2 = A_2/A_1$$

设 $A_1 : A_2 = 100 : 1$,如在 $A_1$ 上施加 $1\text{kg/cm}^2$ 压力时,则在 $A_2$ 上将受到约 $100\text{kg/cm}^2$ 的压力。该泵的特点是输液压力稳定、无脉冲;但流量随流动相黏度的变化而变化,故不能用于梯度洗提。该泵液缸容积较大,更换溶剂时,耗溶剂量较多。因此这类高压泵常用于超临界流体色谱以及匀浆法填装色谱柱。

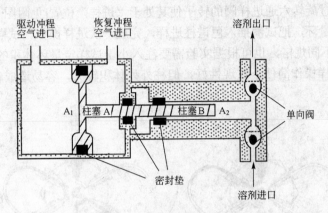

附图 3 恒压泵结构示意图

（2）梯度洗脱装置

梯度洗脱是在一个分析周期内程序控制流动相的组成,如溶剂的配比、强度、离子强度和 pH 值等,用于分析性质差异较大的复杂样品。梯度洗脱有两种实现方式,即低压梯度（外梯度）和高压梯度（内梯度）,如附图 4 所示。通过计算机程序控制低压梯度中各电磁阀的开关动作及时间,以及高压梯度中两泵的流速,即可使溶剂按任意比例混合,并按一定的程序变化,其中线性梯度最常用。低压梯度系统中,溶剂在常压下混合,再用高压泵输送至柱系统,因此只需一个泵,所用溶剂的元数没有限制,最常见的为低压四元泵。高压梯度系统一般由两台高压泵构成,也称高压二元泵,溶剂在高压下混合,再输入柱系统。

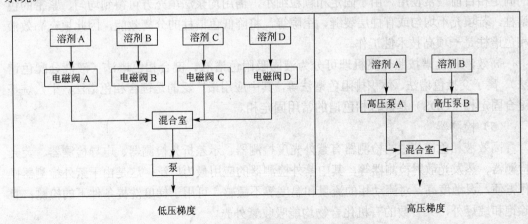

附图 4 梯度洗脱结构示意图

采用梯度洗脱可以缩短分析时间，提高分离度，改善峰形，提高检测灵敏度，但是常常引起基线漂移。每次梯度洗脱之后必须对色谱柱进行再生处理，即用 10～30 倍柱容积的初始流动相流经色谱柱，使其恢复到初始状态。

（3）进样器

液相色谱最为常用的进样器为高压六通进样阀。附图 5 为高压六通进样阀的流路。其操作过程分两步，第一步将六通进样阀置于"充样"位置[见附图 5（a）]，试液在常压下通过微量注射器注入试样定量环，多余试液由排液口排出，而流动相由输液泵直接输入色谱柱。第二步通过旋转六通进样阀的转子使其处于"进样"位置[见附图 5（b）]，此时流动相流经试样定量环，把试液推入色谱柱进样，完成一次进样操作。试样定量环有 5μL、10μL、20μL 等不同规格，也可根据实验需要注入小于试样定量环体积的试液量。采用高压六通进样阀进样操作简便，重现性好；但柱外死体积较大，容易造成色谱峰的展宽。

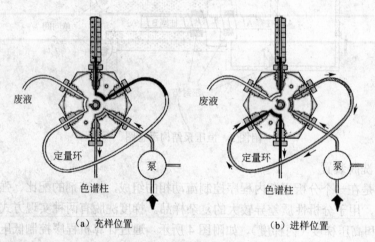

（a）充样位置　　　　　　　　　　（b）进样位置

附图 5　高压六通进样阀流路示意图

（4）色谱柱

高效色谱柱是高效液相色谱的心脏，而其中最关键的是固定相及其填装技术。高效液相色谱柱一般长 5～30cm，内径 2～5mm，不锈钢材质管内填充 3～10μm 固定相，其中 5μm 的固定相目前最常使用。由于固定相颗粒细小，需用均浆法填充方可得到均匀、紧密的色谱柱，若填充不均匀或有柱层裂缝、空隙等，将降低色谱柱的分离效能，因此填充高效液相色谱柱是一项高技术性工作。

高效液相色谱按照分离机理可分为液固吸附色谱法、键合相色谱法（液液分配色谱法）、离子交换色谱法、体积排阻色谱法等，其中应用最广泛的是键合相色谱法。十八烷基键合固定相（ODS）是键合相色谱的常用固定相。

（5）检测器

高效液相色谱仪中的检测器有紫外光度检测器、示差折光检测器、电导检测器、荧光检测器、蒸发光散射检测器等，其中紫外检测器的应用最为广泛。这是由于紫外检测器操作方便，灵敏度高，对流动相的流量和温度等不敏感，可用于梯度洗提条件下的检测；且除饱和烷烃外，大多数的有机化合物均能吸收紫外光。

紫外检测器又可分为固定波长紫外检测器、可变波长紫外检测器和二极管阵列检测器三种。固定波长紫外检测器未采用分光元件，仅用滤光片滤光，因此只能检测某一波长下（如254nm或280nm）各组分的紫外吸收情况，应用范围窄，现较少生产使用。附图6为HP 1100可变波长紫外检测器的光学系统示意图。氘灯1作光源发射的紫外光及部分可见光（200～600nm），经聚光透镜2、可旋转组合滤光片3聚焦到入射狭缝4上，再经反射镜5照射于光栅6上进行分光，分光后的单色光经反射镜7、光分束器8，一束照射到光敏元件11上，另一束经流通池9吸收，透射光照射到光敏元件10上。由于两光敏元件接受的光强不相等，产生不同强度的光电流，其电信号的差值经放大器放大后，由工作站记录。多波长检测器可根据试样组分的最大吸收波长来选择测定波长，因此干扰少，准确度高。

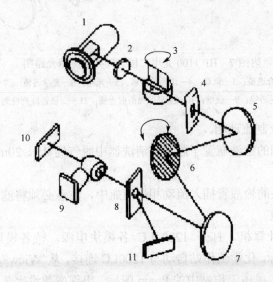

附图6　HP1100可变波长紫外检测器结构示意图

1—氘灯；2—聚光透镜；3—可旋转组合滤光片；4—入口狭缝；5，7—反射镜；6—光栅；
8—光分束器；9—样品流通池；10，11—光敏元件

光电二极管阵列检测器（photo－diode array detector，PDA或DAD）是紫外可见光度检测器的一个重要进展。附图7为HP 1100二极管阵列检测器的光学示意图，这一检测器采用1024个单元的光电二极管阵列作为检测元件，每个二极管各自测量一窄段光谱。钨灯1发射的可见光，经偶合透镜2，聚焦于氘灯3的放电处，两个光源发出的紫外和可见光共用一个光轴照射到试样流通池7上，在此被流动相中的组分选择性吸收，然后再通过可编程狭缝9及全息凹面衍射光栅10进行分光，使得含有吸收信息的全部波长，聚焦在由1024个二极管组成的二极管阵列检测元件11上同时被检测，并用电子学方法和计算机技术对二极管阵列快速扫描采集数据。因此通过该检测器得到是三维色谱-光谱图，即在得到色谱图的同时，还得到不同组分的紫外光谱图。

### 3. HP 1200高效液相色谱仪的操作步骤

HP1200型高效液相色谱仪是典型的组合式液相色谱仪，可配备全自动进样器、在线真空脱气四元泵或两元泵等，实现低压或高压梯度洗脱操作方式；HP1200型高效液相色谱仪还可选配多种检测器、如可变波长紫外检测器、光电二极管阵列检测器、荧光检测器、示差折光检测器等；仪器的控制和数据的采集与处理由化学工作站（即色谱工作站）完成。

整机性能优良、稳定，功能强，操作方便。操作步骤如下：

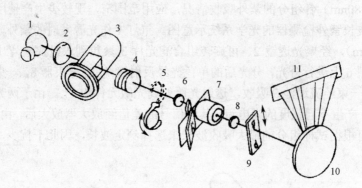

附图7  HP 1100 光电二极管阵列检测器光路图

1—钨灯；  2—偶合透镜；3—氘灯；4—消色差透镜；5—光闸；6—光学透镜；  7—试样流通池；

8—光学透镜；9—狭缝；10—全息凹面衍射光栅；11—二极管阵列检测元件

（1）按实验要求配制流动相。

（2）将装有流动相的贮液瓶置于超声波清洗器中脱气约 15～20min（用其它方式脱气亦可）。

（3）将带有过滤头的输液管插入流动相贮液瓶中，注意必须将滤头完全浸没在在溶剂中，以免气泡进入管道。

（4）开机。打开计算机。打开 1200 LC 各模块电源。待各模块自检完成后，双击 Instrument 1 Online 图标，化学工作站自动与 1200LC 连接。从"View"菜单中选择"Method and Run control"画面。单击工作站中的 Pump 图标，出现参数设定菜单，单击 Setup pump 选项，进入泵参数编辑画面。

（5）单击泵下面的瓶图标，输入流动相的实际体积和瓶体积，单击 OK。

（6）排气和冲洗管路

逆时针旋开 1200 LC 高压泵模块上的黑色"Purge 阀"约半圈。

在泵参数编辑画面中设定 Flow：3mL/min，单击 OK。用鼠标右键单击 Pump 图标，出现参数设定菜单，单击"Pump control"选项，选中 On，单击 OK，则系统开始 Purge，直到管路内（由溶剂瓶到泵入口）无气泡为止，切换通道继续 Purge，直到所有要用通道无气泡为止（单泵冲洗约 2min，低压四元泵冲洗约 5min）。

用鼠标右键单击 Pump 图标，出现参数设定菜单，单击"Pump Control"选项，选中"stand by"，单击 OK，使高压泵停止工作。顺时针关闭"Purge 阀"。

（7）数据采集方法编辑

从"Method"菜单中选择"Edit entire method"项，单击 OK，进入下一画面。"Method Comments"中加入方法的信息。单击 OK 进入下一画面。

（a）泵参数设定  在"Flow"处输入实验用流量，如 0.8 mL/min。如为梯度泵，可在"Solvent B"，"Solvent C"，"Solvent D"处输入合适的比例(A=100-B-C-D)，也可 Insert 一行"Timetable"，编辑梯度。单击 OK 进入下一画面。

（b）检测器参数设定　在"Wavelength"下方的空白处输入所需的检测波长，如 254nm，在"Timetable"中可以"Insert"一行，输入随时间切换的波长。点击 OK 进入下一画面。

（c）方法存盘　单击"Method"菜单，选中"Save method as"，输入一方法名，如"test"，单击 OK。

（8）从 Instrument 菜单中选择"System on"，高压泵开始工作，检测器灯点亮，工作站上显示"Ready"，表明系统工作正常。在该状态下平衡色谱柱及稳定系统约 15min。记录 Pump 图标上方显示的柱前压力。

（9）进样操作

（a）从"Run　control"菜单中选择"Sample info"选项。输入操作者名称，在"Data file"中选择"Manual"，输入样品名。

（b）在仪器 Ready 状态下，基线平稳后，单击"balance"按钮将基线调节至零点，将六通进样阀扳至"LOAD"位置。

（c）用试液润洗微量注射器 5～6 次。吸取一定量的试液，排去注射器中存在的气泡，然后将针头插入六通进样阀上的进针孔，迅速将试液推入进样阀的定量环中（此时不得拔出微量进样器），随后快速旋转进样阀手柄切换至"INJECT"位置。半分钟后，拔出微量注射器。

（d）待所有组分出峰完毕，从"Run　control"菜单中选择"Stop run"选项，即完成一次样品分析。

（e）重复进样操作（a）～（d），直至完成所有样品的测定。

（10）数据处理

双击 Instrument 1 offline 图标，从"View"菜单中，单击"Data analysis"进入数据分析画面。从"File"菜单选择"Load signal"，选中数据文件名，单击 OK。从"Integration"中选择"Auto integrate"，并记录保留时间、峰面积等色谱数据。如积分结果不理想，在菜单中的"Integration Events"选项修改积分参数。

（11）打印报告

从"Report"菜单中选择"Specify report"选项。单击"Quantitative Results"框中 Calculate 右侧的黑三角，选中 Percent（面积百分比）。单击 OK。从"Report"菜单中选择"Print report"，则报告结果将打印到屏幕上，如想输出到打印机上，则单击 Report 底部的"Print"钮。

（12）关机

关机前，用含水流动相冲洗系统 20 min，然后用有机溶剂冲洗系统 10 min（如甲醇），然后从 Instrument 菜单中选择"System off"。退出化学工作站及其它窗口，关闭计算机。关闭 Agilent 1200 各模块电源开关。

**注意事项：**

（1）配制流动相用水必须为重蒸过的蒸馏水。

（2）当使用缓冲盐作为流动相时，须用微孔滤膜过滤流动相，且在平衡色谱柱前需先用含水流动相平衡系统。

（3）更换流动相时，必须将泵的流量改为 0.0mL/min，或者用鼠标右键单击 Pump 图标，出现参数设定菜单，单击 Pump Control 选项，选中 stand by，单击 OK，使高压泵停止工作后方可更换，以免气泡进入管路。

## 【参考文献】

1. 朱明华编. 仪器分析. 第 3 版. 北京：高等教育出版社，2002.

2. L.R.斯奈德，J.J.柯克兰等著. 高潮，陈新民，高虹译. 现代液相色谱法导论（第二版）. 北京：化学工业出版社，1888.

3. 张玉奎，张维冰，邹汉法. 分析化学手册. 第六分册，北京：化学工业出版社，2000.

（胡坪编写）

# 柱色谱

柱色谱又称柱层析（column chromatograph），是有机物分离提纯的一种重要手段，常分为吸附柱色谱和分配柱色谱，前者常用氧化铝和硅胶作为吸附剂，后者则以吸附在惰性固体（如硅藻土）的活性液体作为吸附剂。一般常用吸附柱色谱，此处重点介绍吸附色谱。

## 一、基本原理

将液体样品（或已溶解的样品）从柱顶加入到已装好的色谱柱中，各组分被吸附在柱的上端，然后用洗脱剂（流动相）进行淋洗。根据样品各组分在吸附剂（固定相）上的吸附能力不同（一般极性大的吸附能力强，极性小的吸附能力弱），当用洗脱剂淋洗时，各组分在洗脱剂中的溶解度也不一样，因而，被解吸能力也不同。根据"相似相溶"原理，一般先用非极性溶剂，然后逐渐增大极性，吸附能力最弱的组分首先随洗脱剂流出，吸附能力强的后流出。若是有色物质，则在柱上可直接看到色带。若是无色物质，可先分段收集一定体积的洗脱液，然后通过薄层色谱逐个鉴定，再把相同组分的收集液合并，蒸除溶剂，即得单一纯物质。色谱条件的选择对能否获得满意的分离效果很关键。

1. 吸附剂的选择

常用的吸附剂有氧化铝、氧化镁、硅胶、碳酸钙和活性炭等。选择的首要条件是没有化学作用。吸附能力与吸附剂的颗粒大小有关，颗粒大，流速快分离效果差，颗粒太细则流速太慢。

吸附剂的活性和含水量有关，含水量越高，活性越低，吸附剂的吸附能力越弱；反之，吸附能力越强。吸附剂按其相对的吸附能力可粗略分为：① 强吸附剂如低含水量的氧化铝、硅胶和活性炭等；② 中等吸附剂如碳酸钙、硫酸钙和氧化镁等；③ 弱吸附剂如蔗糖、淀粉和滑石粉等。

吸附剂的吸附能力还取决于被吸附物质的结构。化合物含有极性较大基团时，吸附性也较强。

酸和碱＞醇、胺、硫醇＞酯、醛、酮＞芳香族化合物＞卤代物＞醚＞烯＞饱和烃

常用吸附剂有硅胶和氧化铝。

（1）硅胶

性能温和，属于无定形多孔物质，市售略显酸性，适用于极性较大的物质，如醇、羧酸、酯、酮、胺等。较粗粒径的硅胶即目数较小的适于分离易于分离的混合物，较细粒径的硅胶即目数较大的适于分离不易分离的。

（2）氧化铝

分为酸性、中性和碱性。酸性氧化铝 pH 为 4～4.5，适于分离羧酸、氨基酸等酸性物质；中性氧化铝 pH 为 7.5，应用较广，适用于醛、酮、醌、酯等化合物以及对酸、碱敏感的化合物的分离；碱性氧化铝 pH 为 9～10，适用于碳氢化合物、胺类、生物碱以及其他有机碱的分离。

2．洗脱剂的选择

一般根据待分离化合物的极性、溶解度和吸附剂活性等因素而定。当被分离物质为弱极性组分，一般选用弱极性溶剂为洗脱剂；反之，则选极性强的。一般溶剂的极性和介电常数有关，通常认为介电常数大于 15 的溶剂为极性溶剂，小于 15 的为弱极性、非极性或无极性溶剂。当使用一种溶剂不能很好分离时，可使用一系列极性逐渐增大的溶剂进行"梯度洗脱"，使吸附在层析柱上的各个组分逐个被洗脱出来。

一般先用薄层色谱法选好合适的溶剂，使所要分离的化合物 $R_f$ 值在 0.3 左右。溶剂极性顺序如下：正己烷、石油醚＜环己烷＜四氯化碳＜三氯乙烯＜二硫化碳＜甲苯＜苯＜＜三氯甲烷＜环己烷-乙酸乙酯（80：20）＜二氯甲烷-乙醚（80：20）＜二氯甲烷-乙醚（60：40）＜环己烷-乙酸乙酯（20：80）＜乙醚＜乙醚-甲醇（99：1）＜乙酸乙酯＜丙酮＜正丙醇＜乙醇＜甲醇＜水＜吡啶＜乙酸。所选溶剂必须纯净和干燥，否则影响吸附剂的活性和分离效果。柱色谱分离示意如图 1 所示。

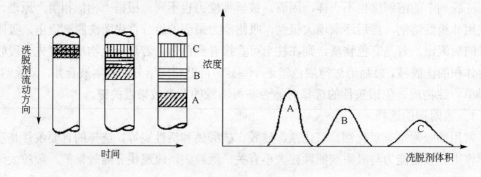

图 1　柱色谱分离示意

## 二、色谱操作步骤

柱色谱的分离效果还与色谱柱的大小和吸附剂的用量有关，一般吸附剂的用量为待分离样品的 30～40 倍，柱高和直径一般为 7.5：1。

1、装柱

装柱是柱色谱最关键的操作，装柱质量直接影响分离效果。装柱前，先将空柱洗净干燥，然后垂直固定在铁架台上。如果色谱柱下端没有砂芯横隔，取一小团脱脂棉或玻璃棉，用玻璃棒将其推至柱底，再在上面铺一层 0.5～1cm 厚的石英砂。若有砂芯横隔，则直接装柱即可。柱色谱装置如图 2 所示。

色谱柱的装填有干法装柱和湿法装柱。

（1）干法

在色谱柱的上端放一个干燥漏斗，将吸附剂以细流连续倒入柱中，并轻轻敲打柱身，使其填充均匀，可以用真空水泵抽密实均匀，再加入洗脱剂使其全部润湿。

（2）湿法

将吸附剂用极性最小的洗脱剂调成糊状，在柱内加入约 3/4 柱高的极性最小的洗脱剂，再将调好的吸附剂边敲边通过漏斗倒入柱中，同时打开柱子下端活塞，并用干净干燥的锥形瓶接收洗脱剂。当装入的吸附剂达一定高度时，用接收的洗脱剂将柱内壁的吸附剂淋洗下来。在整个过程中不断轻轻敲打柱身，使色谱柱填充均匀并无起泡。柱子填充完后，在吸附剂上端覆盖一层约 0.5cm 厚的石英砂。注意：在整个装柱过程中，柱内洗脱剂的高度始终不得低于吸附剂最上端，否则柱内出现裂缝和气泡。

2．加样

先将柱内洗脱剂排至稍低于石英砂表面但一定要高于吸附剂层，加入样品（液体样品直接加入，若浓度低可浓缩后加入，固体样品应先用少量溶剂溶解后再加入）。加完样品，打开旋塞，使液体样品进入石英砂层后，再用少量洗脱剂将壁上的样品淋洗下来，待这部分液体的液面和吸附剂表面相齐时，即可打开安置在柱上的装有洗脱剂的滴液漏斗的活塞，加入洗脱剂进行洗脱。

洗脱剂流出速度一般控制在 5～10 滴/min，太慢可适当加压。

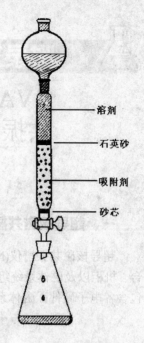

溶剂

石英砂

吸附剂

砂芯

图 2　柱色谱装置

3．分离收集样品组分

若样品有颜色，可根据不同的色带用锥形瓶收集，然后分别蒸除洗脱剂即得纯组分。但大多数有机物无颜色，只能分段收集洗脱液，再用薄层色谱或其它方法鉴定各段洗脱液的成分，相同成分合并，蒸除洗脱剂即得纯组分。

# 三、注意事项

1．柱内吸附剂顶部要水平，否则会造成非水平的谱带。柱内不能有气泡，否则会造成沟流现象，影响分离效果。所以装柱时要均匀装，并轻敲柱身除尽气泡，不留裂缝，防止沟流。

2．加石英砂目的：① 使样品均匀加入吸附剂层表面。② 当加入洗脱剂时可防止吸附剂表面被破坏。

3．柱中添加洗脱剂时，应沿柱壁缓缓加入，以避免吸附剂表面破坏和样品冲溅。

**[参考文献]**

1．刘湘，刘士荣编. 有机化学实验. 北京：化学工业出版社，2007.
2．秦川编.有机实验员读本. 北京：华东理工大学出版社，2008.
3．北京大学化学系有机化学教研室编. 有机化学实验. 北京：北京大学出版社，2002.

（陈君琴　孙学芹编写）

# AVANCE Ⅲ 400MHz 超导核磁共振谱仪

## 一、超导核磁共振谱仪的结构

超导核磁共振谱仪(Nuclear Magnetic Resonance Spectroscopy，NMR)主要由操作控制台、机柜以及磁体系统组成（见图1）。其中控制台包括计算机主机、显示器和键盘；机柜包含各电子硬件；磁体系统包含超导磁体、匀场系统、前置放大器和探头。

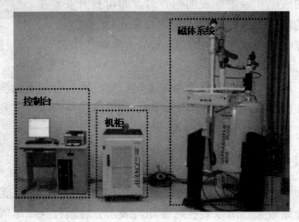

图1　AVANCE Ⅲ 400mHz 超导核磁共振谱仪

超导磁体（见图 2）是电磁体，它利用电流产生一个磁场。超导磁体的核心是一个由载流线绕成的很大的螺旋管，在线圈的中心存在非常强的静磁场，样品放在这个磁场中进行分析。探头是核磁谱仪的核心部件，它固定于磁体的中心，为圆柱形，探头的中心放置装载样品溶液的样品管。探头对样品发射产生核磁共振的射频波脉冲并检测核磁共振的信号，通过前置放大器将信号放大并经相关处理后得到 NMR 谱图。

## 二、超导核磁共振波谱的原理

自旋量子数 $I \neq 0$ 的原子核在静磁场中受外界适当频率电磁波照射时发生核磁共振。此时，磁感应强度 $B_0$、电磁波频率 $\nu_0$（或角频率 $\omega_0$）和被测核旋磁比 $\gamma$ 之间满足下面关系：

$$\nu_0 = \frac{\gamma B_0}{2\pi}$$

或

$$\omega_0 = \gamma B_0 = 2\pi \nu_0$$

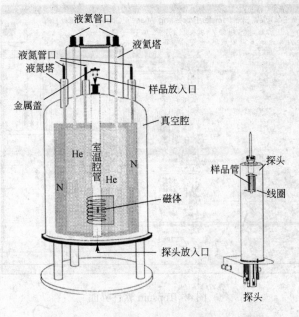

图 2　超导磁体结构示意图

若用射频脉冲照射，按照脉冲的频谱关系，可使不同化学环境的原子核同时发生共振，检测器收集到一个随时间衰减的干涉信号，称为自由感应衰减信号(FID)，经过傅立叶变换，就可得到该原子核的 NMR 谱图（见图3）。通过对谱图进行解析，便能获得样品的有关结构信息。

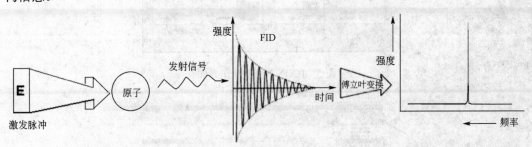

图 3　核磁共振波谱原理示意图

### 三、超导核磁共振谱仪的操作步骤

1．开启仪器及空压机。

2．点击电脑桌面上的 Topspin 2.1 操作软件，可以得到图4所示的软件界面。

3．在命令行输入 icon，打开 ICON NMR 操作界面（见图5），由于本仪器装有60位自动进样器，因此点击 Automation 图标进入到 ICON NMR 自动测定窗口（见图6）。

4．在 ICON NMR 自动测定窗口中对相关参数进行如下设定

（1）选择放置样品的位置，即双击图标 ▷ 1　▯　Available ，将显示样品管放在 1 号位置，并有相应参数的下拉菜单显示。

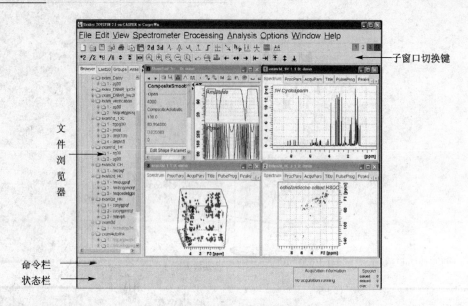

子窗口切换键

文件浏览器

命令栏
状态栏

图 4　Topspin 软件界面

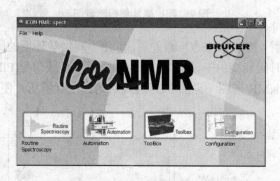

图 5　ICON NMR 操作界面

实验参数设置窗口

图 6　ICON NMR 自动测定窗口

（2）对下拉菜单中的参数进行相应设置，先点击 disk 栏中 [D:\▼] 选择样品测试数据存放的路径；点击 Name 栏的窗口输入样品名称 [a ]；点击 No.栏输入实验号 [10 ⬍]，默认值为 10，此值可进行更改；点击 Solvent 栏选择溶剂 ⌷CDCl3 ch∨ ⌷，该溶剂为溶解样品时使用的氘代试剂，将进行锁场用；点击 Experiment 栏的下拉窗口选择实验内容 ⌷N PROTON ∨⌷，该图标表示将进行标准氢谱的测定，点击该图标的下拉键可选择不同的实验，如碳谱、磷谱、二维相关实验等；点击 Par 栏对所选实验如 N PROTON 中的参数进行修改 ⌷　⌷，其中 TD 为采样点数，NS 为扫描次数，DS 为空扫次数；点击 Title/Org 栏进行标题或机构的编写；这些设置完成后，在 Time 栏中将显示采集样品所需时间。

（3）设置完成后点击图标 ‖🖳 Submit，提交实验信息。

（4）点击图标 ❀ 进入相应窗口后，点击 start 键进行实验测定。此时可以看到 ICON NMR 自动测定窗口右上角的图标 🖳 ⌷ ⌷ ⌷ 🔘 ⌷ ⌷ 按顺序进行闪烁。图标 🖳 表示样品管自动被装入 NMR 的探头中，图标 ⌷ 表示锁场，图标 ⌷ 表示匀场，图标 🔘 表示自动获得增益，图标 ⌷ 表示采集样品信号，图标 ⌷ 表示数据处理。实验的进行状态也可通过 ICON NMR 中 Preceding Experiment 窗口进行判断，如果样品对应的图标 ⌷ Load　ATM　Rotation　Lock Shim　Acq　Proc ⌷ 下均显示 ✔，说明实验完成。

5. 实验完成后双击 Preceding Experiment 窗口中相应样品号，在 topspin 窗口显示所得 NMR 谱图，点击图标 ⌠ 进行谱峰积分，点击图标 ⊥ 标出峰位置。

6. 在命令行输入 plot，对需打印的谱图进行适当编辑（如图 7），如显示字体、图形大小、积分显示情况等，编辑完成后点击 🖨 进行谱图打印。

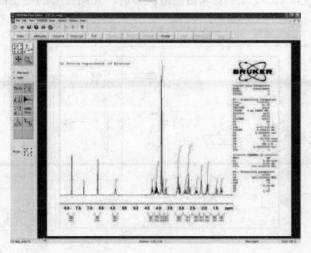

图 7　谱图打印编辑窗口

（王月荣编写）

# 附录三
# 气相色谱仪

## 一、气相色谱仪的结构

气相色谱仪是实现气相色谱分析的仪器设备。气相色谱仪根据功能不同可以分成很多类型，但各种气相色谱仪都包括五个基本部分（单元），如图 1 所示，即 I.载气系统；II.进样系统；III.色谱柱分离系统；IV.检测系统；IV.数据记录及处理系统等五部分。载气由高压钢瓶 1 输出，经减压阀 2、净化干燥管 3、稳压阀或稳流阀 4、流量计 5、压力表 6、进样气化室 7，然后进入色谱柱 8。当进样后，载气携带气化组分进入色谱柱进行分离，并依次进入检测器 9 被检测。最后，带有组分的载气放空。检测的信号由数据记录及处理系统 10 记录处理。现以 GC-112A 型气相色谱仪为例，介绍有关的主要部件。

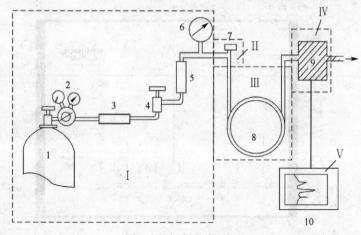

图 1　气相色谱流程图

1—高压钢瓶；2—减压阀；3—载气净化干燥管；4—稳压阀（稳流阀）；5—流量计；6—压力表；

7—进样器；8—色谱柱；9—检测器；10—色谱记录与处理系统

## 二、气相色谱仪主要部件

（1）气源

气源为色谱分析提供洁净、稳定的连续气流。气相色谱仪的气路系统，一般由载气、氢气和空气三种气路组成，后两种气路供氢火焰离子化检测器使用。常用的载气有氮气、氢气和氦气，载气可由高压钢瓶或气体发生器供给，高压钢瓶中气体的压力为 10000～

15000kPa（约 100～150kg/cm²），在教学实验中，通常使用安全且价廉的氮气作载气。充灌不同气体的钢瓶，气瓶及色环的颜色相同，以此作为标记，以防意外事故的发生。具体可查阅国家标准《气瓶颜色标志》（GB 7144—1999）。

钢瓶中高压气体需经过减压阀将压力降低到仪器的使用压力。减压阀有多种类型，选用时要注意不同气体应配用相应的减压阀。图 2 为减压阀结构示意图，当顺时针旋转输出调节螺杆 5 时，通过调节输出调节大弹簧 6、压板 4、调节膜 3 以及阀门顶杆 7 的运动，开启减压阀门密封垫 9，使高压气体穿过减压阀门密封垫与阀门座 8 之间的间隙进入低压气室 B，成为低压输出气体。若逆时针旋转调节螺杆到完全放松，减压活门由于阀门密封小弹簧 10 的作用而封闭，气源就被切断，因此，旋转调节螺杆到适当位置，即可输出所需要的压力。

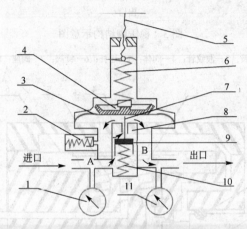

图 2　减压阀结构示意图

1—高压指示压力表；2—安全阀；3—调节膜；4—压板；5—输出调节螺杆；6—输出调节大弹簧；

7—阀门顶杆；8—阀门座；9—阀门密封垫；10—阀门密封小弹簧；11—低压指示压力表

（2）气体净化干燥管

通常将硅胶管、分子筛管串联使用，除去载气中的微量水分和杂质。使用一段时间后，硅胶和分子筛应进行活化。活化方法是将硅胶和分子筛取出，分别在 105℃和 400℃烘干 2～3h，冷却后重新装管使用。

（3）稳压阀和稳流阀

气相色谱分析要求载气流量稳定，其压力变化应小于 1%，为此使用稳压阀和稳流阀。载气稳压阀提供稳定气压的载气输入到载气稳流阀和载气压力表，稳流阀的大致输出流量可以从相应的刻度流量曲线表查得（由生产厂商提供），精确的流量值可以用皂膜流量计测量。图 3 为稳压阀的结构示意图，当阀针 6 开启到一定位置，系统内 $p_1$ 与 $p_2$ 达到平衡，如果出口压力 $p_2$ 发生微小变化，波纹管 3 则发生伸长或收缩作用，此时经连杆 5 调整了阀针 6 与阀座 7 之间的间隙，从而使系统内的压力恢复到原有的平衡状态。图 4 为稳流阀的结构示意图，当稳流阀的阀针 1 开启到一定位置，并且气体入口压力 $p_1$ 和出口压力 $p_3$ 恒定时，出口流量则恒定，若针阀位置一定且入口压力 $p_1$ 恒定，而出口压力 $p_3$ 发生变化时，则阀腔内气压 $p_2$ 发生变化，即膜片 6 上的作用力发生变化，此时也就改变了挡板 4 与喷嘴 5

之间的间隙，从而使气体流量维持给定值。

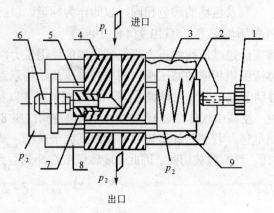

图3　稳压阀结构示意图

1—手柄；2—大弹簧；3—波纹管；4—阀体；5—连杆；6—针阀；7—阀座；8—下盖；9—弹簧座

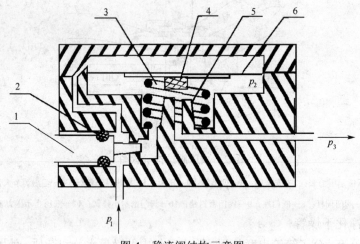

图4　稳流阀结构示意图

1—针阀；2—密封圈；3—弹簧；4—挡板；5—喷嘴；6—膜片

（4）进样器

GC-112A 型色谱仪的填充柱进样器结构如图5所示。色谱柱上端未填充固定相的部分插入气化管内，载气流经加热体4进行预热后，进入色谱柱上部与试样汇合，试样由注射器输送到色谱柱上部后瞬间被加热汽化，并直接随载气在固定相上进行分离。

（5）色谱柱

色谱柱是色谱仪的重要部件之一。气相色谱柱分为填充色谱柱和毛细管色谱柱两类，填充柱的柱效能与固定液和担体的选择、固定液与担体的配比、固定液的涂渍状况、固定相的填充状况等许多因素有关，应根据具体分析要求，选择合适的固定相装填于色谱柱管中。色谱柱管的材质有不锈钢、玻璃、紫铜、聚四氟乙烯等，其中不锈钢柱最为常用。填充柱的长度一般为 0.5~6m，内径 2~6mm。毛细管柱的柱效要远高于填充柱，其柱效能与柱的直径、固定液的种类、固定液的液膜厚度等因素有关。色谱柱管的材质最常用的是石英，其长度一般为 15~50m，内径 0.1~0.53mm。

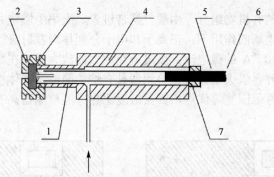

图 5　GC-112A 型色谱仪的进样器结构

1—气化管；2—散热片；3—硅橡胶垫；4—加热体；5—色谱柱；6—固定相；7—密封螺帽

（6）检测器

检测器是气相色谱仪的重要部件之一，应用最为广泛的是氢火焰离子化检测器和热导检测器。

① 氢火焰离子化检测器（FID）

图 6 为典型的氢火焰离子化检测器结构，它由一对电极(发射极 8 和收集极 1)、喷嘴 3、不锈钢罩 10 和基座 5 等组成。不锈钢罩起电屏蔽作用，同时防止外界气流对氢火焰的扰动及灰尘侵入。不锈钢罩内为离子室，点燃氢火焰之前应先将离子室加热至 100℃以上，以防氢气和氧气燃烧后生成的水凝结在不锈钢罩上，造成绝缘性能下降，影响实验正常进行。喷嘴由不锈钢管制成，内径为 0.10～0.15mm。发射极由铂丝绕制而成，固定在喷嘴附近，可兼用于点燃氢焰。收集极是用不锈钢加工制成的小圆筒。两个电极间距约 10mm，施加 100～300V 的极化电压。离子室内电极的结构、几何形状、极间距离以及它们相对于火焰的位置，都直接影响检测器的灵敏度。

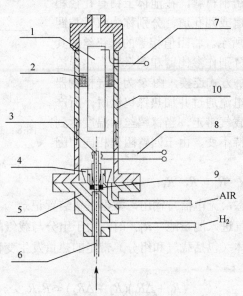

图 6　氢火焰离子化检测器结构示意图

1—收集极；2—绝缘圈；3—喷嘴；4—挡风圈；5—基座；6—色谱柱；

7—信号引出线；8—发射极点火极；9—喷嘴密封垫圈；10—不锈钢罩

经色谱柱分离后的有机物组分，由载气携带进入氢火焰中燃烧并发生离子化，生成正离子和电子。在直流电场的作用下，正离子和电子分别移向发射极（负极）和收集极（正极），形成约 $10^{-6}\sim10^{-14}A$ 的微电流。微电流经放大器放大后，在数据采集装置上得到相应有机物组分的色谱峰。氢火焰离子化检测器具有结构简单，死体积小，响应快、灵敏度高，稳定性好以及线性范围宽等优点，其灵敏度比热导池检测器高三个数量级，检测限达 $10^{-12}g/s$。

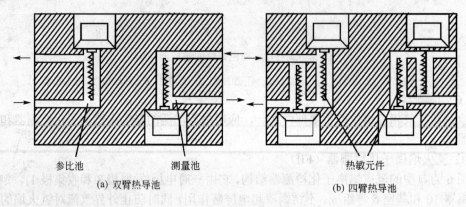

参比池　　　　　　测量池　　　　　　　　　　热敏元件

(a) 双臂热导池　　　　　　　　　　　　　(b) 四臂热导池

图 7　热导池结构示意图

② 热导检测器（TCD）

热导检测器根据组分和载气具有不同的热导系数设计而成，为最早出现的气相色谱检测器之一。热导检测器的关键部件是热导池，热导池由池体和热敏元件两部分构成，池体多采用不锈钢材料，在池体上钻有孔径相同的呈平行对称的两孔道或四孔道，分别称为双臂与四臂热导池，结构如图 7 所示。将阻值相等的铼钨丝或其它热敏元件装入孔道，分别作参比臂和测量臂。热导检测器电路，以惠斯登电桥方式连接，图 8 为热导检测器的测量电路。以恒定的电流通过并加热铼钨丝时，所产生的热量被流速稳定的载气带走，当铼钨丝的温度达到平衡时，铼钨丝阻值保持不变，由于四臂阻值相同，因此有

图 8　热导池检测器电桥结构示意图

1—测量池；2—参比池；3—钨丝

$$R_1 \cdot R_4 = R_2 \cdot R_3$$

即电桥处于平衡状态，无电信号输出，数据采集装置记录一零位直线，即为基线。进样后，当试样组分随载气进入测量池（$R_1$）时，由于组分与载气的热导系数不相同，在同样流速下，测量池中气体（包括载气和组分）带走的热量发生变化，从而使铼钨丝的温度及阻值发生变化，即

$$(R_1 + \Delta R_1)(R_4 + \Delta R_4) \neq R_2 R_3$$

电桥失去了平衡，有电信号输出，这些信号在数据采集系统上产生相应组分的色谱峰。

**注意事项：**

（a）使用热导检测器时，开机前，应先通载气，并保持一定流量后，再接通电源，否

则将导致铼钨丝或其它热敏元件烧毁。

（b）热导检测器的灵敏度 $S$ 与桥电流 $I$ 的三次方成正比（$S \propto I^3$），但桥电流也不可过高，否则将使噪声增大，基线不稳，严重时将烧毁热敏元件。因此，当使用氮气作载气时，桥电流应控制在 80～150mA，使用氢气时则可取 150～250mA。

（7）温度控制系统

气相色谱通常在室温以上进行分析操作，对色谱柱、检测器、气化室等的温度必须严格加以控制，温度将直接影响色谱柱的分离选择性和分离效率，以及检测器的灵敏度和稳定性。目前气相色谱仪多采用由微机控制的数字 PID 模式温度控制系统。

（8）数据记录与处理系统

有记录仪、积分仪和色谱工作站三种。记录仪（记录器）仅有数据记录功能，可绘制色谱图，现已很少使用。积分仪具备数据记录及简单的数据处理功能，如计算色谱峰的保留时间、峰面积与定量结果。色谱工作站是指配有专用软件的微机，具有数据记录和全面的数据处理功能，有些还可以控制仪器参数和操作，是实现气相色谱仪全自动化的必需部件。

3．GC-112A 型多功能气相色谱仪操作步骤

GC-112A 型气相色谱仪是一种多功能气相色谱仪。多功能气相色谱仪的主要特点是在仪器原有的结构基础上，经过简单的流路变化和附件的选用，可以实现多种色谱操作方式。GC-112A 型气相色谱仪可具备以下功能：

① 可实现多阶程序升温操作方式（最多五阶）。

② 双气路双进样系统，可同时连接两根色谱柱。

③ 可以进行填充柱和毛细管柱分析。

④ 具有多种进样系统，如柱上进样、分流/不分流进样、冷柱头进样、气体阀进样等。

⑤ 可以选配多种检测器，如热导池检测器、氢火焰离子化检测器等。

现以 GC-112A 型气相色谱仪为例，介绍使用氢火焰离子化检测器和程序升温功能的操作步骤。

图 9 为 GC-112A 型气相色谱仪的气路控制系统面板，图 10 为该仪器的微机控制部分面板布置图。

① 反时针方向开启载气钢瓶阀门，减压阀上高压压力表指示出高压钢瓶内贮气压力。

② 顺时针方向旋转减压阀调节螺杆，使低压压力表指示 500kPa。

③ 打开气体干燥净化管上的载气截止阀开关，旋转主机上载气稳流阀调节刻度旋钮至适当圈数（圈数与载气流量的对应关系可查阅生产厂家提供的气体流量输出曲线表），使载气流量至所需值，此时柱前压力表显示有压力。如进行毛细管气相色谱分析，可通过调节分流调节阀至所需分流比。

**注意事项：**应保持减压阀低压压力表上的压力比柱前压力表上压力约高 100kPa。

④ 开启主机电源总开关（仪器右侧面板上），微机控制面板的液晶显示屏上有提示信息出现。

⑤ 柱温设定。设定恒温分析方式操作如下：按微机控制面板上的[柱箱]键，然后按[初始温度]，输入实验所需柱温，按 [键入]键即完成柱温的设定。设定一阶程序升温方法如下：按微机控制面板上的[柱箱]键，然后按[初始温度]，输入初始温度值，按 [键入]键完成初始

温度的设定。按[初始时间], 输入初始时间值, 按 [键入]键完成初始时间的设定。按[速率]键, 输入升温速率值, 按 [键入]键完成升温速率的设定。按[终止温度], 输入终止温度值, 按 [键入]键完成终止温度的设定。按[终止时间], 输入终止时间值, 按 [键入]键完成终止时间的设定。

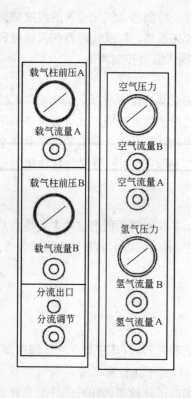

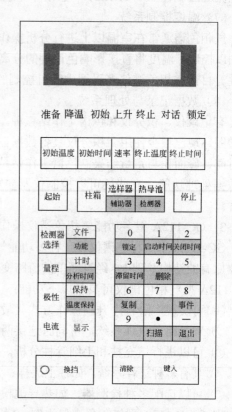

图 9　GC-112A 型气相色谱仪气路控制系统面板　　图 10　GC-112A 型气相色谱仪微机控制面板

⑥ 进样器温度的设定。按[进样器]键, 输入进样器温度值, 再按[键入]完成设定。

⑦ 检测器温度的设定。按[换挡]键, 再按[检测器]键, 输入实验所需值, 再按[键入]完成氢火焰离子化检测器的温度设定。

⑧ 待柱箱温度、检测器温度、气化室温度达到设定值后, 开启氢气发生器和空气发生器（或氢气钢瓶和空气压缩机）, 打开气体干燥净化管上的载气截止阀开关。旋转主机上氢气稳流阀和空气稳流阀调节刻度旋钮至适当圈数（圈数与氢气及空气流量的对应关系可查阅气体流量输出曲线表）, 使气体流量至所需值。此时空气压力表和氢气压力表显示有压力。

⑨ 按住面板上的点火按钮数秒钟, 点燃氢火焰, 用玻璃表面皿置于检测器上方检查氢火焰是否点燃（看表面皿上是否有水汽凝结）。

⑩ 按[量程]键, 键入数字 0 或 1、2、3, 选择氢火焰检测器放大器的灵敏度。

⑪ 开启色谱工作站, 当色谱工作站上基线呈平直时, 即可进样测定试样各组分并采集色谱数据。

⑫ 实验完毕时, 关闭氢气发生器和空气发生器、气体干燥净化管上的氢气和空气截

止阀以及氢气和空气稳流阀，使氢火焰熄灭。将柱温、进样器温度、检测器温度设定至40℃。冷却数分钟，使温度下降至设定值，然后关主机电源开关。最后关闭载气高压钢瓶阀门、减压阀、气体干燥净化管上的载气截止阀。

⑬ 登记仪器使用情况，做好实验室的整理和清洁工作，并检查安全后，方可离开实验室。

**注意事项：**氢焰点火前，应检查检测器温度是否在 100℃ 以上，否则不能点火，以防水分冷凝在离子室内，影响电极绝缘性能。

4. 进样操作要点

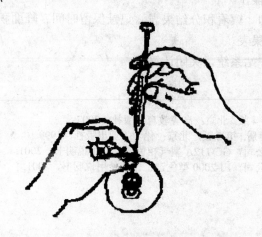

图 11　微量注射器进样姿势

① 图 11 为微量注射器进样姿势，进样时要求注射器垂直于进样口，左手扶着针头以防弯曲，右手拿注射器。当使用注射器注射气体样品时，须用右手食指卡在注射器芯子和注射器管的交界处，以避免当进针到气路中由于载气压力较高把芯子顶出，影响正确进样。

② 注射器取样时，应先用被测试液洗涤 5～6 次（如采用体积小于 5μL 的微量注射器，洗涤次数还需增加），然后缓慢抽取一定量试液，若发现有空气带入注射器内，可将针头朝上，待空气排除后，再排去多余试液即可进样。

③ 进样时要求操作稳当、连贯、迅速，进针位置及速度，针尖停留和拔出速度都会影响进样重现性，一般进样相对误差为 2%～5%。

④ 要经常注意更换进样器上硅橡胶密封垫片，该垫片经 20～50 次穿刺进样后，气密性降低，容易漏气。

5. 色谱工作站操作方法

色谱数据的记录和处理是色谱分析中的重要环节，目前多使用色谱工作站实现。色谱工作站是以信号处理技术、微机技术为基础，用计算机软件实现的智能化色谱数据采集、处理装置。色谱工作站有以下优点：一机多用；具有数据采集和数据处理功能；菜单管理，图形操作，使用简单方便；可进行多通道数据采集（同时连接多台色谱仪）并可同时显示多个采样谱图窗口；数据及分析结果可永久储存；可通过网络实现实验室间的数据通讯等。

色谱工作站的种类很多，下面以 FJ-2000 型色谱工作站为例，介绍通用型色谱工作站的操作要领。

　　① 开机　打开计算机电源开关，双击工作站图标，进入工作站数据采集系统。

　　② 新建文件　在菜单中新建一个文件或项目（文件夹，此时样品文件名可自动生成）。

　　③ 监视色谱基线　监视色谱基线，调节量程（或衰减）、窗口时间等至适当数值，方便出峰情况的观察。

　　④ 数据采集　待色谱基线稳定后（在合适的量程参数下观察），进样。同时按[开始]图标进行数据采集。待样品出峰完毕后，按[结束]图标即完成一个样品的采集。

　　⑤ 数据处理　从菜单中进入数据处理系统，调入需要处理的样品文件，进行积分参数调节、积分、定量等操作。

　　⑥ 数据记录或打印　察看积分结果表，记录保留时间、峰面积、半峰宽等数据，或者打印色谱图及积分结果表。

　　⑦ 关机　退出工作站系统，关闭计算机。

## [参考文献]

1. 朱明华编. 仪器分析. 第4版. 北京：高等教育出版社，2007.
2. 李浩春主编. 分析化学手册. 第2版，北京：化学工业出版社，1999.
3. 上海精密科学仪器有限公司，GC-112A 型气相色谱仪使用说明书，2001.
4. 上海以泰信息工程有限公司，FJ-2000 型色谱工作站使用说明书，2001.

（胡坪编写）

# 附录四

## 常见化合物红外光谱中一些基团的吸收区域

| 区域 | 基　团 | 吸收频率/cm$^{-1}$ | 振动形式 | 吸收强度 | 说　明 |
|---|---|---|---|---|---|
| 第　一　区　域 | —OH（游离） | 3650–3580 | 伸缩 | m, sh | 判断有无醇类、酚类和有机酸的重要依据 |
| | —OH（缔合） | 3400–3200 | 伸缩 | s, b | 判断有无醇类、酚类和有机酸的重要依据 |
| | —NH$_2$, —NH（游离） | 3500–3300 | 伸缩 | m | |
| | —NH$_2$, —NH（缔合） | 3400–3100 | 伸缩 | s, b | |
| | —SH | 2600–2500 | 伸缩 | | |
| | C—H 伸缩振动　　不饱和 C—H | | | | 不饱和 C—H 伸缩振动出现在 3000cm$^{-1}$ 以上 |
| | ≡C—H（叁键） | 3300 附近 | 伸缩 | s | |
| | =C—H（双键） | 3010–3040 | 伸缩 | s | 末端=CH$_2$ 出现在 3085cm$^{-1}$ 附近 |
| | 苯环中 C—H | 3030 附近 | 伸缩 | s | 强度上比饱和 C—H 稍弱，但谱带较尖锐 |
| | 饱和 C—H | | | | 饱和 C—H 伸缩振动出现在 3000cm$^{-1}$ 以下（3000–2800cm$^{-1}$）取代基影响小 |
| | —CH$_3$ | 2960 ± 5 | 反对称伸缩 | s | |
| | —CH$_3$ | 2870 ± 10 | 反对称伸缩 | s | |
| | —CH$_3$ | 2930 ± 5 | 反对称伸缩 | s | 三元环中的 >CH$_2$ 出现在 3050cm$^{-1}$ |
| | —CH$_3$ | 2850 ± 10 | 对称伸缩 | s | —C—H 出现在 2890cm，很弱 |
| 第　二　区　域 | —C≡N | 2260–2220 | 伸缩 | s 针状 | 干扰少 |
| | —N≡N | 2310–2135 | 伸缩 | m | |
| | —C≡C | 2260–2100 | 伸缩 | v | R—C≡C—H, 2100–2140cm$^{-1}$；R′—C≡C—R, 2190–2260cm$^{-1}$；若 R′=R, 对称分子, 无红外谱带 |
| | —C=C=C— | 1950 附近 | 伸缩 | v | |

· 173 ·

| 区域 | 基 团 | 吸收频率/cm⁻¹ | 振动形式 | 吸收强度 | 说　明 |
|---|---|---|---|---|---|
| 第<br>三<br>区<br>域 | C=C | 1680–1620 | 伸缩 | m, w | 苯环的骨架振动 |
| | 芳环中 C=C | 1600, 1580<br>1500, 1450 | 伸缩 | v | |
| | —C=O | 1850–1600 | 伸缩 | s | 其他吸收带干扰少，是判断羰基（酮类，酸类，酯类，酸酐等）的特征频率，位置变动大 |
| | —NO₂ | 1600–1500 | 反对称伸缩 | s | |
| | —NO₂ | 1300–1250 | 对称伸缩 | s | |
| | S=O | 1220–1040 | 伸缩 | s | |
| 第<br>四<br>区<br>域 | C—O | 1300–1000 | 伸缩 | s | C—O 键（酯、醚、醇类）的极性很强，常成为谱图中最强的吸收 |
| | C—O—C | 900–1150 | 伸缩 | s | 醚类中 C—O—C 的 $\sigma_{as} = (1100 \pm 50)\,cm^{-1}$ 是最强的吸收。C—O—C 对称伸缩在 $900 \sim 1000\,cm^{-1}$，较弱 |
| | —CH₃, —CH₂ | 1460 ± 10 | CH₃ 反对称变形<br>CH₂ 变形 | m | 大部分有机化合物都含 CH₃，CH₂ 基，因此此峰经常出现 |
| | —CH₃ | 1370–1380 | 对称变形 | s | 很少受取代基的影响，且干扰少，是 CH₃ 基的特征吸收 |
| | —NH₂ | 1650–1560 | 变形 | m~s | |
| | C—F | 1400–1000 | 伸缩 | s | |
| | C—Cl | 800–600 | 伸缩 | s | |
| | C—Br | 600–500 | 伸缩 | s | |
| | C—I | 500–200 | 伸缩 | s | |
| | 0 | 910–890 | 面外摇摆 | s | |
| | —(CH₂)ₙ—, n>4 | 720 | 面内摇摆 | v | |

注：s 为强吸收，b 为宽吸收带，m 为中等强度吸收，w 为弱吸收，sh 为尖锐吸收峰，v 为吸收强度可。

# 不同基团在不同化学环境中质子的化学位移

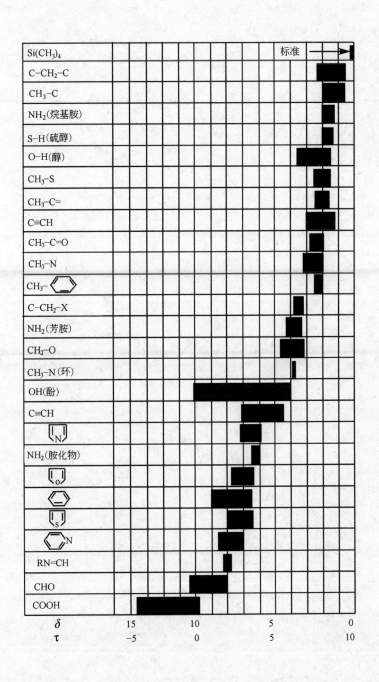